JOHN VON DÜFFEL

Beste Jahre

JOHN VON DÜFFEL

Beste Jahre

ROMAN

DUMONT

Erste Auflage 2007

Umschlag: Zero, München
Gesetzt aus der Adobe Garamond
Gedruckt auf säurefreiem und chlorfrei gebleichtem Papier
Druck und Verarbeitung: Clausen & Bosse, Leck
Printed in Germany

ISBN 978-3-8321-8035-5

Für Katja

Dies ist ein Roman. Sämtliche handelnden oder auch nicht handelnden Personen, einschließlich meiner selbst, sind frei erfunden.

JvD

1
Älterwerden

Wobei das Schöne daran war, daß er nichts mehr um jeden Preis wollte: Er mußte nicht mehr unbedingt mit dieser oder jener Frau schlafen und auch nicht länger seinen Vater umbringen. Er hatte keinen Konflikt mehr mit der älteren Generation und noch keinen mit der jüngeren. Ihm war das Dramatische in seinem Leben völlig abhanden gekommen, und nicht einmal diesen Verlust empfand er als tragisch, sondern als ausgesprochen angenehm. Er war zufrieden, um nicht zu sagen, glücklich, sehr sogar, verglichen mit sich selbst noch vor wenigen Jahren. Und er genoß es im Unterschied zu früher, als er bisweilen auch glücklich war, es aber meist erst hinterher merkte. Damals wurde ihm eigentlich immer erst klar, daß er glücklich gewesen sein mußte, wenn er schon wieder unglücklich war. Glück kam ihm nur als verlorenes und somit als akutes Unglück zu Bewußtsein, wie überhaupt sein Bewußtsein zu der Zeit ein ausgesprochenes Unglücksbewußtsein war und Glück nur jener bewußtlose Zustand der Abwesenheit von Unglück. Heute dagegen konnte er sagen, daß er sich seines – ja, doch, immerhin – Glückes durchaus bewußt war, und er genoß es sehr, auf vergangenes und, wenn man so wollte, verlorenes Unglück zurückzublicken. Es steigerte die Lebensqualität ungemein.

Die Frage war nur, wie lange er unter diesen Umständen noch in der Lage sein würde, auf der Bühne zu stehen. Konnte, fragte er sich, ein vergleichsweise glücklicher Mensch Schauspieler sein? Es gab Tage, Wochen, da fühlte er sich innerlich so ruhig, so einverstanden mit dem Leben, daß es ihm fast unmöglich war aufzutreten, den Schritt in die Erregung zu tun und sämtliche Zuschauer dazu zu bringen, sich mit ihm zu erregen. Es kam ihm künstlich vor. Er absolvierte seine öffentliche Seelengymnastik und versuchte, sich dabei so redlich wie möglich in das hinein- und zurückzuversetzen, was er einmal gespielt hatte. Doch er fragte sich die ganze Zeit, ob er dafür nicht langsam zu alt wurde.

Diese Frage hatte er sich schon mit fünfzehn gestellt, eines schönen Vormittags, Anfang der achtziger Jahre, während einer ökologischen Exkursion in den Schloßgarten, bei der er hoffte, seiner Theater-AG-Partnerin näherzukommen (damals wollte er dergleichen unbedingt). Und er war ihr auch schon ziemlich nahe gekommen, als auf einmal ein weißbärtiger, älterer Herr mit einer jungen, hübschen Schauspielerin vorüberjoggte. Plötzlich flüsterte ihm seine Theater-AG-Partnerin, die gelegentlich als Statistin am Oldenburgischen Staatstheater mitwirkte, ins Ohr, dieser Jogger dort sei niemand geringerer als der Regisseur und Oberspielleiter Hartmut Gehlen mit seiner neuen Schauspieler-Freundin, der Darstellerin der Lena aus seiner Inszenierung von »Leonce und Lena«. Das erschütterte ihn tief. Erst vor wenigen Tagen hatte er besagte Aufführung gesehen und sich ein wenig in ebendiese Lena verguckt, wie er sich damals überhaupt unentwegt in die Protagonistinnen des Oldenburgischen Staatstheaters verguckte, weshalb es ihm einen inwendigen Stich versetzte, die Lena seiner Theaterträume jetzt mit einem anderen, noch dazu graubärtigen Mann durch den Schloßgarten joggen zu sehen. Doch es war nicht allein Lena, ihr wenig jugendlicher Liebhaber und die Tatsache, daß sie so etwas Profanes tat wie Joggen in einem grauen Baumwolltrainingsanzug, anstatt in leichtem Tüll über die Wiesen des Schloßgartens zu schweben. Die sehr viel tiefere Erschütterung ging von Hartmut Gehlen selbst aus, dem Provokateur und Polittheatermacher, der das Oldenburger Publikum einschließlich der mit Bussen angekarrten Ammerländer Landbevölkerung regelmäßig in Angst und Schrecken versetzte. Die Inszenierungen des Hartmut Gehlen waren berüchtigt. Wer seinen Namen in einem Straßencafé auch nur beiläufig erwähnte, sah sich heftigsten Anfeindungen ausgesetzt. Brave, unbescholtene Bürger wurden zu Berserkern, sobald die Sprache auf Hartmut Gehlen kam. Seine Premieren waren Sternstunden des Entsetzens, Skandale im Acht-Wochen-Takt. Hartmut Gehlen übertraf immer wieder aufs neue sämtliche Befürchtungen. Er schien nicht zu ruhen, bis seine grauenerregende Theaterphantasie die Heiligtümer des gebildeten Oldenburger Beamtentums in noch nie dagewesener Weise entstellt und geschändet hatte – und dieser Hartmut Gehlen joggte gemächlich, mit unübersehbaren Schweißflecken unter den Achseln, durch den Schloßpark! Es war schockierend. Es war so normal, so unerhört alltäglich, so ganz und gar nicht monströs, daß es einem Verrat gleichkam. Das sollte der Mann sein, vor dem die heile Oldenburger Theaterwelt zitterte? Wenn er sich überhaupt einen Hartmut Gehlen jenseits des Regiepults vorstellen konnte, dann amoklaufend, aber nicht joggend, dann einen Veitstanz aufführend, aber nicht in gelenkschonendem Gesundheitstrab. Hartmut Gehlen hatte es wieder einmal geschafft: Er war wie vor den Kopf gestoßen.

Wobei sich mit der Zeit diese schockhaft-schmerzliche Begegnung mit dem Theateridol seiner Jugend in etwas Tröstliches verwandelte, je öfter er daran dachte, und er dachte sehr oft daran. Damals hatte er nichts anderes im Sinn gehabt, als Hartmut Gehlen umzubringen und mit seiner Freundin zu schlafen. Er wollte sich an ihm rächen für die fidele Turnschuhhaftigkeit seiner Erscheinung, für sein ganz und gar unkünstlerisches Streben nach Leibesertüchtigung und die gutnachbarschaftliche Freundlichkeit, mit der Gehlen ihn und insbesondere seine Theater-AG-Partnerin im Vorbeijoggen grüßte. Hartmut Gehlen sagte: »Guten Tag.« Es war der blanke Hohn!

Heute dagegen, beim Joggen vor oder nach den Proben, flößte ihm die Erinnerung an Hartmut Gehlen und seinen Frühsport eine gewisse Zuversicht ein. Man mußte nicht mit dreiundzwanzig an Typhus sterben wie Georg Büchner oder sich in der frühen Blüte seiner Dichterjahre mehr oder weniger malerisch erschießen wie Heinrich von Kleist. Man konnte auch noch mit sechzig in großmeisterlicher, Goethescher Unermüdlichkeit die Puppen tanzen lassen und einen »Faust II« oder Schlimmeres verzapfen und dabei aufgeräumt und unverdrossen durch die antike Mythologie joggen, eine junge, bildhübsche Helena an seiner Seite, in ewiger Jugendlichkeit, als Klassiker zu Lebzeiten, sportiv und unverwüstlich. Dafür stand der Name Hartmut Gehlen.

Und das war das Schöne daran.

2
Familienaufstellung

Allerdings bemerkte er als eine der deutlichsten Alterserscheinungen diesen immer größeren Abstand zu sich selbst. Nicht nur, daß er sein eigenes Treiben aus der Vogelperspektive betrachtete und auf sich als Schauspieler guckte wie von oben aus dem dritten Rang, er lebte auch zusehends in der Erinnerung, und zwar nicht so sehr in der Vergangenheit als vielmehr in einer von Erinnerungen überlagerten Gegenwart. Mit wachsender Verwunderung stellte er fest, daß sich für ihn Erleben und Erinnern immer mehr vermischten. Passierte ihm etwas, war es ihm meist schon einmal passiert. Sah er jemanden, handelte es sich meist um ein Wiedersehen. Und selbst wenn ihm auf Premierenfeiern oder bei ähnlich unvermeidlichen Anlässen jemand Neues, Wildfremdes vorgestellt wurde, entdeckte er in dem Gesicht seines Gegenübers schon bald die vertrauten Züge alter Bekannter. Sein Gehirn war geradezu geschult, alles, was ihm begegnete, in Erinnerung aufzulösen, ohne daß er sich erinnern konnte, es geschult zu haben.

Dabei hatte er seine Neugier keineswegs verloren, sie war nur anders geworden. Begegnete er einem Menschen zum ersten Mal, lautete die Frage in seinem Hinterkopf nicht länger: »Wer bist du?«, sondern: »An wen erinnerst du mich?« Es handelte sich also nicht um Neu-Gier im eigentlichen Sinne, sondern vielmehr um den Drang, im Neuen das Alte zu entdecken, strenggenommen um eine Neu-Vertilgungs-Gier, die Unbekanntes augenblicklich auf Bekanntes zurückführte. Neu war allenfalls der Mix des Erinnerungscocktails, die Variation in der Wiederholung. Doch das Neue daran war eher amüsant oder, wenn's hochkam, »interessant«, gab aber nicht den Ausschlag, es war nicht das Gier auslösende Moment. Gierig war er im Grunde nach dem Vertrauten.

Was ihn an seine Gastspielreise nach Japan erinnerte, wo er in einem geschäftsbankähnlichen Theatertower im Namen des deutsch-japanischen Kulturtransfers vor tausendfünfhundert identisch aussehenden Bankangestellten und ihren identisch aussehenden Gattinnen mal wieder unbedingt mit einer Frau schlafen und seinen Vater umbringen mußte. Anfangs hatte er sich in Tokio wie auf einem anderen Planeten gefühlt. Doch es geschah an seinem dritten Tag in dieser extraterrestrischen Stadt, daß sich der Schleier der Exotik mit einem Mal lüftete. Sprach- und orientierungslos, wie er dortzulande war, hatte er sich nur wenige Meter von seinem Hotel entfernt, als er beim Anblick eines uniformierten Parkplatzwächters plötzlich innehielt und zusah, wie der strenge, in Würde ergraute Herr mit weißen Glacéhandschuhen, flankiert von mehreren beflissenen Adjutanten, eine Limousine aus einem Parkhochhaus in Shibuya herauswinkte. Mit abgezirkelten Bewegungen teilte er das Menschengewimmel und blies dabei – anstatt viele Worte zu machen – mehrmals kurz und gebieterisch in seine Trillerpfeife. Irgend etwas an diesem ledergesichtigen alten Mann kam ihm bekannt vor, und er rätselte eine Weile vor sich hin, bis es ihn auf einmal wie ein Stromschlag durchfuhr: »Der sieht ja aus wie mein Großvater!« Und tatsächlich, je länger er den Alten, der unter den Parkplatzwächtern den Rang eines Offiziers zu bekleiden schien, aus der wartenden Menge heraus anstaunte, desto eklatanter erschien ihm die Ähnlichkeit. Diese japanische Parkplatzautorität glich seinem Großvater nicht nur, es war, genaugenommen, die japanische Ausgabe seines Großvaters, und zwar nicht nur eine mehr oder minder gelungene Kopie, sondern das Urbild. Als Japaner zeigte sein Großvater sein wahres Gesicht!

Die Limousine hatte die Ausfahrt des Parkhochhauses längst verlassen, die Passanten strömten lückenlos zusammen, und schon im nächsten Augenblick schien es, als wäre nie etwas gewesen. Doch er starrte weiter wie gebannnt über den geschäftigen Rest der Tokioter Bevölkerung hinweg, denn er hatte soeben einen tiefen Blick in die Zusammenhänge des Lebens getan. Vor seinem geistigen Auge sah er noch immer den weit über das Pensions- und Rentenalter hinaus herrschenden Parkplatzoberkommandierenden, und er stellte im Geiste seinen Großvater daneben, ohne entscheiden zu können, wer hier wem aus dem Gesicht geschnitten ähnlich sah. Es war etwas Eineiiges an den beiden. Wobei die militärisch korrekte Haltung, die keinen Widerspruch duldende Gebärdensprache wie überhaupt das ganze Auftreten des Parkplatzwächters das Japanische an seinem Großvater erst richtig zum Vorschein brachte, um nicht zu sagen, offenbarte. Ja, es gab gar keinen Zweifel, daß sein Großvater in seinem tiefsten Innern eigentlich dieser Japaner war!

In diesem Moment hörte Nippon auf, ein fremdes Land zu sein. Als wären ihm Schuppen von den Augen gefallen, streifte er durch die krummen Straßen von Shibuya und entdeckte mit einem Mal Ähnlichkeiten, wo er sich zuvor von fernöstlicher Lächelei und hilflos machender Höflichkeit hatte verwirren lassen. Erst jetzt ging ihm auf, wie japanoid seine gesamte Familie war. Seine mandeläugigen Tanten hatten zahlreiche Gesichtsverwandte unter den schaufensterbummelnden Damen der Tokioter Gesellschaft mit ihren Versace-Kostümen und Louis-Vuitton-Handtaschen, die nur vermeintlich alle gleich aussahen, bei näherer Betrachtung aber das gesamte Tantenspektrum abdeckten. Geradezu wiedergängerinnenhaft liefen sie ihm über den Weg, die jüngeren Schwestern seines Vaters, in die er als Kind reihum verliebt gewesen war, nicht allzusehr, aber doch verliebt genug, um jetzt von der plötzlichen Erkenntnis schockiert zu sein, daß diese scheinbar so vertrauten weiblichen Wesen, an die er vorübergehend sein Herz gehängt hatte, in Wirklichkeit verkappte Japanerinnen waren.

Sogar seine eigene Mutter, die von seinem Vater nicht zuletzt deshalb geheiratet worden war, weil sie auf ihrem Führerscheinfoto aussah wie Audrey Hepburn in »Frühstück bei Tiffanys«, entpuppte sich als heimliche Madame Butterfly, was ihm erst klar wurde, nachdem er wiederholt an der Plakatserie eines namhaften Schmuck- und Mode-Labels vorbeigelaufen war, das mit einem täuschend ähnlichen Audrey-Hepburn-Look-alike für seine Kollektionen warb. Schon beim Blick aus seinem Hotelzimmerfenster auf eine gigantische Anzeigentafel mit Audrey Hepburns schmuckbekränztem Konterfei hatte er sich über die große, quasi-religiöse Verehrung gewundert, die das japanische Volk ausgerechnet diesem Hollywoodstar entgegenbrachte. Irgend etwas war an der Gesichtsformel dieser Ikone, am Schnitt ihrer Augen und Augenbrauen, an ihrem leicht von unten kommenden Lächeln, das sie zum Idealbild der japanischen Frau prädestinierte. Lange strich er um die zahlreichen Audrey-Hepburn-Plakate herum, halbe Nächte blickte er nachdenklich aus seinem Fenster auf die hell erleuchtete Reklamewand gegenüber, bis er schließlich das Offensichtlichste entdeckte: Audrey Hepburn hatte Schlitzaugen! Ganz deutlich kamen mit einem Mal die langgezogenen, sich asymptotisch verengenden Augenwinkel zum Vorschein, die dem Blick Audrey Hepburns jenen unsterblich machenden Zug ins Aparte, mädchenhaft Raffinierte verliehen. Und wenn er ganz genau hinsah, konnte er unter den getuschten Augendeckeln sogar den zarten Ansatz der sogenannten mongolischen Lidfalte erkennen. Audrey Hepburn war das Idol der japanischen Frau, aber eben nicht, wie man meinen sollte, aufgrund der Verwestlichung des asiatischen Schönheitsideals, sondern weil Audrey so etwas wie Japans Geheimwaffe in Hollywood war, die fernöstliche Unterwanderung der Traumfabrik. Audrey Hepburn war Pearl Harbour mit kosmetischen Mitteln. Womit für ihn endgültig feststand, daß er väterlicherseits in mehr oder weniger direkter Linie von einem Tokioter Parkplatzwächter abstammte und mütterlicherseits – aufgrund der erbbedingten Schwäche seines Erzeugers für Audrey Hepburn – von der japanischen Schönheitsgöttin schlechthin. Er war im Grunde Vollasiate.

3
Herr Dr. Moosheimer

Unterdessen hatte er sich mit dem Älterwerden und seinen Nebenwirkungen arrangiert. Ohne Reue hatte er die Vierzig überschritten. Es ging ihm gut, seine Zipperlein hielten sich in Grenzen. Und da er sich dank der geliehenen Leben seiner Figuren erfahrener fühlte, als er es für seinen Teil war, glaubte er, ihn könne nichts mehr überraschen. Dann sagte Lisa eines Abends mit einem umwerfenden Lächeln zu ihm: »Du wirst Vater.«

Er freute sich sehr – für seine Frau, für sich, für sie beide. Seit Jahren hatten sie sich ein Kind gewünscht und es auf jede erdenkliche Weise versucht. Doch er hatte nicht mehr damit gerechnet. Die Zukunft, auf die er sich nach sämtlichen Familienplanspielen eingestellt hatte, bestand vor allem darin, Paar zu sein. Daß es außer seiner Frau und ihm nichts geben sollte, war bitter, aber nicht zu ändern, also fand er sich damit ab. Das Leben zu zweit hatte einiges für sich, die Ruhe sagte ihm zu, und in den Müdigkeiten unter der Oberfläche kannte er sich aus.

Und jetzt plötzlich doch noch Familie? Vater, er, nachdem er längst damit abgeschlossen hatte? Und das schon vergleichsweise bald? Es überstieg nicht nur seine Vorstellung, es sah ihm, fand er, nicht im mindesten ähnlich. Er war kein Abraham, kein Stammvater von irgendwem. Vielmehr hatte er sich mit der Zeit in einen geradezu außerfamiliären Zustand hineingelebt, was ihm immer dann am klarsten wurde, wenn er sich alle Jahre wieder auf einem der unvermeidlichen Familienfeste blicken ließ. (»Läßt du dich auch mal wieder blicken«, bekam er bei diesen Gelegenheiten von allen Seiten zu hören – eine Frage, die er sich selber stellte und eindeutig mit nein beantwortete. Denn derjenige, den seine Verwandten in ihm sahen, war er schon lange nicht mehr. Und obwohl es ihm nichts ausmachte, mit sich selbst verwechselt zu werden, waren diese Weihnachtsfeiern und runden Geburtstage für ihn Momente größter familiärer Obdachlosigkeit.)

Er war die meiste Zeit seines Lebens Sohn gewesen. Seine aktive Sohneszeit ging weit über das Verlassen des Elternhauses und seine langwierige Pubertät hinaus. Nicht nur während seiner Anfängerjahre auf der Bühne, sondern bis weit in seine Theaterlaufbahn hinein hatte er mit der Rolle des Sohnes und Vatermörders großen Erfolg gehabt, auch nachdem sein Vater längst eines natürlichen Todes gestorben war. Und dieses Sohn-Gefühl hörte nicht auf, als er die ersten Vaterrollen verkörperte und von der nächsten Generation umgebracht wurde. Nach wie vor gab es Intendanten, Regisseure und Großkritiker, die erzieherisch auf ihn einzuwirken versuchten, doch anders als früher leistete er nur noch passiven Widerstand. (Ihm gefiel der Tonfall des Protestes nicht mehr, die Stimmlage schien ihm zu hoch.) Sein Aufbegehren gegen diese väterlichen Autoritäten wurde immer seltener, immer leiser. Überhaupt bemerkte er an sich mit den Jahren einen zunehmenden Mangel an Vehemenz, ein Nachlassen seiner Leidenschaftlichkeit auf allen Gebieten, und das, fand er, war nur einer von vielen Vorteilen des Älterwerdens.

Ja, er empfand es als große Erleichterung, nicht mehr andauernd Ich sagen zu müssen. Wie so manches quälende Verlangen hatte auch dieses Bedürfnis mit der Zeit nachgelassen. Er mußte nicht mehr in einem fort Ich denken, nicht mehr ständig Ich rufen und sich nicht pausenlos reden hören, um sich seiner Existenz zu vergewissern. Er war auch, anders als in jungen Jahren, nicht länger erpicht darauf, sich unentwegt von allem abzugrenzen, Gegensätze aufzubauen und Trennlinien zu ziehen zwischen Ich und Nicht-Ich, eine Unterscheidung, um die er noch zu Sohneszeiten ein nicht enden wollendes Gewese gemacht hatte.

Rückblickend empfand er beinahe so etwas wie Mitleid für den Ich-Sager, der er einmal war. Nicht, daß er ihn im nachhinein sonderlich gemocht hätte (er mochte ihn schon damals, als er sich noch Ich nannte, nicht sehr), aber er erinnerte sich vage an die Verzweiflung dieses notorischen Selbsterwähners, der mit Ich-Äußerungen nur so um sich warf, der ständig etwas wollte, dachte oder fühlte, ohne klipp und klar sagen zu können, wer oder was dieses Ich, das er im Munde führte, eigentlich war. Seine unausgesetzte Beschäftigung mit sich selbst stand in keinem Verhältnis zu etwaigen Resultaten. Im Gegenteil. Je mehr er sich mit sich beschäftigte, desto weniger wußte er, um wen es sich dabei handelte, desto leerer und niemandsartiger wurde ihm zumute. Was auch immer das Wort Ich bedeutete, mit dem er jeden zweiten Satz begann, es existierte praktisch nur durch seine permanente Mitteilung, durch das ununterbrochene Bekunden seiner selbst und seine Lautstärke. Er mußte einfach ständig Ich sagen.

Ich war der Motor seines dramatischen Vorlebens, seiner Familienemanzipation. Ich war das Unbedingte, Rast- und Ruhelose, der Stachel im Fleisch. Ich befeuerte sämtliche Auftritte und Abgänge. Ich liebte die Provokation und forderte permanent zu Beifall oder Kopfschütteln heraus. Ich kämpfte um die sichtbare Stelle im Leben, um die größtmögliche Selbstausdehnung. Ich bekam nie genug. Aber auch das ließ nach mit der Zeit.

Er war froh, daß dieses Ich-Theater der Vergangenheit angehörte. Mitunter geschah es zwar noch in der Kantine oder auf Ensembleversammlungen, daß sich eine Art Rest-Ich überraschend heftig zu Wort meldete, doch mehr aus Langeweile und um der alten Zeiten willen. Seine Ich-Ausbrüche waren nie von Dauer. Sie warfen ihn auch nicht zurück in längst überwundene Lebensphasen oder Konflikte, sondern waren eher eine willkommene Abwechslung im gepflegten Alltag seiner Selbstdistanz.

Folglich bekämpfte er sein Ich und dessen selbstsüchtiges Auftreten auch nicht, wie er noch zu Ich-Zeiten alles bekämpft hatte, was nicht Ich war. Er fand es schön, mal wieder von sich zu hören, und fühlte durchaus mit sich im Hinblick auf die kleineren oder auch größeren Nöte, die sein Ich bedrückten. Allerdings sollte es ihm nie wieder gelingen, sich so ganz mit sich zu identifizieren. Er fand sich schon bald ermüdend, entdeckte diverse Macken und Ticks, die ihm früher an sich nicht aufgefallen waren, und so blieb ihm am Ende seiner Selbstheimsuchungen nur die Feststellung, daß er sich doch ziemlich auseinandergelebt hatte.

Er trauerte sich nicht nach. Irgendwann nach seinem vierzigsten Geburtstag hatte er akzeptiert, daß dies sein Leben war und nach noch einmal vierzig Jahren gewesen sein würde. Anstatt fruchtbar zu sein und sich zu mehren, würde er mit der Zeit immer weniger werden. Ihm gefiel die Idee der Zurücknahme, der fortschreitenden Enthaltung seiner selbst, die einem Dazulernen glich und irgendwann so vollständig sein würde, daß nichts mehr von ihm blieb, gar nichts – ein Gedanke, der ihn immer wieder erschreckte, den er aber letztlich konsequent fand.

Bis Lisa eines Abends diesen Satz zu ihm sagte, der alles über den Haufen warf.

Sein familienloser Zustand war wie auf einen Schlag beendet. Sämtliche Fragen des Ich-, Du- oder Er-Seins stellten sich neu. Er war noch einmal gezwungen, sich mit seinem Sohnsein zu beschäftigen, nur von der entgegengesetzten Seite. Und nachdem er sich ausgiebig gefreut hatte über seine kaum mehr für möglich gehaltene Fähigkeit, tatsächlich Leben zu zeugen und nicht nur als Theatervater so zu tun als ob, sah er gleichsam spiegelverkehrt wieder all die Konflikte auf sich zukommen, denen er glaubte, entwachsen zu sein.

Seine Frau war schwanger mit ihrem Kind und er mit seiner neuen Rolle, die ihn nun schon im vierten Monat beschäftigte, als er in einer Regionalbahn nach Bremen Herrn Dr. Moosheimer traf, oder besser, von ihm getroffen wurde. Denn er für seinen Teil saß in diesem Zug ohne die geringste Absicht oder Erwartung, Herrn Dr. Moosheimer betreffend, den er seit einem Vierteljahrhundert nicht gesehen und an den er beinahe ebenso lange nicht mehr gedacht hatte. Statt dessen vertiefte er sich in seine Gedanken und die sattsam bekannte Zugfensterlandschaft, als er auf einmal einen älteren Herrn bemerkte, der noch lange nach Wiederanfahrt des Zuges um die freien Sitzplätze in seiner Nähe herumscharwenzelte, für einen Moment leicht in die Knie ging, wie um sich versuchsweise niederzulassen, dann aber gleich wieder aufstand und weitertrippelte, um nach einigen wenigen Schritten erneut kehrtzumachen und an ihm vorbeizustreichen. Nun hätte er Herrn Dr. Moosheimer – von dem er zu diesem Zeitpunkt noch nicht wußte, daß es Herr Dr. Moosheimer war – für einen Herz-Kreislauf-Patienten halten können, der durch die Abteilgänge wandelte, weil ihm Bewegung verordnet worden war. Doch dafür wirkte er zu rüstig, und seine Schritte kamen nicht tastend genug daher. Blieb als wahrscheinlichere Variante ein greisenhafter Spleen, eine ins Zwanghaft-Neurotische gesteigerte Qual bei der Wahl des richtigen Sitzplatzes oder eine ähnliche, stationär nicht behandlungswürdige Schrulle. Normal jedenfalls war das nicht.

Entsprechend unsicher war er für seinen Teil, ob er dieses Altherren-Ballett nun ignorieren oder ausdrücklich würdigen sollte – weshalb er sich für einen Kompromiß entschied und bei der nächsten Kehrtwende des Abteilwanderers zwar demonstrativ aufschaute, ihm aber nicht ins Gesicht sah, sondern gezielt zwei Zentimeter daneben.

Doch schon dieses kleine Anzeichen von Interesse genügte Herrn Dr. Moosheimer, den es spürbar drängte, aus seiner Anonymität herauszutreten. Prompt blieb er stehen, legte eine Hand begütigend auf seine Kopfstütze und beugte sich mit den Worten über ihn: »Na, kennen Sie mich noch?«

Irgend etwas an dem freundlich examinierenden Ton dieser Frage rief dunkle Erinnerungen in ihm wach, jedenfalls stieß er zu seiner eigenen Überraschung plötzlich die Worte hervor: »Guten Tag, Herr Dr. Mooshammer!«

»Moosheimer«, korrigierte ihn wohlmeinend Herr Dr. Moosheimer, in dem er nun definitiv seinen alten Griechischlehrer wiedererkannte, der ihn von der siebten Klasse bis zum Graecum begleitet, um nicht zu sagen, mitgeschleppt hatte, und der es natürlich am besten wissen mußte. Er fand hingegen, daß »Mooshammer« viel besser zu Herrn Moosheimer paßte, vor allem mit Blick auf sein Toupet, das dank natürlicher Verschleißerscheinungen zwar etwas weniger künstlich wirkte als noch zu Schulzeiten, aber einem Mooshammer immer noch besser zu Gesicht gestanden hätte. Wobei er sich durch Meinungsverschiedenheiten wie diese augenblicklich um ein Vierteljahrhundert mitten in jene Diskussionen zurückversetzt fühlte, die er mit seinem Lehrer im Griechischunterricht geführt hatte. Schon damals pflegte ihn Herr Dr. Moosheimer zu einer gewissenhaften Texttreue anzuhalten, während er für seinen Teil keine Hemmungen hatte, an den antiken Überlieferungen von Homer bis Platon stilistische wie inhaltliche Verbesserungen vorzunehmen, weshalb es sich bei seinen Hausaufgaben und Klassenarbeiten weniger um Übersetzungen im engeren Sinne als vielmehr um freie Nachdichtungen handelte, was nicht zuletzt damit zusammenhing, daß er nur wenige griechische Vokabeln kannte und von Grammatik nichts verstand.

Nichtsdestotrotz kamen Herr Dr. Moosheimer und er ins Gespräch, wobei ersterer noch immer nicht geruhte, Platz zu nehmen, sondern seinen Schützling nach alter Lehrermanier umkreiste. Mal neigte er sich, einen Arm auf die Sitzverschalung gestützt, zu ihm hin, mal schwang er sich mit einer Hinterbacke auf die Außenlehne der Sitzgruppe schräg gegenüber wie seinerzeit auf die äußerste Ecke seines Pultes, die Beine elegant übereinandergeschlagen, die Fußspitzen wippend, doch all das nur kurz und wie auf dem Sprung in die nächste Pose. Was Herr Dr. Moosheimer vor seinen Augen vollführte, war eine regelrechte Choreographie, die mit ihren verschlungenen Schrittmustern, ihren komplizierten Gebärden der Zuwendung und Abkehr ins Tempeltänzerinnenartige spielte. Sie wirkte wie eine keusche, kontemplative Balz, die durch Jahre und Jahrzehnte des Schulalltags etwas Geübtes, fast schon Geöltes hatte und für Herrn Dr. Moosheimer völlig nebenherlief, da seine gesamte Konzentration der Wahl seiner Worte galt. Er setzte sie mit Bedacht und dem hehren Anspruch aller großen Rhetoriker, nicht nur druckreif zu sprechen, sondern seine Rede in Stein meißeln zu lassen.

Er für seinen Teil hatte keinerlei Schwierigkeiten, in dem Herrn Dr. Moosheimer von heute den Herrn Dr. Moosheimer von einst wiederzuerkennen, der im Unterschied zu seinem Haarteil kaum gealtert zu sein schien, so sehr hatte sich sein Habitus und das typisch Moosheimerische seiner Ausdrucksweise konserviert. Schon vor fünfundzwanzig Jahren war ihm sein Lehrer wie eine Figur aus einem anderen Jahrhundert erschienen, ein klassischer Gelehrter und glühender Humanist mit einem Hang zu ausschweifenden Exkursen in die antike

Mythologie, die den Rahmen mancher Unterrichtsstunde sprengten. Herr Dr. Moosheimer war ein Liebhaber der schönen Künste, insbesondere der Musik, dilettierendes Mitglied einer kammermusikalischen Vereinigung mit einer Leidenschaft für vierhändiges Klavierspiel und Junggeselle. Seit etlichen Jahren pflegte er seine sterbenskranke Mutter, und es schien, als würde er sie bis an sein Lebensende weiter pflegen. Seine Garderobe hatte einen leichten Einschlag ins Schottische, falls man im Hinblick auf die beiden Sakkos, die er mehr oder weniger abwechselnd trug, überhaupt von einer Garderobe sprechen konnte: das eine gemustert und von tweedähnlicher Beschaffenheit, das andere aus braunem Cord mit Lederflicken an den Ellbogen.

In der Regionalbahn nach Bremen sitzend, sah er Herrn Dr. Moosheimer, den Jüngeren, wie aus der Zeit herausgetreten vor sich: dasselbe weiche, um Mund und Wangen ein wenig schlaffe Gesicht mit der cäsarisch hohen Stirn, aus dem Gedächtnis ergänzt um eine geflügelte Hornbrille und tiefergezogene Koteletten, wie sie schon damals aus der Mode waren. Zusehends vervollständigte sich die Erinnerung an das Klassenzimmer von einst, seinen Platz an der Wand, die graue, abwaschbare Ölfarbe mit ihren kartographischen Unebenheiten und die grün beschichteten Tischplatten, in die sich aus Verzweiflung und Langeweile so manche Zirkelspitze gegraben hatte. Da war sie wieder, die beklemmende, alpdruckartige Enge des Nordflügels mitsamt den Schulgerüchen von Angst, Urin und Bohnerwachs, die ihn beim Betreten von Behörden bisweilen anwehten wie böse Geister aus der Vergangenheit. Noch Jahre nach überstandenem Abitur hatte er innerlich in diesem Klassenzimmer gesessen und nichts gekonnt, nichts gewußt, verlegen sogar um die Ausflüchte, die ihm in der gewitzteren Schulwirklichkeit notgedrungen eingefallen waren.

Doch diese uralte, sich nie so ganz verlierende Pennälerangst war die einzige Verbindung zu dem Schülerdasein seiner Jugend. Alles andere – die Lautstärke, die Ignoranz, die Grausamkeit, die mit dazugehörte – war ihm gefühlsmäßig entfallen. Er wußte noch, wie vom Hörensagen, daß er damals bei vielen Scheußlichkeiten zwischen Pausenhof und Klassenzimmer nicht nur Opfer, sondern auch Täter oder zumindest Komplize gewesen war, doch er erinnerte sich nur gewissermaßen äußerlich. Er spürte den Jungen, der dieses oder jenes verbrochen hatte und den er aus alter Anhänglichkeit immer noch Ich nannte, schon lange nicht mehr. Im Gegenteil. Es kam ihm so vor, als hätte er sich seither nicht nur verändert, sondern überwunden.

Unterdessen geriet Herr Dr. Moosheimer immer mehr ins Dozieren, oder besser, Moosheimerisieren über seine Pensionierung und über die Reisen, die er seither unternommen hatte, nicht nur nach Griechenland oder Italien, auf den Spuren des Lehrplans, sondern auch nach Südamerika, Australien, Nordafrika und Fernost. Seine Mutter sei vor einigen Jahren gestorben, sagte er zur Erklärung, ohne eine Pause für etwaige Beileidsbekundungen zu lassen, er habe das Haus vermietet und den Lehrerberuf an den Nagel gehängt, so daß er sich nunmehr mit noch größerer Hingabe der Musik im Allgemeinen und dem vierhändigen Klavierspiel im Besonderen widmen könne sowie der Pflege seines weitläufigen Freundes- und Bekanntenkreises.

Herr Dr. Moosheimer beließ es bei dieser Andeutung, sein Privatleben betreffend, das seinerzeit unter der findig-fiesen Schülerschaft ein willkommener Anlaß zu allerlei Gerüchten gewesen war. Für die Wortführer der Klasse, die sich sexuell besonders aufgeklärt gaben, galt es als ausgemacht, daß Herr Dr. Moosheimer »schwul« war – ein Ausdruck, welcher der griechisch gewandeten Homophilie des Altphilologen wenig gerecht wurde. Aus gutem Grund, munkelte man, sei er Lehrer an einem katholischen Mädchengymnasium geworden, nicht ahnend, daß es schon bald den Grundsatz der Geschlechtertrennung aufgeben würde. Anfangs waren es nur wenige Knaben, die den Weg auf die Liebfrauenschule fanden, doch ihre Zahl nahm stetig zu und brachte Herrn Dr. Moosheimer in immer größere Nöte und Gewissenskonflikte, bei der Zensurenvergabe wie überhaupt bei der gleichmäßigen und gerechten Verteilung seines pädagogischen Eros – ein Umstand, dem nicht zuletzt er für seinen Teil sein Graecum verdankte.

In fast schon beschämender Weise gehörte er zu Herrn Dr. Moosheimers Lieblingen, dessen Wohlwollen so weit ging, selbst in dem erbärmlichsten Gestammel, den haltlosesten, unsinnigsten und freiest erfundenen Übersetzungsversuchen noch etwas Lobenswertes zu entdecken. Nie besaß das Sprichwort »Liebe macht blind« eine größere Berechtigung. Es war die einzig plausible Erklärung dafür, daß Herr Dr. Moosheimer das Ausmaß seines Unvermögens einfach nicht sah und weiter unbeirrbar an ihn glaubte, obwohl ihn jede einzelne Griechischstunde eines Besseren hätte belehren müssen. An diesem Schüler war Hopfen und Malz verloren, das wußte das ganze Kollegium. Trotzdem bewertete Herr Dr. Moosheimer seine mit dem Wörtchen »mangelhaft« immer noch arg beschönigten Leistungen am Schuljahresende als »ausreichend« und rettete damit gleich mehrmals seine Versetzung.

Im nachhinein hätte er sich besser gefühlt, wenn er sitzengeblieben wäre, anstatt in den Genuß dieser himmelschreienden Bevorzugung zu kommen. Doch als er zu dem Jungen von damals noch Ich sagte und sich selbst am nächsten war, dachte er nicht daran, den Helden zu spielen. Er war ein ganz gewöhnlicher Schüler mit all den Ängsten und Verschlagenheiten, die das mit sich brachte. Heißkalte Schauer rieselten ihm über den

Rücken, wenn sein offensichtliches Versagen bei den simpelsten Deklinationen selbst dem treuherzigen Herrn Dr. Moosheimer für einen Augenblick die Sprache verschlug. Jetzt hätte er ihn leisten können, leisten müssen, den schulischen Offenbarungseid. Doch die Momente der Wahrheit dauerten nie lang. Schon bald fand sein Lehrer einen Grund, ihm dennoch den Kopf zu tätscheln und gut zuzureden. Seine Geduld schien keine Grenzen zu kennen, sie kam einer Liebeserklärung gleich.

Soviel Zuneigung berührte ihn peinlich, zumal sich seine Mitschüler bis auf ein, zwei fernere Favoriten keiner Vorzugsbehandlung erfreuten. Um ihrem Neid zu entgehen, demonstrierte er die größtmögliche Gleichgültigkeit gegenüber Herrn Dr. Moosheimers Liebesbeweisen und nahm sich allerlei Grob- und Albernheiten heraus. Er wollte den anderen zeigen, daß er kein Speichellecker war. Doch es half alles nichts. Herr Dr. Moosheimer duldete seine Gemeinheiten kommentarlos, so als habe er auch dafür Verständnis und wisse, daß ihm diese oder jene Schmach nicht wirklich von seinem Liebling zugefügt wurde, sondern von den anderen gleichsam durch ihn hindurch.

Als er vor einem großen Griechischvokabeltest in einer Mischung aus Verzweiflung und Leichtsinn an die Tafel schrieb: »Ich habe keine Lust mehr auf die Schwule«, und sich dabei erwischen ließ, zollten ihm selbst die Hartgesottensten aus der Klasse Respekt. Doch das waren Scheintriumphe. Denn er wußte, er konnte sich alles erlauben. Als ihn sein Lehrer anschließend abhörte und ihm die richtigen Antworten geradezu in den Mund legte, schlug er die Augen nieder vor Herrn Dr. Moosheimers traurig-zutraulichem Blick.

»Ich habe Ihren Werdegang sehr aufmerksam verfolgt«, sagte Herr Dr. Moosheimer fünfundzwanzig Jahre später nach einer kleinen Pirouette im Gang der Regionalbahn nach Bremen und wandte sich ihm milde lächelnd wieder zu, »Ihre zahlreichen

Stationen, landauf, landab. Freunde aus Basel und Bonn haben mir regelmäßig Rezensionen über Sie geschickt, Ihren Ferdinand, Ihren Franz Moor! Und seit Sie in Hamburg am Theater sind, liest man ja viel von Ihnen auch in den großen Zeitungen ...«

Unbehaglich rutschte er auf seinem Sitz hin und her, sah sich nach den anderen Fahrgästen um und flüsterte, das sei doch nicht der Rede wert. Aber Herr Dr. Moosheimer ließ sich so leicht nicht von seinem Thema abbringen. O doch, fuhr er fort, er liebe das Theater, er habe es immer geliebt und bewundert, die Schauspieler, ihre Kühnheit und Leidenschaft. Er selbst sei ein passionierter Theatergänger, bevorzuge aber die Oper, Schauspiele regten ihn zu sehr auf. Oft würde er nach dem Besuch dieser vielfach wirren, wilden und wenig verständlichen Aufführungen wochenlang keine Ruhe finden. In der Oper hingegen könne man selbst bei den verfehltesten Inszenierungen und dem gröbsten Unfug auf der Bühne noch immer die Augen schließen und sich von der Musik tragen lassen. Er fahre viel nach Hamburg, Berlin und manchmal auch Düsseldorf an die großen Opernhäuser und besuche bei der Gelegenheit einige ehemalige Schüler, mit denen er nach wie vor in Kontakt stehe. Es sei schon erstaunlich, daß aus den meisten etwas geworden sei, musische Menschen mit einer Sensibilität, die ihnen im Leben nicht immer zugute komme, aber es seien eben gerade diese Schüler, die, da sie nicht ins Schema paßten, besonderer Sorgfalt und Förderung bedürften. Wobei Herr Dr. Moosheimer, schräg vor ihm stehend, voller Stolz und Wohlwollen auf seinen Scheitel blickte, als habe er immer schon gewußt, daß es mit ihm, dem Griechisch-Analphabeten, noch einmal ein gutes Ende nehmen würde.

Er für seinen Teil war sich völlig darüber im klaren, daß das nicht stimmte. Er hatte nicht zu den Vielversprechenden, zu den Talentierten und Förderungswürdigen seines Jahrgangs gehört, die mit ihren Wortmeldungen und Aufsätzen die Erwachsenenwelt in Entzücken versetzten. Falls er damals besondere Anlagen oder Begabungen besessen hatte, waren sie ihm und dem Rest der Welt verborgen geblieben. Nichts hatte sich mit genialischer Notwendigkeit entwickelt. Sein Leben erschien ihm wie eine Aneinanderreihung von Versuchen und Irrtümern, mehreren Anfängen und losen Enden, allerlei Zufällen und zwei, drei größeren Entscheidungen, deren Tragweite er damals nicht hatte absehen können. Hier und da hatte er die richtigen Leute getroffen und war mit ihnen ein Stück des Weges gegangen, dann kamen wieder andere, das war alles.

Je länger Herr Dr. Moosheimer sich ausließ über den begabten, hochsensiblen Schüler, der er gewesen sein sollte, desto größer wurde sein Widerwille. Er war das nicht, zu keiner Zeit, und hatte sich auch nie begabt oder sensibel gefühlt. Im Gegensatz zu Herrn Dr. Moosheimer fand er sich absolut ins Schema passend. Er sah sich geradezu als Prototyp des faulen Schülers, der nur seine Haut zu retten versuchte, und stimmte mit dem Rest des Kollegiums völlig überein in seiner schlechten Meinung über sich. Die »Aufgewecktheit«, »Lebhaftigkeit« und »Phantasie«, die Herr Dr. Moosheimer ihm bescheinigte, konnte er beim besten Willen nicht an sich entdecken, nicht an dem verschlafenen, ewig hinterherhinkenden Häufchen Elend gleichen Namens, das als einzige innere Regung Angst verspürte, Angst vor seiner Bloßstellung, vor dem Gelächter der andern, vor dem ewigen »Ungenügend«, das über ihm schwebte.

Aber er wollte keinen Streit mit Herrn Dr. Moosheimer, sondern fand ganz im Gegenteil, er habe einiges gutzumachen. Folglich bemühte er sich, ein bißchen von der Dankbarkeit zu zeigen, die er damals, als er noch nicht er gewesen war, hatte vermissen lassen. Er wollte diesem liebenswürdigen alten Herrn etwas zurückgeben von der Wärme und Sympathie, die er damals nicht erwidern konnte. Ja, er mußte sich nicht einmal verstellen, um freundlich zu lächeln und seinen alten Lehrer anzustrahlen, denn er freute sich aufrichtig, ihn gesund und munter zu sehen, auch wenn er das dumme Gefühl nicht loswurde, daß Herr Dr. Moosheimer ihn gar nicht richtig wahrnahm, sondern nur die Fortsetzung seiner einstigen Illusion, das Wunderkind, das er nie war.

Die Regionalbahn näherte sich ihrer Endstation. Sie hatten Rotenburg/Wümme längst passiert und schaukelten durch Wiesen und endlos flaches Weideland auf Bremen zu. Herr Dr. Moosheimer senkte das Haupt, schwer atmend auf einmal, als hätte er noch etwas auf dem Herzen, weshalb auch er in seinem Sitz unwillkürlich Haltung annahm und sich bereit machte für eine letzte Lektion, bei der er sich wenigstens dieses eine Mal gelehrig zeigen wollte.

»Drei Jahrgänge nach Ihnen gab es auf einem der Nachbargymnasien den Fall eines Schülers, der sozusagen …« Herr Dr. Moosheimer befeuchtete seine Lippen auf der Suche nach dem unverfänglichsten Wort, »vom anderen Ufer war. In seiner Not hatte der Junge sich an mich gewandt, dabei ging er weder in eine meiner Klassen noch war ich sonstwie für ihn zuständig. Er hatte einfach nur von mir gehört und gehofft, ich würde ihn verstehen. Damals habe ich alles abgestritten und so getan, als wüßte ich nicht, wovon er spricht. Ich hatte Angst.«

Herr Dr. Moosheimer machte eine Pause, schaute hinaus auf die Landschaft und setzte sich schließlich auf den Platz neben ihm, nachdem er fast die ganze Fahrt über gestanden hatte. Die Finger seiner unberingten Hände kneteten und verknoteten sich. »Wenig später hat sich dieser Schüler das Leben genommen. Niemand hat mir Vorwürfe gemacht. Es führte keine Spur zu mir, und ich hatte ja im engeren Sinne auch nichts mit der

Sache zu tun. Aber es war ein Schock. Und ich habe daraus gelernt.«

Herr Dr. Moosheimer sah ihn aus den Augenwinkeln an, fragend, fast ein bißchen schüchtern, aber er für seinen Teil sagte nichts, sondern schwieg. Es war das erste Mal, daß er das Gefühl hatte, etwas für diesen Mann tun zu können, der während der Schulzeit sein Schutzengel gewesen war, er hörte ihm einfach nur zu.

»Zwei Jahre darauf hatte ich in einer Siebten einen Jungen, der schwer krank war und große Schwierigkeiten mit seiner Mutter hatte. Sein Vater war früh gestorben. Ich hatte mich damals schon zu erkennen gegeben – wenn Sie wissen, was ich meine –, es dem Direktor und dem Kollegium mitgeteilt, niemand war überrascht, alle schienen erleichtert, daß die Heimlichtuerei ein Ende hatte, nur für mich war es ein ungeheurer Schritt. Doch dieser Junge war keineswegs andersherum, wie man so sagt, er war auf der Suche nach einem Vater, einem väterlichen Freund. Als die entscheidende Operation bevorstand, habe ich beim Direktor vorgesprochen und ihm gesagt, ich könne meiner Lehrverpflichtung im Augenblick nicht nachkommen, ich müsse diesem Jungen beistehen. Ich hatte mit allem möglichen gerechnet und wäre sogar bereit gewesen, ein Disziplinarverfahren in Kauf zu nehmen oder den Dienst zu quittieren. Doch der Direktor sagte nur: ›Wenn Sie meinen, das tun zu müssen, werde ich eine Vertretung organisieren.‹ – Ich blieb drei Tage bei dem Jungen, saß an seinem Bett und hielt ihm die Hand. Sie können mir glauben, daß ich weiß, was Vaterschaft bedeutet. Ich habe es erfahren.«

Eine Weile saß Herr Dr. Moosheimer einfach nur da, dann gab er sich einen Ruck, stand wieder auf und strich wie zum Abschied leicht über mein Haar. Der Zug hielt in Bremen und leerte sich schnell. Ich blieb noch einen Augenblick regungslos auf meinem Platz und ließ Herrn Dr. Moosheimer Zeit, das Weite zu suchen, dann ging auch ich durch die leeren Sitzreihen und stieg aus. Auf dem Bahnsteig war nichts mehr von ihm zu sehen.

4
Wir

Wir wohnen noch nicht lange hier am Rand dieser besseren Bremer Gegend, wobei gut oder weniger gut relativ ist (besonders in Bremen), genauso wie kurz oder lang – zwei, drei Jahre waren einmal eine Ewigkeit, inzwischen sind sie mir nichts, dir nichts vorbei. Wenn wir nach Hause kommen, beginnt für meine Frau und mich die »Truman-Show«, wie wir unseren Alltag nennen, weil er uns zu schön vorkommt, um wahr zu sein. Meine Frau arbeitet wie ich am Theater, aber nie an demselben. Wir sehen uns nach all den Jahren noch immer nicht oft genug. Also genießen wir die wenigen Stunden Alltäglichkeit, die uns zwischen den Dramen auf und hinter der Bühne bleiben. Wir gehen nicht joggen wie Hartmut Gehlen mit seinen Elevinnen, wir räumen den Geschirrspüler aus, geben Fertiggerichten aus der Tiefkühltruhe mit ein paar Gewürzen den letzten Pfiff und tun ein bißchen so, als würden wir zusammen kochen.

In unserem Beruf gibt es immer etwas zu erzählen, und in der Regel wissen wir, von wem der andere gerade spricht. Meine Frau kennt fast alle meine Hamburger Kollegen von der Bühne, ich kenne die meisten ihrer Bremer Kolleginnen von gelegentlichen Besuchen bei uns zu Hause. Wir verpassen selten eine Folge in der Seifenoper des Theaterlebens, das wir unabhängig voneinander führen. Manchmal rege ich mich über Regisseure auf, manchmal hat sie Magenschmerzen wegen einer Rolle. Dann machen wir zusammen einen Spaziergang, und meistens ist es danach wieder gut.

In unseren ersten Jahren war es für beide nicht einfach mit anzusehen, wie der andere mit wechselnden Partnern Szenen spielte, die – hätte man einen Grund zur Eifersucht gesucht – wenig der Phantasie überließen. Sogar heute noch ist es nicht immer leicht, zwischen Liebesspiel und Liebeswirklichkeit zu unterscheiden. Kuß sieht aus wie Kuß, Berührung wie Berührung, und manche Zärtlichkeit auf der Bühne scheint so unmittelbar aus unserem Schlafzimmer zu kommen, daß wir beim Zuschauen zusammenzucken wie ertappt. Doch mittlerweile wissen wir es besser. Denn anders als die Liebe auf der Bühne – die Leidenschaften und großen Gefühle – hat die Liebe im Leben etwas mit Zeit zu tun und dem Abenteuer der Dauer. Je mehr Liebesszenen ich spiele, je mehr Kolleginnen ich begegne, desto weniger interessiert mich der Reiz des Neuen, desto größer wird der Reiz des Vertrauten. Und meiner Frau geht es genauso. Sie kennt mich besser als ich.

Mit den Jahren haben meine Frau und ich eine unglaubliche Begabung zur Normalität entwickelt. Das war überlebensnotwendig, als wir noch an weiter auseinander liegenden Bühnen engagiert waren. Eine Zeitlang hat sie in Oldenburg gespielt und ich in Basel, dann ging sie nach Karlsruhe und ich nach Bonn. Was uns blieb, waren endlose Bahnfahrten und die wenigen wachen Stunden der Zweisamkeit an unseren freien Abenden. Hätten wir da zu hohe Erwartungen gehabt, wäre das nicht gut gegangen. Doch es gelang uns mit der Zeit immer besser, gleich nach dem Kofferauspacken so zusammen zu sein, als wären wir nie getrennt gewesen.

Im Vergleich zur Liebe auf der Bühne und im Film haben wir als Paar nichts Spektakuläres unternommen, wir sind nicht unentwegt an romantische Orte gereist, wir haben uns nicht vor offenen Kaminfeuern auf Bärenfellen gewälzt, wir haben nur ein paar Spielregeln eingehalten und konnten uns aufeinander verlassen, das ist das ganze Geheimnis. Wenn es für uns einen entscheidenden Augenblick gab, einen Wendepunkt, dann war es der Moment, als die Zeit anfing, für und nicht gegen uns zu laufen. Schwer zu sagen, wann genau das war. Irgendwann schien die Eieruhr der Vergänglichkeit sich umgedreht zu haben, irgendwann war ein gewöhnlicher Tag, ein Monat, ein Jahr nicht bloß ein weiterer Schritt in Richtung Verfallsdatum der Gefühle. Etwas wuchs, ganz unbemerkt. Und plötzlich stellten wir zu unserem Erstaunen fest, daß wir schon länger friedlich zusammenlebten, als unsere Eltern verheiratet gewesen waren. Es war der Moment, in dem der Gedanke der Ehe seinen Schrecken verlor. Es ist ein schönes Gefühl, eine gemeinsame Vergangenheit im Rücken zu spüren, es ist schön, Wir sagen zu können und damit eine lange Geschichte zu meinen, es ist schön, in seinem Leben nicht immer nur die erste Person gewesen zu sein.

»Ich will mit dir alt werden«, hatte Lisa damals gesagt und gelächelt, als sei es eine Liebeserklärung, doch es klang wie eine Drohung. Ich wußte zunächst nicht so recht, was ich davon halten sollte. Wenn sie sich gewünscht hätte, mit mir jung zu bleiben, hätte ich sie sofort verstanden, aber »mit dir alt werden« hörte sich nicht gerade verlockend an. Inzwischen genieße ich es sehr, mit ihr älter geworden zu sein.

Unsere Geschichte wird immer länger, und wir können sie uns gegenseitig erzählen, ohne uns zu langweilen. Die verschiedenen Städte, Wohnungen, die Freakshows der Viertel, wechselnde Mietparteien über und unter uns, Begegnungen der Dritten Art im Hausflur, Familiendramen nachts um halb zwei – das alles war einmal unser Leben. Wir waren nicht immer dasselbe Paar. Wir hatten unsere Party-Phase, unsere Kino-Phase, unsere Essengeh-Phase, unsere Freunde-besuchen-Phase, unsere sportliche Phase, unsere meditative Phase und einige andere mehr, die gottlob vorbei sind. Vieles, ohne das wir damals nicht leben konnten, entlockt uns heute nur noch ein müdes Lächeln. Kaum zu glauben, wie und wer wir schon alles gewesen sind. Und es ist gut, daß wir uns zu zweit erinnern. Denn so ein Einzelgedächtnis ist wählerisch und neigt dazu, all das zu vergessen, was es von sich nicht mehr wahrhaben will. Oft übersteigt die Vergangenheit unsere Vorstellung.

Wenn ich meine Frau über uns früher reden höre, ist es, als würde sie mich an etwas erinnern, das ich geträumt habe. Ich sehe uns beide wie im Film, verkleidet, verjüngt und umfrisiert, und staune über die Unwirklichkeit dessen, was wir damals gewollt, gesagt und getan haben. Einzelheiten fallen mir wieder ein – die Schuhe, die ich damals trug, das Poster an der Schlafzimmertür, der Sommerhit von '96. Fast Vergessenes fügt sich zusammen, und langsam kommt das Traumgefühl zurück, das einmal unser Lebensgefühl war, aber nur so von fernher und verschleiert, ein Gefühl eher zum Bestaunen als zum Empfinden, wie beim An-die-Decke-Starren an einem Sonntagmorgen nach dem Aufwachen. Wobei es seltsam ist zu wissen, daß wir diesen Moment des Erwachens im Grunde auch nur träumen und eigentlich immer weiterschlafen, nur eben einen leichteren, durchlässigeren und anders geschichteten Schlaf, aus dem wir in zwei, drei oder fünf Jahren ebenso augenreibend wieder aufwachen werden, voller Verwunderung über das seltsame Zeug, das uns jetzt so wichtig und wirklich erscheint.

Wenn meine Frau und ich in fünf Jahren die Augen aufschlagen und auf uns heute zurückblicken, wird unser Leben nicht mehr dasselbe sein. Mit einem müden Lächeln werden wir uns erinnern an unsere Pläne und Erwartungen, Sorgen und Ängste von einst, die uns im nachhinein naiv, wenn nicht sogar niedlich erscheinen, denn alles wird anders gekommen sein, als wir dachten (und falls es genau so gekommen sein sollte, wird es sich anders anfühlen, als wir glaubten).

Wir werden uns längst daran gewöhnt haben, Eltern zu sein, und möglicherweise – wenn unser Kind schläft – werden wir etwas wehmütig zurückdenken an diese gute, hoffnungsfrohe Zeit, als meine Frau im vierten Monat schwanger war und die Fruchtwasseruntersuchung glücklich hinter sich gebracht hatte, die uns von den Ärzten aufgrund unseres fortgeschrittenen Alters empfohlen worden war. Wir werden uns gegenseitig ein bißchen damit aufziehen, wie wir damals die ersten Ultraschallbilder zur Hand genommen und angestarrt haben, fassungslos und verzückt. Meine Frau wollte sie rahmen lassen, werde ich behaupten, obwohl das meine Idee war, und sie wird sagen, ich hätte mir eines aus ihrem Mutterpaß geklaut, um es immer bei mir zu tragen, obwohl ich nur Witze gemacht hatte. Doch all das wird sehr lange her sein und schon fast nicht mehr wahr, wir werden vergessen haben, wo sie liegen, die Bilder und all die anderen Reliquien aus dieser Zeit der Erwartung. Andere Dinge werden wichtig geworden sein. Unser Kind wird einen richtigen Namen tragen und nicht mehr Obsklappt heißen, wie wir es damals nannten, als wir noch nicht wußten, ob es klappt. Es wird für uns so real sein, als hätte es nie Obsklappt geheißen. Und wir werden uns ein Leben ohne Kind beim besten Willen nicht mehr vorstellen können, schon gar nicht unser Leben jetzt.

Natürlich wird die Erinnerung vieles verklären, und einer von uns beiden wird irgendwann sagen, es sei aber auch nicht alles so einfach gewesen, wie es nachträglich scheint. Wir werden an die Ängste denken, die wir ausgestanden haben vor und nach der Behandlung, und daran, wie wir uns Mut geholt haben bei den Kublitscheks, unseren Nachbarn, die dann vielleicht schon längst nicht mehr neben uns wohnen, weil es ihnen zu eng geworden ist mit ihren Zwillingen. Doch für uns werden sie immer unsere Nachbarn bleiben: Frau Kublitschek, die noch mit dreiundvierzig schwanger wurde wie durch ein Wunder, Herr Kublitschek, der als graue Eminenz mit Kinderwagen viel

Lob erntete für die beiden hübschen Enkel, deren Vater er war. Anfangs konnten wir uns nicht vorstellen, es genauso zu machen wie sie. Als uns die Kublitscheks die Adresse des Instituts gaben und den Namen des Klinikchefs, der die künstliche Befruchtung bei ihnen durchgeführt hatte, steckten wir die Visitenkarte nur aus Höflichkeit ein und beließen es dabei. So etwas kam gar nicht in Frage, für uns doch nicht.

Wir hatten keinen unbedingten Kinderwunsch, sondern sahen es eher als eine Frage des Schicksals (wenn es klappt, gut und schön – wenn nicht, dann nicht). Wir nutzten nicht unser gesamtes Verhütungswissen, um mit Kalendern, Tabellen und Thermometern den Zeitpunkt zu errechnen, an dem wir früher auf keinen Fall miteinander schlafen durften und es jetzt mußten, ob wir wollten oder nicht. Wir wurden auch nicht nervös, als unsere Kollegen reihum noch kurz vor Toresschluß Großeltern-Eltern wurden, die überzeugtesten Junggesellen und Egozentriker, die kunstgeschöpflichsten Schauspielerinnen und Kantinen-Diven, die in all den Jahren über nichts anderes geredet hatten als über das Theater und sich selbst. Es lag uns fern, den Kindersegen künstlich zu befördern und Schicksal zu spielen. Denn wir waren uns selbst genug. Wir waren verliebt in unsere Normalität, und Obsklappt war nur eine Option.

Bis wir an den Rand dieser besseren Bremer Gegend zogen. Auf einmal hatten wir die Kublitscheks als Nachbarn und dieses Extra-Zimmer zur Verfügung, das auf dem Grundriß als Kinderzimmer ausgewiesen war und das wir, wie sich herausstellte, nicht gebrauchen konnten, weil wir so daran gewöhnt waren, auf engstem Raum zusammenzuleben. In unserer Wochenend-Beziehungszeit hatten wir uns jahrelang Ein-Zimmer-Wohnungen geteilt.

In der Truman-Show unseres Alltags kam dieses Extra-Zimmer nicht vor. Es war kein Luxus, sondern nur ein toter Winkel. Zunächst hatten wir überlegt, es zum Gästezimmer umzufunktionieren, aber wir waren mittlerweile in einem Alter, in dem es unseren Gästen und uns lieber war, im eigenen Bett zu schlafen und den nächsten Vormittag für sich alleine zu haben. Wir dachten an einen Ruheraum zum Lesen oder Textlernen, falls einer von uns fernsehen wollte. Aber zu unserer Normalität gehörte das Gefühl von Nähe und Zusammensein, die Geräusche, Blicke und Berührungen genauso wie die eingespielten Sitz- und Liege-Stilleben auf dem Sofa. Wir störten uns nicht, wir waren unsere Atmosphäre, unser gegenseitiges Zuhausegefühl. Dazu paßte kein Ruheraum. Was also sollte damit werden? Für ein Arbeitszimmer war es uns beiden zu einsam, für einen Hobbyraum hatten wir zu wenig Hobbys, und für einen begehbaren Kleiderschrank fehlten uns die Klamotten. Der Grundriß hatte völlig recht: Dieses Zimmer war ein Kinderzimmer und sonst gar nichts.

Nun könnte man sich streiten, was zuerst da war, Kinderzimmer oder Kinderwunsch? Wir hatten Obsklappt zwar schon vor unserem Umzug erfunden und sein Zustandekommen billigend in Kauf genommen, aber das war im Spiel und um dem Beischlaf nach Jahren der Naturaustricksung die besondere Bedeutung zu geben, nicht nur Lust, sondern womöglich auch Zeugung zu sein. Doch selbst wenn uns das Kinderzimmer erst auf die Idee gebracht hatte, blieb noch immer die Frage, warum dieser Umzug überhaupt? Warum sollten sich zwei durchaus nicht unzufriedene Kinderlose ausgerechnet für eine Wohnung mit Kinderzimmer interessieren?

Die Antwort kann nur lauten: Wir wollten Kind und Kinderzimmer offenbar schon lange, bevor wir es wußten. Unsere Entscheidung für diese Wohnung fiel wie fast alle Lebensentscheidungen blind. Wir glaubten nur, ein Paar zu sein, das sich vollkommen selbst genügte. Wir machten uns etwas vor, wenn wir so taten, als würden wir es rein dem Zufall überlassen, ob es mit Obsklappt klappt. Und wenn wir mit Blick auf unseren Umzug sagten, wir würden uns »verändern«, kamen wir der Wahrheit damit näher als gedacht. Wir befanden uns im Sog einer Veränderung, die tiefer und gewaltiger war als alle unsere Zukunftspläne. In dem Moment, als wir eines schönen Samstagmorgens den Anzeigenteil der Zeitung aufschlugen und auf gut Glück nach einer neuen Wohnung Ausschau hielten, war etwas ins Rollen gekommen, das sich nicht mehr aufhalten ließ. Wir steuerten mit absoluter Zwangsläufigkeit auf dieses leere Kinderzimmer zu und auf die unwiderrufliche Konsequenz, es mit Leben zu füllen.

Obsklappt hatte entschieden – über unsere Köpfe hinweg. Er hatte sich schon geplant, als wir noch unverbindlich mit dem Gedanken an ihn spielten. Und er wollte diese Wohnung längst, als wir noch zögerten, denn er hatte sich von Anfang an hier wohlgefühlt und das Kinderzimmer für sich reserviert. Es war sein Wille, daß wir an den Rand dieser besseren Bremer Gegend zogen, nachdem wir jahrelang mitten im Zentrum und in nächster Nähe der schlechteren Gegenden gewohnt hatten. Er bestand auf einer sicheren Umgebung und einem Junkie-freien Schulweg. Und er hatte sich mit untrüglichem Instinkt die Kublitscheks als Nachbarn ausgesucht, um seine Entstehung zu erzwingen, genauso wie er die Zwillinge bereits ins Auge gefaßt hatte als seine künftigen Spielkameraden und größeren Brüder im Geiste.

Es war vor allem Obsklappt zu verdanken und dem sich zusehends rundenden Bauch meiner Frau, daß Herr und Frau Kublitschek uns als ihresgleichen akzeptierten, obwohl sie schon lange in dieser besseren Bremer Gegend wohnten und dort viele gute Bekannte hatten. Wenn die Kublitscheks neuerdings Wir sagten, meinten sie nicht nur sich – so wie meine Frau und ich uns meinten, wenn wir Wir sagten –, sie meinten uns alle. Ihr Wir stand für eine ganze Generation von Großeltern-Eltern, und es wuchs sozusagen proportional zum Bauch meiner Frau.

Wir waren die Avantgarde der Familienplanung. Wir verkörperten das idealtypische moderne Paar, wie es den Erfindern der Antibaby-Pille vorgeschwebt hatte, als sie der Lust die Sorglosigkeit schenkten und der Vernunft eine neunundneunzigprozentige Planungssicherheit. Wir waren der Sieg dieser Vernunft über das Chaos der Geschlechtshormone, denn wir teilten uns das Leben ein, machten hübsch ordentlich eins nach dem anderen und leisteten erst etwas, bevor wir uns Kinder leisteten. Wir manipulierten die Biologie nach unserem Bilde, indem wir in unseren fruchtbarsten Jahren künstlich verhüteten, um in unseren beinahe unfruchtbaren Jahren künstlich Kinder zu zeugen. Und wir (meine Frau und ich) gehörten auf einmal dazu.

Dabei wurden wir noch bis vor wenigen Monaten von den Kublitscheks als kinder- und verantwortungslose Doppelverdiener schief angesehen. Damals – bzw. eben noch – hatten wir das Gefühl, uns dafür entschuldigen zu müssen, daß wir noch immer nur Paar waren, im Gegensatz zu den Kublitscheks, die ihren Schwenk auf die moralisch richtige Seite generalstabsmäßig geplant und vollzogen hatten. Denn ihnen war mit der Geburt der Zwillinge gleich die komplette Reproduktion ihrer selbst gelungen, eine Art demographischer Doppelschlag, durch den sie einmal mehr unterstrichen, wie vorbildlich und ungemein effektiv sie waren.

Uns fiel ein Stein vom Herzen, als meine Frau endlich schwanger wurde und sich abzeichnete, daß wir in letzter Minute doch noch Eltern werden würden. Unsere Erleichterung war kaum zu beschreiben und wurde von sämtlichen Verwandten, Freunden und Bekannten geteilt. Die Mütter im Ensemble meiner Frau umringten sie in matriarchalen Fruchtbarkeitstänzen. Die Väter unter meinen Kollegen wurden nicht müde, mir auf die Schulter zu klopfen. Wir kamen unversehens ins Gespräch mit Menschen, mit denen wir nicht das geringste gemeinsam hatten außer der Tatsache, daß auch sie gerade Eltern wurden oder geworden waren. Wie unter Hundebesitzern schien es gegenüber Schwangeren keinerlei Kommunikationsbarrieren zu geben, nur daß die erste Frage nicht lautete, »Ist das ein Rüde?«, sondern »Wann ist es denn so weit?« Dann erst erkundigte man sich nach dem Geschlecht.

Unser Leben war ab sofort nicht mehr unsere Sache. Ratschläge und ärztliche Anordnungen mußten befolgt werden, Pläne und Einkaufslisten wurden für uns erstellt, Kleiderspenden und Spielsachen häuften sich. In Gestalt von gestandenen Müttern, Hebammen, Ärzten, Krankengymnastinnen und selbsternannten Experten nahm sich die Gattung des ungeborenen Lebens an – wir hatten ja keine Ahnung. Denn als werdende Eltern standen wir nicht mehr souverän auf der oberen Hälfte der Karriereleiter, sondern auf der Familienleiter ganz unten, blutige Anfänger in einer Angelegenheit, die manch andere in ihren Zwanzigern wie nebenbei erledigt hatten. Man ließ uns ein Maß an Bevormundung angedeihen wie seit der Grundschule nicht mehr. Doch es war gut gemeint, und so empfanden wir es auch: nicht als Vereinnahmung oder Übergriff, sondern als etwas ganz Ursprüngliches, eine Art vorzeitliches Stammesritual, eine zweite Initiation in die Gesellschaft, die uns so lange hatte gewähren lassen und sich jetzt zu einem großen kollektiven Kümmern um den Bauch meiner Frau versammelte.

Noch glücklicher als wir war nur Frau Kublitschek, der gewissermaßen zwei Steine vom Herzen fielen, zum einen, weil wir uns doch nicht als verantwortungsscheues Schauspielerpärchen entpuppt hatten, das einen schlechten Einfluß auf die Nachbarschaft ausübte, zum anderen, weil sie als verantwortungsbewußte Karrieremutter jetzt ihren guten Einfluß auf uns ausüben konnte. Sie hatte uns den rechten Weg gewiesen, moralisch wie medizinisch, und konnte stolz sein auf das neue Leben, das in meiner Frau heranwuchs. Es verstand sich, daß Frau Kublitschek keine Gelegenheit ausließ, den Bauch meiner Frau zu tätscheln und in Tuchfühlung mit ihm zu bleiben. Schließlich gehörte dieser Bauch zu einem beträchtlichen Teil ihr.

Die Kublitscheks schlossen uns großzügig ein in den erlesenen Kreis der Alles-Richtig-Macher, obwohl ich für meinen Teil nicht das Gefühl hatte, überhaupt irgend etwas gemacht zu haben. Ich hatte nicht wirklich gehandelt, sondern eigentlich immer nur das getan, was gerade anstand. (Ich wußte nicht, ob es meiner Frau auch so ging, ich traute mich nicht, sie zu fragen, aber ich nahm es an.) Wir sahen vielleicht aus wie Alles-Richtig-Macher, wir hatten womöglich sogar genau das getan, was Alles-Richtig-Macher an unserer Stelle getan hätten, doch diese ganze Erst-das-Kinderzimmer-dann-das-Kind-Vernunft war uns passiert, um nicht zu sagen, unterlaufen, und ich hätte am liebsten bei den Kublitscheks geklingelt, um sie zu fragen, ob ihnen ihr Alles-Richtig-Macher-Leben nicht auch mehr oder weniger passiert oder gar unterlaufen war.

Ich ging in die Küche und kochte meiner Frau und Obsklappt eine Kanne von dem Schwangerschaftstee, den sie beide zur Nacht gerne tranken. Sie mußten jeden Moment nach Hause kommen. Ihre Vorstellung am Bremer Theater war seit mehr als einer halben Stunde aus. Ich setzte mich ans Fenster und nahm ein Buch zur Hand, um nicht zu offensichtlich auf sie zu warten, starrte aber dann doch nur hinaus auf die Straße. Herr Kublitschek kam nicht vorbei, obwohl er manchmal um diese Zeit noch mit dem Kinderwagen eine Runde drehte. Die Kublitschek-Zwillinge waren, anders als ihre Eltern, die morgens früh raus mußten, Nachtmenschen.

Der Tee schmeckte gar nicht so übel, ein bißchen kräutersudartig schal im ersten Moment mit einer deutlichen Brennesselnote, doch dann wieder ganz erfrischend, fast ätherisch im Abgang durch die Beimischung von Melisse und Johanniskraut. Seine Wirkung war auf Anhieb beruhigend, zumindest bildete ich mir das ein.

Es gab keinen Grund zur Sorge. Wenn Lisa sich verspätete, handelte es sich meist nur um fünf bis zehn Minuten. Falls es länger dauerte, rief sie an. Trotzdem war ich merkwürdig unruhig. Irgend etwas in mir mißtraute dem viel zu vernünftigen Glück, das die Kublitscheks uns vorlebten. Mir schien, als würden wir ihnen nicht nur immer ähnlicher, sondern bald ganz und gar sein wie sie. Wenn Obsklappt einmal auf der Welt war, würde es keinen Spielraum mehr geben für den Unterschied zwischen den Großeltern-Eltern aus Überzeugung wie den Kublitscheks und den Großeltern-Eltern aus Zufall wie uns. Das Gefühl von Unwirklichkeit würde verblassen angesichts der Macht des Faktischen. Obsklappt würde mit dem Spielzeug der Kublitschek-Zwillinge spielen, in ihre Strampelanzüge hineinwachsen, in dieselbe Krippe, denselben Kindergarten und auf dieselbe Grundschule gehen wie sie, er würde ein Kublitschek-Drilling werden und mit den beiden um die Häuser ziehen, während wir, seine schon etwas gebrechlichen Großeltern-Eltern, fast zeitgleich mit den Kublitscheks das Licht löschen würden, latent in Sorge wie so viele alte Menschen, die die Welt nicht mehr verstehen, und bar jeder Erinnerung daran, daß auch wir einmal anders waren.

Seltsam, wie wenig Angst wir um uns hatten, wie wenig Wert wir darauf legten, das Paar zu bleiben, das wir kannten. Anders als vor unserer Heirat, wo mich beim Abschied von meinem Junggesellenleben eine Art vorauseilende Reue beschlich, gab es keine solche Wehmut bei unserem Abschied von der Kinderlosigkeit, obwohl wir vermutlich sehr viel mehr Grund gehabt hätten, um unsere Freiheit zu fürchten. In meinem Kopf waren wir bereits zu dritt, als seien wir es immer schon gewesen, als könnte es gar nicht anders sein (und ich war sicher, meiner Frau ging es genauso, ich brauchte sie nicht zu fragen). Es fühlte sich an wie die natürlichste Sache der Welt, auch wenn sie nur auf die künstlichste, medizinisch aufwendigste Art und Weise zustande gekommen war.

Wobei wir uns nicht zu früh freuen sollten, warnten uns die Eltern von den höheren Sprossen der Familienleiter, ganz ungestraft bekomme man seine Kinder nicht so spät. Die Umstellung würde uns noch schwer genug fallen nach so vielen Jahren des Nur-an-sich-Denkens, nach einem halben Leben als Vollzeit-Egoisten und Selbstverwirklicher in Reinkultur. Wir würden erst wieder lernen müssen, zurückzustecken und uns einzuschränken, uns würde die Kraft fehlen, die Energie und Flexibilität, um heute mir nichts, dir nichts mit Obsklappt zum Arzt zu rennen und ihn morgen vorzeitig aus der Krippe zu holen. Wir würden uns wundern, mahnten sie wohlmeinend. Es schien das ultimativ letzte Wort zu sein, der Refrain all unserer Gespräche. Ja, ja, echote es von sämtlichen Eltern mit Lebenserfahrungsdiplom, wartet's nur ab, ihr werdet euch wundern!

Und so war es auch. Ich wunderte mich auf dem Weg in die Küche über die Selbstverständlichkeit, mit der Obsklappt schon jetzt seinen Platz in unserem Leben einnahm. Ich wunderte mich, als ich den Flur entlangging, über das Kinderzimmer, das in unseren Köpfen immer schon existiert haben mußte und an dem wir so viele Jahre achtlos vorbeigeeilt waren, bis diese Tür sich auf einmal öffnete. Und ich schüttelte ungläubig den Kopf, während ich vor dem Herd stand, um noch eine Kanne von diesem leckeren Tee aufzubrühen, weil wir in gewisser Weise doch alles richtig gemacht hatten, nicht wie die Kublitscheks, nicht allgemein und der Gesellschaft zum Beispiel, sondern nur für uns und unser kleinstes gemeinsames Wir.

Einmal mehr ertappte ich mich dabei, wie ich die Tür zum Kinderzimmer einen Spalt öffnete, um nachzuschauen, ob Obsklappt sich hier auch wohlfühlen würde. Wir hatten es noch nicht eingerichtet, das brachte Unglück. Auf keinen Fall wollten wir uns zu früh freuen, und ich versuchte nach Kräften, auf alles gefaßt zu sein, auch darauf, daß sich diese Tür, die sich so Sesam-öffne-Dich-gleich aufgetan hatte, durch höhere Gewalt wieder schloß. Immerhin war ich lange genug auf der Welt und am Theater, um zu wissen, daß die Dinge im Leben so nicht liefen, nicht so wunsch- und plangemäß. Daß erst das Kinderzimmer kam und dann das Kind, war vielleicht vernünftig, doch es war nicht die Wirklichkeit. In Wirklichkeit kam immer etwas dazwischen.

Ich schloß die Kinderzimmertür leise, wie um Obsklappt nicht zu stören. Wenn nach all den glücklichen Zufällen in meinem Leben noch unser Kind gesund und munter zur Welt kommen würde, fünf Finger an jeder Hand, war das alles, was ich wollte, dann wunderte ich mich gerne bis ans Ende meiner Tage. Doch möglicherweise war das schon zuviel verlangt. Es wurde höchste Zeit, daß Lisa nach Hause kam.

Für einen Moment stand ich einfach nur da. Ich hörte, wie sich der Wasserkocher in der Küche abschaltete und wieder herunterbrodelte. Ich hörte das vertraute Motorengeräusch in der Einfahrt, doch ich ging nicht zum Fenster, um meiner Frau zuzusehen, wie sie aus dem Wagen stieg, sondern schloß die Augen und lauschte. Der Motor verstummte. Die Autotür wurde aufgestoßen. Und mit einem Lächeln glaubte ich zu bemerken, daß Lisa von Tag zu Tag ein kleines bißchen länger brauchte, um aus dem Wagen zu klettern und die Autotür zuzuwerfen. Obsklappt hatte wieder etwas zugenommen. Ich hörte keine

Schritte auf der Einfahrt und den Treppenstufen. Sie trug ihre flachen, leisen Schuhe, ihm zuliebe. Ich hörte den Schlüssel im Schloß. Sie wird jeden Moment da sein, dachte ich und erwartete sie an der Tür, nachdem sie sich so verspätet hatte. Doch auch das war relativ.

5

Schwanger

Allerdings fragte er sich am nächsten Morgen beim Frühstück, wie lange er diesen Abstand zu sich selbst wohl noch würde aufrechterhalten können, der mit jedem Tag schwankender wurde. Genaugenommen war es gar kein feststehender, fixierbarer Abstand mehr, sondern eine seltsame Art des In-der-Schwebe-Seins irgendwo zwischen der Loslösung von seinem bisherigen Leben und dem Andocken an ein neues, weitgehend unbekanntes. Unerhört innige Momente von Nähe und Einssein mit seiner Frau und dem werdenden Leben in ihr wechselten mit Augenblicken geradezu aberwitziger Selbstentfernung, in denen er sich und seinem Alltag zusah wie etwas, das es eigentlich schon nicht mehr gab. Er befand sich gewissermaßen in einem Zustand des Übergangs, des Oszillierens zwischen dem, was er war, und dem, was er sein würde, ohne daß ihn diese innere Unschärfe sonderlich beunruhigt hätte. Sie schien ganz natürlich zu sein, eine möglicherweise sogar hormonell bedingte Bewußtseinsveränderung, die männliche Entsprechung zur Schwangerschaft seiner Frau, nur daß Lisa in beneidenswert faßlicher Weise ein neues Leben unter dem Herzen trug, während er etwas weniger ehrenvoll mit sich selbst schwanger ging und den Vater in sich ausbrütete, den er analog zur Geburt seines Kindes auf die Welt bringen würde.

Insofern war dieser Sonntagvormittag keineswegs wie alle Sonntagvormittage. Es schien nur dieselbe Ruhe zu sein, die Lisa und er teilen und schätzen gelernt hatten, nachdem ihre wilden Jahre vorbei waren. Doch wenn er es bedachte, handelte es sich längst nicht mehr um das Endergebnis ihres Miteinander-Älter-und-Ruhiger-Werdens, sondern um eine Ruhe vor dem Sturm, der bald hier sein würde, um für die nächsten – grob geschätzt – fünfundzwanzig Jahre über sie hinwegzufegen, bis das Kind, das sich jetzt noch im Bauch seiner Frau befand, aus dem Haus war. Und auch die Ruhe danach würde nicht dieselbe sein, sie würde ihr nicht einmal ähneln, dieser pränatalen Sonntagsseligkeit, die seine Frau und ihn umfing wie eine Schutzhülle der Vorfreude auf etwas Großes, von dem sie im Grunde gar nichts wußten, zwei ungeborene Eltern, ahnungslos und schicksalsfern, in einer schnell verblassenden Momentaufnahme, die eigentlich schon jetzt nostalgisch war.

Nachdenklich betätigte er den Toaster und schaute aus den Augenwinkeln hinüber zu seiner Frau, auf der Suche nach einem verwandten Gedanken in ihrem Gesicht. Doch sie strahlte ihn an mit einem hellen, schwimmenden Glanz in den Augen und schien zutiefst guter Dinge zu sein.

Gestern hatten sie noch bis spät in die Nacht geredet und dann behutsam miteinander geschlafen, ohne daß er dazu gekommen wäre, ihr von seiner Begegnung mit Herrn Dr. Moosheimer zu erzählen. Es gab so viel anderes, das dringender war oder wirkte. Doch ihm ging sein alter Lehrer nicht aus dem Kopf, auch nicht als der Toaster den Toast wieder ausspuckte und er seiner Frau und sich je eine Scheibe auf den Teller legte. (Von ihnen beiden war er derjenige mit den Hausfrauenhänden, ihm machte es nichts aus, heiße Teller oder Schüsseln anzufassen, während seine Frau schon bei mäßigen Temperaturen zurückzuckte und sich die Fingerspitzen ans Ohrläppchen hielt.) Am meisten beschäftigte ihn in seinem selbstgebärenden Zustand, was Herr Dr. Moosheimer über Vaterschaft gesagt hatte, und es drängte ihn zu erzählen, wie sein veranlagungsgemäß kinderloser Griechischlehrer am Krankenbett eines zwischen Leben und Tod schwebenden Schülers zum Vater geworden war.

Doch damit war die Geschichte nicht zu Ende, sie fing erst richtig an, und er für seinen Teil mußte feststellen, daß er davon eigentlich keinen Begriff hatte. Er ahnte lediglich, daß das Hoffen und Bangen, das Maß an Fürsorge und Mitgefühl, das Herrn Dr. Moosheimer zum Vater dieses Jungen hatte werden lassen, niemals aufhörte. Es würde ihn begleiten bis an sein Lebensende, durch all die kleinen und großen Katastrophen seiner friedlosen Tage und Nächte. Herr Dr. Moosheimer hatte am Krankenbett des Jungen gezittert, doch das war nichts gegen das Drama, das mit dieser Vaterschaft über sein geregeltes Griechischlehrerleben hereingebrochen war. Es genügte ein Anruf, daß es seinem Schützling schlecht ging, ein Streit mit der Mutter über dessen Zukunft, ein Zeichen der Abkehr und Entfremdung – und das Chaos war da!

Kaum zu glauben, daß derselbe Herr Dr. Moosheimer, der den Schmerz geradezu einlud in sein Leben, ihm treuherzig erklärt hatte, er würde sich im Theater keine Schauspiele mehr ansehen, weil sie ihn zu sehr aufregten.

Unwillkürlich zog er die Augenbrauen hoch, sagte aber nichts. Er wollte seine Frau nicht mit derlei Überlegungen beunruhigen oder belasten, zumal Frau Kublitschek ihn regelrecht beschworen hatte, sämtliche düsteren oder gar quälenden Gedanken von seiner Frau fernzuhalten. »Das wäre mal etwas, das Sie tun könnten«, hatte sie zu ihm gesagt. Seither fühlte er sich zuständig für die Unterhaltung seiner Frau, insbesondere dafür, daß sie nur schöne Dinge dachte und möglichst auch nur schöne, gutgelaunte Menschen sah, wie Frau Kublitschek erschwerend von ihm verlangt hatte, weshalb er Lisa jetzt seine Schokoladenseite zuwendete und so gewinnend wie möglich lächelte, ohne daß ihn der Gedanke an Herrn Dr. Moosheimer und seine kopfgeborene Vaterschaft losließ.

Denn wer hätte gedacht – dachte er, seinen Toast mit Butter

bestreichend –, daß ein Mann wie Herr Dr. Moosheimer die Genügsamkeit seiner Lehrerexistenz zwischen Stundenplan und Hausmusik so ohne weiteres würde sausen lassen? Wer hätte darauf gewettet, daß jemand, der immer dieselben zwei Sakkos trug, sich gegen die Sicherheit und für die Gefahr entschied? Herr Dr. Moosheimer hatte es getan, er hatte die zahmen Leiden und Gelüste seines Alltags eingetauscht gegen die Dramen des Vaterseins, für die es in der Antike einige sehr abschrekkende Beispiele gab. Ausgerechnet Herr Dr. Moosheimer, der sozusagen von Jugend an Altphilologe war! Ein Mann, dessen ganzes Wesen den toten Sprachen zuneigte und einer in mythische Ferne entrückten Vergangenheit, in der er sich mehr beheimatet fühlte als im Hier und Jetzt. Auf einmal schien ihm der gepflegte Gedankenaustausch mit dem Altertum nichts mehr zu bedeuten, nichts der tiefe Seelenfrieden des Griechen im Geiste, der zeitreisend mit dem Finger über Homers unsterbliche Zeilen fuhr. Statt dessen stürzte er sich Hals über Kopf in den Gefühlsdschungel des Familienlebens und pfiff auf die Gemütsruhe des Beamten auf Lebenszeit, der genau wußte, was er in anderthalb Tagen, in zwei Wochen oder drei Jahren tun würde. Und überhaupt – wunderte er sich weiter, indem er seiner Frau die Himbeermarmelade reichte –, was ist der Mensch, daß er die Gipfel und Abgründe der Leidenschaft den ruhigen Weideflächen der Zufriedenheit vorzog?

Es ist nämlich nicht wahr – dachte er weiter, wobei er in sein Toastbrot biß und so tat, als würde er ganz etwas anderes denken –, daß der Mensch von Natur aus den Schmerz meidet und den Genuß sucht. Wirklich und wesentlich ist er auf der Jagd nach dem großen Gefühl. Und vermutlich wäre ihm dieser Gedanke gar nicht so denkwürdig erschienen, hätte er ihn nicht in Verbindung mit Herrn Dr. Moosheimer gedacht. Doch auch sein alter Griechischlehrer (der damals im übrigen jünger gewesen war als er jetzt) träumte nicht von Überlegung und Überlegenheit, sondern von Nähe, Hingabe, Aufopferung. Auch er – Herr Dr. Moosheimer wie jeder andere Mensch – suchte nicht den Gedanken, sondern das Gefühl, daß er lebte. Und er zögerte nicht – Herr Dr. Moosheimer bzw. der Mensch –, dafür auf die Annehmlichkeiten eines Daseins als unbeteiligter Beobachter zu verzichten. Er wollte sich nicht zurücklehnen und das Leben passieren lassen, sondern mitmischen, mitlieben, mitleiden. Er auch!

»Woran denkst du?« fragte ihn seine Frau, und er fragte geistesgegenwärtig zurück, »noch einen Toast?«, dankbar für die Unterbrechung, denn der Gedanke an Herrn Dr. Moosheimer hatte ihn schon viel zu weit geführt. Im Prinzip wollte er – Herr Dr. Moosheimer und der Rest der Menschheit – nur lieben und geliebt werden. Darauf lief es am Ende immer hinaus. Und die größte lebbare Liebesgeschichte seines Lebens war das Vatersein. Dafür war er bereit, alles zu opfern, seine Bequemlichkeit, seinen Seelenfrieden und notfalls sogar seine Pensionsansprüche.

»Ich liebe dich«, sagte er zu seiner Frau, die ihn anlächelte, irgendwie von innen heraus und irgendwie auch wieder in sich hinein. Es war im Grunde mehr ein Lächeln zwischen Obsklappt und ihr, das auf ihn abstrahlte als den Dritten im Bunde. Mit einem wohlmeinenden Wimpernschlag erwiderte sie seine Liebeserklärung und sagte, ja, sie hätte gerne noch einen Toast.

Es machte ihn glücklich, daß Obsklappt und sie sich eines regen Appetits erfreuten. Er konnte es kaum erwarten, sie weiter wachsen und werden zu sehen. Ihm schien die Rolle des Versorgers und Ernährers schon zum Greifen nah, als er den Toaster ein weiteres Mal herunterdrückte mit einer Scheibe für Obsklappt und einer Scheibe für sie. Seine Liebesgeschichte als Vater und Ehemann war in vollem Gange.

Unterdessen fing seine Frau an zu erzählen, sie würde neuerdings nur noch werdende oder gewordene Mütter treffen, die sich ebenfalls einer künstlichen Befruchtung unterzogen hätten. Seit der Fruchtwasseruntersuchung gehe sie offener mit dem Thema um und entlocke dadurch auch ihren Gesprächspartnerinnen das eine oder andere überraschende Geständnis. Es sei nicht zu fassen, sagte sie, in welchem Maße die Medizin bei der Fortpflanzung heutzutage ihre Finger im Spiel habe. Inzwischen komme es ihr vor, als würde kaum noch jemand auf natürliche Weise empfangen. Man könne in ihrem Bekanntenkreis jede fragen, in irgendeiner Form hätten sie alle ihr Heil beim medizinischen Fortschritt gesucht. Es sei wirklich gespenstisch, wenn man bedenke, daß noch die Generation ihrer Eltern kurz vor dem Pillenknick unter einer urwüchsigen, unkontrollierbaren Fruchtbarkeit regelrecht litt. Damals habe man verzweifelt nach einer Fortpflanzungsverhinderungsmedizin gerufen, heute dagegen, kaum vierzig Jahre später, liege man vor einer hochtechnisierten Fortpflanzungsermöglichungsmedizin auf den Knien, ohne die an Nachwuchs überhaupt nicht mehr zu denken sei. Oder störe ihn das Thema beim Essen?

Keineswegs, schüttelte er den Kopf, er sei sowieso satt und habe sich für seinen Teil auch schon so seine Gedanken gemacht. Ob sie nicht ein Stück von dem Leerdamer probieren wolle, reichte er ihr die beiden Toastbrotscheiben und schob den Käseteller zu ihr hin, der Leerdamer und auch der alte Gouda seien wirklich hervorragend.

Aber es sei doch ein Wahnsinn, nickte sie und griff beherzt zu, wie sich die Reproduktionsmedizin entwickelt habe, in welchem Ausmaß, in was für einer Geschwindigkeit. Es sei, schwang sie das Käsemesser, schwindelerregend! Nicht einmal zwei Generationen habe die westliche Welt gebraucht, um aus einem vitalen Geburtenüberschuß ein existenzgefährdendes

Fruchtbarkeitsproblem zu machen. Zwei Generationen, wiederholte sie, das sei gemessen an den Zeitspannen der Evolution nicht einmal ein Sekundenbruchteil, das sei weniger als nichts, gar nichts! Schneller als man »halt« auch nur denken könne, habe man im Namen der sexuellen Befreiung die natürliche Fortpflanzung ausgehebelt und eine Reproduktionsindustrie inthronisiert, von der sie beide nur die bescheidenen Anfänge miterlebten, da dürften sie sich nichts vormachen. Was sie hier und heute praktizierten, würde in ein paar Jahren schon hoffnungslos veraltet sein. Die allgemeine Unfruchtbarkeit würde weiter zunehmen, die ethischen Grenzen der Reproduktionsmedizin weiter ab. Er glaube doch nicht, daß die Kinder – ihre Kinder –, die ihr Leben mehr oder weniger dem Labor verdankten, noch dieselben Hemmungen und Berührungsängste haben würden wie sie, wenn es darum ging, ihren Nachwuchs aus der Retorte zu ziehen. Sie beide würden es noch erleben, wie Obsklappt sie zu stolzen Großeltern einer vielköpfigen Klon-Familie mache!

Spätestens hier sah er sich genötigt, seine Frau zu unterbrechen, indem er sich lautstark und mit reichlich Toastkrümeln im Rachen räusperte. Er bezweifelte nicht, daß sie recht hatte, hielt es aber für seine Pflicht, ihr zu widersprechen und eine rosigere Zukunft zu entwerfen, voll schöner Menschen und positiver Gedanken, wie von Frau Kublitschek gefordert, auch wenn er Lisa am liebsten einfach nur dabei zugesehen hätte, wie sie zwei fingerdicke Scheiben Harzer Roller mit Himbeermarmelade bestrich.

Mein Schatz, wandte er ein und meinte es von ganzem Herzen, es sei doch immer schon so gewesen, daß der Mensch die Evolution überlistet habe. Da komme so ein greinendes, hilfloses, schweinshäutiges Wesen auf die Welt, das gut und gerne zwanzig Jahre brauche, um halbwegs erwachsen zu werden, das im Winter friere und im Sommer nicht ohne Klimaanlage auskomme, das sich an Kraft und Schnelligkeit mit kaum einem Tier auf freier Wildbahn messen könne – und was passiere? Wenn es mit rechten Dingen zuginge, dürfe es uns gar nicht geben, aber es gebe mehr Menschen denn je auf der Welt. Tausendmal habe sich die Gattung schon selbst totgesagt, sich in Kriegen beinahe ausgelöscht und bis zum zigfachen Overkill hochgerüstet. Und trotzdem seien wir noch da! Er gebe ihr ja vollkommen recht, nahm er ihre Hand, die weich war und geschmeidig wie die eines Kindes, die menschliche Intelligenz sei ein Naturzerstörer, ein Schöpfungsverunstalter, sie habe Unmengen von Ökosystemen, Pflanzen- und Tierarten auf dem Gewissen und produziere im Namen von Wohlstand und Fortschritt gigantische Probleme, aber sie habe auch immer wieder einen Ausweg gefunden!

Er hoffte, das war positiv genug, positiver konnte er nicht, als Schwangerschaftsentertainer war er keine Wucht, das mußte er zugeben. Einmal mehr beschlich ihn dieses seltsam schlechte Gewissen, mit dem er sich herumschlug, seit Obsklappt die ersten Schritte zu seiner Entstehung in die Wege geleitet hatte. Schon damals hatte er sich völlig nutzlos und überflüssig gefühlt, was ihm der Leiter der Fruchtbarkeitsklinik indirekt bestätigte, als er ihn beiseite nahm und sagte, daß es für ihn außer ein bißchen Masturbieren praktisch nichts zu tun gäbe.

Es gehörte zu den Ungleichheiten der Fortpflanzung, daß die Frau weit mehr zu leiden hatte als der Mann, ein Mißverhältnis, an dem auch die Reproduktionsmedizin nichts ändern konnte, im Gegenteil, sie verstärkte es noch! Denn an wem und woran auch immer es lag, daß es mit einer Schwangerschaft auf natürlichem Wege nicht klappte – die Behandlung wurde fast immer an der Frau vorgenommen. Der Mann gab den Samen von mehr oder weniger vielversprechender Qualität und war raus

aus dem Spiel, die Frau mußte die Segnungen und Torturen des medizinischen Fortschritts ertragen und austragen bis zuletzt.

Er erinnerte sich mit Unbehagen an ihren ersten Besuch in dem von den Kublitscheks empfohlenen Zentrum für Kinderwunschbehandlung, einem Institut, das ihm schon aufgrund des Namens suspekt erschien – schließlich waren sie ja nicht gekommen, um ihren Kinderwunsch behandeln zu lassen, der vollkommen in Ordnung war. Nicht der Wunsch sei das Problem, sondern seine Realisierung, meinte er im Treppenhaus noch scherzeshalber zu seiner Frau, nur um dann sehr schnell zu merken, daß dieser Name – so daneben er war – den Nagel auf den Kopf traf.

Als sie, gefolgt von einem irgendwie elend wirkenden Pärchen, die Praxis betraten, wurde aus ihrem völlig normalen und natürlichen Kinderwunsch plötzlich etwas Pathologisches. (»Wann ist er zum ersten Mal aufgetreten? Wie lange haben Sie es schon versucht?«) Eben noch waren sie beide ein verliebtes, gutgelauntes Ehepaar gewesen, das viel lachte und keine Angst vor der Zukunft hatte, ein Paar, dem nichts fehlte, und wenn es auch nicht wunschlos glücklich war, so hatten diese Wünsche doch nicht mehr Gewicht als eine Seifenblase. Ein Kind oder zwei vielleicht, das war eine Phantasie, eine schöne Vorstellung, ein an langen Sonntagvormittagen fortgesponnenes Gedankenspiel. Doch in dem Moment, als sie unter den Augen der Sprechstundenhilfe die unvermeidlichen Formulare ausfüllten, nahm dieser Traum und Schaum den Charakter einer Leidensgeschichte an. Ihr Kinderwunsch verwandelte sich augenblicklich von etwas Leichtem, Luftigem, Spielerischem in einen Therapie-Gegenstand, der eine aufwendige medizinische Behandlung und psychologische Betreuung erforderte. Binnen Sekundenbruchteilen waren sie beide nicht mehr zu unterscheiden von dem irgendwie elenden Pärchen, das neben ihnen am

Empfangstresen stand. Auch sie waren Patienten, Gehandicapte, Degenerierte, selbst wenn niemand es aussprach, sie waren Versager, Nieten der Natur, die das ABC der Evolution nicht beherrschten, denen man mühsam auf die Sprünge helfen mußte bei der einfachsten, elementarsten Sache der Welt. Sie waren unfähig, sich fortzupflanzen, und damit eigentlich ausgeschieden aus dem Spiel des Lebens. Doch sie klopften noch einmal an die Hintertür und bettelten um eine letzte Chance, sich hineinschummeln zu dürfen in die Schöpfung. Reuig senkten sie die Häupter und sagten ja zu jeglicher Qual, ja und amen zu den Achterbahnfahrten des Hormondopings, zu stechuhrartigem Geschlechtsverkehr mit pharmazeutischem Vorspiel, zu Sameneinschwemmungen von Medizinerhand und Befruchtungen im Glas.

Reichlich beklommen hatten sie einander an den Händen gefaßt und im Wartezimmer Platz genommen, wo es sie nicht lange auf ihren Stühlen hielt. Wie auf einen unsichtbaren Wink erhoben sie sich gleichzeitig und musterten die gerahmten Zertifikate und Urkunden an den Wänden, die den fast schon hoffnungslosen Fällen, die hier ausharrten, Zuversicht einflößen sollten – Vertrauen nicht in sich, sondern in die Expertise der praktizierenden Ärzte, die alles medizinisch Mögliche tun würden, um sogar aus ihnen ein verspätetes, aber glückliches Elternpaar zu machen.

Kurz darauf wurden sie in das Büro des Klinikleiters und Chefgynäkologen geführt, der wie alle Ärzte auf sich warten ließ. Sie waren nur einen Raum weiter vorgerückt – in den nächsten Ring der Hölle. Hier hingen mehrere Passepartouts an den Wänden, vollgestopft mit Säuglingsfotos, Würmchen in Bündeln und Strampelanzügen, einige mit affenartiger Behaarung, andere kahl und glatt wie nicht von dieser Welt – ein bunter, kreischender Strauß von Babys unterschiedlicher Größe und Grammzahl, mal in Wiegen oder brutkastenartigen Kinderbettchen, mal in den Armen ihrer erschöpften Mütter, deren bleiche Gesichter mit dem immergleichen Madonnen-Lächeln ihrem Nachwuchs zugewandt waren, Momente von Glück und Erfüllung, zweifellos, die dem nüchternen Betrachter jedoch einigermaßen grotesk erscheinen mußten, weil er diese innigsten Augenblicke nicht nur von außen, sondern noch dazu in Serie sah, ein und dasselbe Motiv in unermüdlicher Wiederholung und versehen mit einer bestellkatalogartigen Beschriftung: IVF-Kind, 3.143 Gramm, ICSI-Kind, 2.859 Gramm, und so weiter. Es gelang ihnen nicht auf Anhieb, diese Abkürzungen zu entschlüsseln, doch gemeinsam kamen sie schließlich darauf, daß es sich bei den IVF-Kindern um das Ergebnis einer In-vitro-Fertilisation handeln mußte. Daß ICSI Intracytoplasmatische Spermieninjektion bedeutete, erfuhren sie erst später.

Vermutlich sollte diese Sammlung durch ihre schiere Quantität den Besucher beeindrucken und ihm ein Gefühl der Machbarkeit vermitteln. Bei seiner Frau und ihm entstand allerdings eher der umgekehrte Effekt. Sie fühlten sich nicht ermutigt, sondern eingeschüchtert durch diesen künstlich erzeugten Babyboom und stellten sich reflexartig die Frage: Wollen wir das wirklich? Es schien ihnen wenig verlockend, sich einzureihen in die Säuglings-Galerie dieses kinderlieben Doktor Frankenstein und ihm eine weitere Fototrophäe für sein Büro zu liefern, noch ein IVF- oder ICSI-Kind, auf dessen Erzeugung er stolzer sein konnte als die leiblichen Eltern.

Einen Moment lang hatten sie sich angesehen und beide denselben Gedanken gedacht: Nichts wie raus hier! Noch konnten sie die Flucht ergreifen und dem Irrsinn der Befunde, Eingriffe und Komplikationen entkommen, der sie immer abhängiger machen würde von den Apparaten und Geräten, die in den Nebenzimmern ihrer harrten. Noch gab es ein Zurück in die Unbekümmertheit ihres kinderlosen Lebens und die erprobt bequeme Zweisamkeit auf dem Sofa. Sie spürten das Verhängnis mit großen Schritten nahen. Jeden Moment konnte es zu spät sein. Doch sie bewegten sich nicht, sondern saßen nur da wie gelähmt.

»Schneidig« nannte seine Frau später das Auftreten des Klinikchefs, der sie ohne weißen Laborkittel im Polohemd begrüßte und sich schwungvoll auf seinen ergonomischen Schreibtischstuhl setzte. Für ihn schien sich der Arzt nur am Rande zu interessieren, da es beim Mann, wie er sagte, medizinisch ohnehin nicht viel zu machen gab. Um so eingehender widmete er sich seiner Frau und fragte sie nach ihrer Krankheitsgeschichte aus, ihrem Zyklus und früheren Verhütungsmethoden, als hätte sie diese ganz allein zu verantworten. Es gefiel ihm überhaupt nicht, wie der Arzt sie examinierte – immer mit der Unterstellung, daß bei ihr etwas nicht in Ordnung sei. Er selbst fand seine Frau in bester Ordnung und liebte sie genau so, wie sie war. Niemand hatte das Recht, sie zu beleidigen, schon gar kein Gynäkologe!

Selbstverständlich war ihm klar, daß Eifersucht und Beschützerinstinkte hier völlig fehl am Platz waren. Als ihm seine Frau mit einem Seitenblick zu verstehen gab, daß dieses Gespräch zwar unangenehm, aber wichtig für sie war, verstummte er vollends und starrte an dem Arzt vorbei auf das Bücherregal im Hintergrund. Ihm fiel ein weißgrüner Einband ins Auge mit dem fettgedruckten Titel: »Das Samenbuch«. Immerhin, dachte er. Dafür, daß der männliche Körper bei der Fortpflanzung so gut wie keine Rolle spielte, war das Samenbuch ziemlich dick.

Er mußte sich zwingen, genau zuzuhören, als der Arzt sich weiter zu ihnen vorbeugte, um die konkreten Maßnahmen zu erläutern, die ihnen – das hieß, besonders seiner Frau – bevorstanden. Anhand von Infoblättern und Schaubildern demonstrierte er zunächst die Notwendigkeit einer bauchspiegelungsartigen Untersuchung der Eileiter. »Sie müssen sich die Funktionsweise dieser Transportwege vorstellen wie ein Kornfeld im Wind. Die Härchen an den Innenwänden neigen sich wie Ähren vor und zurück und bewegen auf diese Weise die Eizelle in die Gebärmutter. Wenn es aber größere Entzündungen oder Verwachsungen gegeben hat, könnte es sein, daß das Feld sozusagen gemäht ist. Dann bewegt sich gar nichts.«

Seine Frau schien die Geschichte von den Ähren im Wind schon häufiger gehört zu haben. Er für seinen Teil mußte neidlos anerkennen, daß die weibliche Biologie ungleich komplizierter und poetischer war als die männliche, trotz »Samenbuch«.

»Sollten Ihre Eileiter intakt sein«, fuhr der Arzt fort, »würden wir einen Mehrstufenplan angehen.« Dieses Wir war klassischer Medizinerplural und meinte, dem Vernehmen nach, sie alle drei. Doch sämtliche Behandlungsschritte, die er ihnen in Aussicht stellte oder auch androhte, betrafen wiederum ausschließlich sie, Singular, seine Frau. Sie mußte die Hormone schlukken, sie mußte die Einschwemmung an sich vornehmen lassen, sie mußte, falls das nichts fruchtete, zwecks Eizellenentnahme operiert werden und dann noch einmal, zweimal oder dreimal, um die befruchteten Eizellen wieder eingesetzt zu bekommen. Sie, und nur sie, würde von Stufe zu Stufe die Leidtragende sein.

Der Arzt mußte ihm sein Unbehagen angesehen haben. Jedenfalls wandte er sich direkt an ihn und sagte wie zum Trost, »vielleicht werden wir ja nicht den ganzen Weg gehen müssen ...«

Nein, dachte er, wir nicht.

Er versuchte ein höfliches Lächeln, doch sein Entschluß stand fest: Er wollte und konnte seiner Frau das nicht zumuten. Schon allein die Gebärmutterspiegelung im Vorfeld ging für sein Empfinden zu weit, ganz zu schweigen von all den Grausamkeiten, die man mit ihr anstellen würde, wenn der »Mehrstufenplan« in Kraft trat. Der Hormonwahnsinn, die Operationen, diese ganze Intimschnipselei, das kam gar nicht in Frage!

Unter dem Tisch tastete er nach ihrer Hand, die damals noch nicht so weich war wie heute, und umfaßte sie zum Zeichen dafür, daß er sie einer solchen Fortpflanzungsfolter niemals aussetzen würde. Doch seine Frau saß aufrecht auf ihrem Stuhl, schaute dem Arzt mit festem Blick ins Gesicht und sagte nur, »nächsten Freitag«.

Ihm für seinen Teil verschlug es die Sprache, während der Gynäkologe an die Zimmerdecke schaute, um im Geiste den Zyklus seiner Frau durchzugehen.

»Vier Tage nach Ihrer Periode«, nickte er schließlich, »das wäre ein guter Zeitpunkt.«

»Deswegen sage ich es ja«, sagte seine Frau. Und damit war die Angelegenheit für sie erledigt.

Er bewunderte ihre Entschlossenheit, damals genauso wie in allen kritischen Situationen danach. Ihre Tapferkeit beeindruckte ihn – eine Seite von ihr, die er so noch nicht kannte. Trotzdem wurde er dieses ungute Gefühl nicht los, für das er kein besseres Wort wußte als »schlechtes Gewissen«, das aber nicht nur im Kopf oder Herzen saß, sondern durch sämtliche Eingeweide ging, ein Schuldgefühl mit Mitleid vermischt, wie wenn man ein Kind leiden sieht oder einen geliebten Menschen und gleichzeitig weiß, daß man in gewisser Weise der Urheber dieser Schmerzen ist.

Er fühlte sich verantwortlich und gab sich insgeheim die Schuld daran, daß seine Frau diesen Weg der Eingriffe und Hormon-Manipulationen überhaupt beschreiten mußte. Hatte er das Thema Kinderwunsch in den Jahren zuvor ernst genug genommen? Hatte er sich wirklich bis ins Letzte angestrengt, es unbedingt gewollt und jede noch so minimale Chance genutzt? War er nicht zu oft unterwegs, zu oft zu müde oder zu verspielt gewesen?

Ihm war bewußt, daß man all diese Vorwürfe auch seiner Frau machen konnte. In gewisser Weise hatten sie es gemeinsam so weit kommen lassen. Doch sie badeten es nicht gemeinsam aus. Sie ließ den medizinischen Fortschritt über und in sich ergehen, während ihm nichts anderes übrigblieb, als sich um sie zu kümmern wie um eine Kranke. Sie litt wirklich, er hingegen litt nur mit. Doch all seine Fürsorge, seine verzweifelten Bemühungen um ihr Wohlergehen konnten nicht darüber hinwegtäuschen, daß er im Grunde nur tatenlos zusah. Er war zum Zuschauen verdammt.

Dieses Gefühl hörte keineswegs auf, als es mit der Schwangerschaft endlich klappte. Es war nicht länger nur quälend, Stolz und Vorfreude mischten sich mit hinein, aber im Prinzip fühlte er sich noch immer tief gespalten: Einerseits war er für ihren Zustand verantwortlich, andererseits zur Untätigkeit verurteilt. Noch nie hatte er so wenig gewußt, wohin mit seinen Händen, noch nie hatte er sich so hilflos gefühlt. Selbst in seinen schlimmsten Stunden als Schauspieler auf der Bühne waren ihm seine Aktionen nicht so symbolisch bemüht, so übertrieben und sinnlos vorgekommen. Es war ein ausgemachtes Fürsorgetheater, das er um sie herum aufführte, und es diente – wenn er ehrlich war – mehr zu seiner eigenen Beruhigung als zu der ihren.

Er wurde seit gut vier Monaten Vater und hatte noch immer keine Ahnung, wie das ging.

»Im übrigen«, kam er noch einmal auf ihr Frühstücksthema zurück, »wird es für Obsklappt und seine Altersgenossen nichts sein, wofür man sich schämen müßte.«

»Was?« fragte Lisa mit vollem Mund.

»Ich glaube, in zehn, fünfzehn Jahren ist es kein Makel mehr, wenn man auf nicht ganz natürliche Weise gezeugt wurde. Bei den meisten von Obsklappts Klassenkameraden wird das der Fall sein. Vielleicht gilt es sogar als schick.«

»Soll das heißen, daß du es übernehmen willst, ihn aufzuklären?«

»Warum nicht?« gab er sich zuversichtlich, »wir sind ja trotzdem seine leiblichen Eltern, er ist unser Kind und nicht etwa Frankensteins Sohn ...«

Frau Kublitschek würde mit der Art, wie er Lisa auf andere Gedanken zu bringen versuchte, sicher nicht zufrieden sein.

»Was willst du ihm denn erzählen«, fragte sie, »die Geschichte von den Bienen und den Blumen im Labor?«

»Nein, aber vielleicht die Geschichte von den Bienen und den Blumen und«, er zögerte einen Moment, »dem Imker.«

»Damit wirst du den medizinischen Fortschritt nicht aufhalten.« Lisa kaute gemächlich weiter.

»Das will ich auch gar nicht. Ich glaube nur, daß die Zukunft nicht so apokalyptisch wird, bloß weil sie unseren Horizont übersteigt. Sie wird, wie soll ich sagen, anders ...« Damit widersprach er sämtlichen Weltuntergangsszenarien, die noch vor gar nicht allzu langer Zeit seine mentale Lieblingsbeschäftigung gewesen waren. Doch er hatte nicht das Gefühl zu lügen. Sein jugendlicher Pessimismus von einst widerstrebte ihm zusehends. (Wenigstens in seinem Fall schien Positiv-Denken zu funktionieren.) Und an diesem Sonntagvormittag, mit Blick auf seine Frau, meinte er auch zu wissen, warum. Es war nicht nur eine Frage des Alters oder der Erfahrung, sondern vor allem die innere Gewißheit, die ihnen zuwuchs, daß das Leben weiterging.

»Du bist süß«, sagte sie mit einem Spritzer Himbeermarmelade im Mundwinkel. Er selber fand sich überhaupt nicht süß, im Gegenteil, aber ihr Lächeln war so überwältigend rund und voll, daß sein Ernst dem nicht standhielt. Natürlich wußte sie, daß er das alles nur für sie dachte und sagte.

»Mach dir keine Sorgen. Es ist nur …« fuhr sie mit der Zungenspitze über ihre Lippen und erwischte den dunkelroten Marmeladenrest, »ich hatte gestern dieses Gespräch mit Christine, du weißt schon, der Tänzerin, und irgendwie kamen wir auf die Prä-Implantations-Diagnostik.« (Auch das noch, dachte er und beschloß, sich diese Christine einmal vorzuknöpfen.) »Sie hat sich klipp und klar auf den Standpunkt gestellt, wieso hineinoperieren, was ein paar Wochen später möglicherweise wieder ausgeschabt werden muß? Wenn es die diagnostischen Mittel gibt, vor der Implantation einen schweren genetischen Defekt festzustellen, warum sollte man darauf verzichten? Welches Gremium aus Kirchenvertretern und Konservativen hat das Recht zu beschließen, daß eine Frau nicht nur die Implantation, sondern unter Umständen auch eine Abtreibung ertragen muß? – Ich habe natürlich dagegengehalten, von wegen Selektion, Diskriminierung und so weiter. Aber Christine ist fest entschlossen. Sie will ihre künstliche Befruchtung im Ausland vornehmen – mit PID. Und nicht nur sie! Früher ist man in Scharen zur Abtreibung nach Holland gefahren, heute fährt man wieder rüber zur Befruchtung. Verkehrte Welt, oder findest du nicht?«

Er fand wie Frau Kublitschek, daß sie in ihrem Zustand keine solchen Diskussionen führen sollte, konnte es aber nicht verhindern. Er war zu gar nichts zu gebrauchen.

»Hey«, sagte sie und streichelte ihn mit ihrer weichen Hand, »mach dir keine Sorgen um mich, es geht mir gut.«

Er nickte und preßte die Lippen zusammen. Es fehlte noch, daß sie anfing, sich Sorgen um ihn zu machen.

»Es ist lieb von dir, daß du den Optimisten gibst«, breitete sie ihr Lächeln wieder vor ihm aus, »aber das ist absolut unnötig.

Ich bin guter Hoffnung, verstehst du? Ich bin so voller Zuversicht, daß es schon fast an Verblödung grenzt. Das hat die Natur so eingerichtet, und kein medizinischer Fortschritt kann daran etwas ändern.«

Sie lachte, und er lachte, so gut er konnte, mit. Lisa hatte völlig recht, sie war guter Hoffnung, er nur optimistisch. Ihre innere Gewißheit – dieses alle Sinne umfassende Vertrauen in sich und das Leben – konnte er nicht wirklich teilen, nur bestaunen.

In der Tat wirkte sie an diesem Sonntagvormittag rundum glücklich und zufrieden, vor allem aber rundum. Sie saß nicht einfach nur am Frühstückstisch, Lisa thronte, den Stuhl etwas zurückgesetzt, den Bauch ein wenig vorgeschoben, die Beine leicht gespreizt. Während der letzten Wochen hatte er sie in den unterschiedlichsten Verfassungen erlebt: blaß und elend, mit wächsernem Teint, die Haare strähnig und von Schweiß verklebt, dann wieder übersprudelnd, aufgedreht und ausgehlustig wie lange nicht mehr, so sorglos und unschwanger, daß er sich geradezu genötigt fühlte, sie vorsichtig daran zu erinnern.

Doch auch wenn ihre Befindlichkeit schwankte und sie manchmal wie ausgewechselt schien, gab es doch etwas, das sich gleich blieb: Die Angst war weg, die Anspannung und innere Unruhe, mit der sie im Zuge der Behandlung zu kämpfen gehabt hatte. Damals mußte sie tapfer sein. Jetzt merkte man ihr an, daß es bei all den Aufs und Abs der Tagesform so etwas gab wie eine instinktive Richtung oder Richtigkeit. Während mit ihrem Körper die ungeheuerlichsten Verwandlungen vor sich gingen, wirkte sie innerlich vollkommen unnervös und lebenssicher. Nichts erschien unnötiger als sie beruhigen und ihr gut zureden zu wollen. Seine Frau befand sich – trotz oder gerade wegen ihrer Schwangerschaft – in dem undramatischsten Zustand überhaupt. Sie ruhte in sich.

6
HC

»Für dich.«

Lisa berührte mich sacht an der Schulter und reichte mir das Telefon. Nach dem Sonntagsspaziergang hatten wir auf dem Sofa gelegen, eng aneinandergeschmiegt, meine Hände auf ihrem Bauch. Ich hatte zwar registriert, daß sie irgendwann aufgestanden war, weil es ihr zu unbequem wurde, aber in den Kissen spürte ich weiterhin ihre Wärme und war noch einmal weggedämmert.

»Wer ist es denn?« fragte ich, noch einigermaßen benommen. Sie produzierte, schon halb im Türrahmen stehend, eine rätselhafte, Ikebana-artige Geste und verließ den Raum. Ich war absolut nicht im Bilde. Doch es gab nicht so viele Menschen, die mich an einem Sonntagnachmittag zu Hause anriefen, eigentlich nur die nächsten Angehörigen oder das Betriebsbüro.

»Hallo?« nuschelte ich in den Hörer. Am anderen Ende meldete sich Hans-Christian Meyerdierks. Vor Überraschung war ich schlagartig wach.

HC, wie er von allen genannt wurde, war früher einmal mein bester Freund gewesen, doch wir standen schon lange nicht mehr auf so vertrautem Fuß, daß wir uns an einem Sonntag angerufen hätten. Er gehörte zu den wenigen Nichtschauspielern in meinem Bekanntenkreis und war der einzige, mit dem ich nicht auf die eine oder andere Weise beruflich zu tun hatte. HC und ich waren seinerzeit zusammen zur Schule gegangen, wenn auch nicht in dieselbe Klasse, auf dem Pausenhof standen wir in verschiedenen Ecken, wir konnten damals wenig miteinander anfangen. Er stammte aus gutem Hause, echter Oldenburger

Beamtenadel, sein Vater war ein hohes Tier am Oberlandesgericht, seine Mutter, eine Gutsherrentochter, besaß reichlich Land und einen Wald bei Wittmund. Hans-Christian las in seiner Freizeit, hörte klassische Musik und sah schon mit vierzehn aus wie ein Erwachsener, um nicht zu sagen, wie ein junger Herr. Anstelle von T-Shirts trug er gebügelte Hemden und Cordhosen statt Jeans. Die meisten nannten ihn einen Streber und fanden seine höflich distanzierte Art arrogant. Ich dagegen hielt seine Einsamkeit für unfreiwillig, kümmerte mich aber nicht weiter um ihn. Als wir uns dann beim Studium in Freiburg unverhofft wiedertrafen – beide im ersten Semester und zum ersten Mal weg von zu Hause –, taten wir so, als seien wir Freunde, und da wir praktisch im selben Boot saßen, wurden wir es auch. Wir fühlten uns gleichermaßen verloren im Universitätsbetrieb und hatten die Fächerkombination aller Orientierungslosen gewählt: Germanistik und Philosophie. Folglich irrten wir zusammen durch die Hegel- und Adorno-Seminare, redeten uns über Kleist die Köpfe heiß und schrieben Hausarbeiten, die wie Romane anfingen und nie fertig wurden. Unsere Eltern rieten uns dringend, Jura zu studieren – HCs Vater hatte gute Beziehungen und sah ihn schon am Bundesverfassungsgericht, meiner träumte für mich von einer Karriere als Anwalt. Doch der Erwartungsdruck führte nur dazu, daß ich den Golf-Cabrio-Fahrern von der Rechtswissenschaftlichen Fakultät die Luft aus den Reifen ließ. Es war unsere große intellektuelle Trotzphase.

Allerdings fand unser Protest gegen die Welt unserer Eltern hauptsächlich in unseren Köpfen statt, und anders als Hegel und Adorno hielten wir den Widerspruch im Kopf nicht lange aus. Nach anderthalb Semestern schmiß ich hin und ging auf die Schauspielschule, HC studierte Jura. Wir verloren uns aus den Augen und begegneten uns erst kurz nach der Wende wieder, als ich mein erstes Engagement an einem kleinen Ost-Theater in Stendal bekam. HC hatte gerade eine Referendarstelle bei der Staatsanwaltschaft Magdeburg angetreten und besuchte als einer der wenigen auswärtigen Zuschauer eine Vorstellung im Theater der Altmark, nachdem er im Regionalteil der Magdeburger Volksstimme auf meinen Namen gestoßen war. Im Grunde kreuzten sich unsere Wege immer am Anfang von etwas. So auch zu Beginn des Kinderwunschprojekts. Als ich zum ersten Mal – nach langem Zögern und Zaudern – in Hamburg zum Urologen ging, um einen Spermatest machen zu lassen, traf ich im Wartezimmer Hans-Christian Meyerdierks.

Wir hatten uns unser Wiedersehen beide anders vorgestellt. Es ist nicht leicht, den Erfolgreichen und Souveränen zu spielen, wenn man sich beim Urologen gegenübersitzt. Entsprechend oberflächlich verlief unser Gespräch. Irgendwie wollten wir uns nicht noch näher treten, als die Situation es mit sich brachte. Also erzählten wir uns mehr oder weniger nur unseren »Werdegang«, private Dinge klammerten wir aus. Als HC von der Sprechstundenhilfe aufgerufen wurde, tauschten wir kurz Telefonnummern aus und nahmen uns vor, unser Gespräch unter entspannteren Umständen fortzusetzen. Doch dazu war es nie gekommen. Immer, wenn einer von uns die Initiative ergriff, hatte der andere gerade keine Zeit. Mal steckte ich mitten in Endproben, mal ging HC gerade in die entscheidende Phase eines Prozesses. Man hätte meinen können, wir wollten uns gegenseitig beweisen, wie wichtig und schwer beschäftigt wir waren. Jedenfalls blieb es bei unseren guten Vorsätzen und ein paar Telefonaten zwischendurch.

Bevor ich irgend etwas sagen konnte, entschuldigte sich HC in aller Form für die sonntägliche Störung, aber er habe mich anderntags nicht erreicht. Er bevorzugte seit jeher eine gewählte Ausdrucksweise, und seine Arbeit als Staatsanwalt der Freien und Hansestadt Hamburg hatte diese Neigung offenbar noch verstärkt. Schon zu Stendaler Zeiten pflegte er zu sagen, das Opfer eines Verbrechens sei »verstorben«, er vermied den Ausdruck »tot«. Und wenn er von einem Essen schwärmte, hieß es nicht »lecker«, sondern »ein schmackhaftes Mahl«.

Meine Frau nannte er »zuvorkommend«, weil sie darauf bestanden hatte, mich zu wecken, obwohl es ihm spürbar unangenehm war und er lieber später noch einmal angerufen hätte. Doch sie habe so erfrischend von der – er ließ sich Zeit mit dem Wort – »Truman-Show« ihres Familienlebens erzählt, daß er einfach nicht habe auflegen können.

»Schon gut«, sagte ich, »ich wollte sowieso gerade aufstehen.« Es machte mich stutzig, daß die beiden offenbar länger miteinander telefoniert hatten, ehe die Reihe an mich kam. Lisa wußte zwar, dem Namen nach, wer HC war – ich hatte ihr von unserem Zusammentreffen beim Urologen erzählt –, aber sie war ihm noch nie begegnet und schien sich für die alten Geschichten auch nicht sonderlich zu interessieren. Als unsere Wege sich kreuzten, war sie ziemlich mit Obsklappt beschäftigt gewesen – das heißt, vor allem mit der Frage, ob es klappt.

Immerhin habe er auf diese Weise endlich einmal mit meiner Frau gesprochen, fand HC und fügte dann langsam hinzu, sie höre sich übrigens sehr gut an, woraufhin er eine erwartungsvolle Pause machte, wie um mir Gelegenheit zu geben, ihm etwas Wichtiges mitzuteilen. Ich hatte keine Ahnung, worauf er hinauswollte, und erzählte irgendein belangloses Zeug, bis mir auf einmal klar wurde, daß er ihre Schwangerschaft meinte. Hatte Lisa es ihm etwa gesagt? War sie mir in diesem Sinn »zuvorgekommen«?

Aus irgendeinem Grund wäre es mir lieber gewesen, wenn er nichts davon erfahren hätte, zumindest nicht, solange Obsklappt noch keine vollendete Tatsache war. Ich fand, daß HC ohnehin schon zuviel über mich wußte, mehr jedenfalls als ich über ihn. »Ich bin ein bißchen abergläubisch und rede nicht gerne über ungelegte Eier – entschuldige die Ausdrucksweise –, aber ja, Lisa ist schwanger, wir bekommen ein Kind, das heißt, wenn alles gutgeht.«

Für einen Moment herrschte Funkstille, als müßte er die Nachricht erst einmal verdauen. Ich war plötzlich unsicher, ob ich mich nicht von seiner wissenden Art hatte täuschen lassen und mit der Wahrheit herausgerückt war, wo er nur Vermutungen angestellt hatte. Allmählich bekam ich einen Eindruck davon, wie HC bei Vernehmungen auftreten mußte. Dann gratulierte er mir herzlich und sagte wie alle, daß er sich sehr für mich freue. Er kam mir vor wie ein erfahrener Pokerspieler, der sein Blatt auch dann nicht offenlegte, wenn die anderen längst gepaßt hatten.

»Und es geht alles gut?«

»Ja«, sagte ich.

»Wie weit ist sie denn?« Die unvermeidliche Frage.

»Vierter Monat«, antwortete ich vage. Tatsächlich zählte ich die Tage und Wochen, es gehörte zu meinen Bemühungen um Teilhabe an Lisas Schwangerschaft. Doch das ging ihn nichts an.

»Schön«, sagte er.

»Ja, ich freue mich auch sehr.«

»Einfach schön«, wiederholte er leise.

HC und ich hatten nie offen über künstliche Befruchtung gesprochen, obwohl oder vielleicht gerade weil wir uns beim Urologen begegnet waren. Doch ich ging davon aus, daß er aus demselben Grund dort gewesen war wie ich. Die Art und Weise, wie er dem Thema auswich, ließ keinen anderen Schluß zu.

Nach all den Jahren, den verschiedenen Leben, die wir gelebt hatten, saßen wir wieder im selben Boot. Wir waren beide Anfang Vierzig, verheiratet und kinderlos. (Sein Ehering war sichtlich breiter als meiner, wahrscheinlich half ihm das vor Gericht.) Obwohl er mir von seiner Frau fast nichts erzählt hatte, sah ich sie förmlich vor mir, sein weibliches Gegenstück: ehrgeizig, intelligent und sehr, sehr ernsthaft. Vermutlich hatte sie ihn zum Urologen geschickt. So jedenfalls war es bei uns gewesen. Ich wollte in Lisas Fall zwar nicht von Torschlußpanik sprechen, aber wir beide wußten, wenn es nicht bald mit dem Nachwuchs klappte, dann nie. In dieser Hinsicht lief die Zeit gegen uns – und damit auch gegen Familie Meyerdierks. Ich war mir sicher, daß HC, der in sämtlichen beruflichen und privaten Belangen ein Vorbild abgab, alles versuchte, um seinen Eltern die lang erwarteten Enkel zu schenken. Er wollte sich endlich auch ein Kinderfoto neben das Bild seiner Frau auf den Schreibtisch stellen.

»Dann seid ihr über die kritische Phase hinaus …«

»Das weiß man nie.«

»Ich meine, statistisch gesehen.«

»Statistisch gesehen haben wir 1,4 Kinder.«

»Aber es heißt doch«, ließ HC nicht locker, »die ersten drei Monate seien die kritischste Zeit.«

»Die kritischste Zeit ist die Geburt.«

»Und abgesehen davon?«

»Abgesehen davon könnte es nicht besser gehen.«

»Schön«, sagte er wieder, fast stimmlos. Offenbar hatte es bei seiner Frau und ihm noch immer nicht geklappt. Auf einmal tat es mir leid, daß ich so abweisend zu ihm war.

Nach einem kleinen Exkurs über schwangere Kolleginnen und Anwälte in Elternzeit erkundigte er sich gekonnt beiläufig, wie ich mich denn so fühlen würde als »werdender Vater«. Offenbar ließ ihm die Vorstellung keine Ruhe. Mir kam schlagartig zu Bewußtsein, wie nebensächlich alle bisherigen Unterschiede zwischen uns waren im Vergleich zu diesem. HC war Staatsanwalt geworden, ich Schauspieler, er hatte sich für eine Laufbahn als guter Sohn entschieden, ich für die Provokation, doch es war derselbe Ehrgeiz, dieselbe alte Ich-Maschine. Die wirkliche Kluft tat sich erst auf mit der Frage: Vater oder Nichtvater, Familie oder Nichtfamilie, Kinder oder Kinderlosigkeit. Und auch wenn ich noch nicht ganz auf der anderen Seite angekommen war, schien ich doch schon jetzt unüberbrückbar weit von HC und seinem Leben entfernt.

Dabei hatte ich auch nichts anderes gemacht als er, sondern im Vorfeld dieselben Entscheidungen getroffen, dieselben Anstrengungen unternommen und mich dem medizinischen Fortschritt verschrieben. Daß ich jetzt Vater wurde und nicht er, war höhere Gewalt. Eine künstliche Befruchtung führte keineswegs automatisch zum Erfolg. Die Wahrscheinlichkeit lag »statistisch« sogar weit unter dreißig Prozent (der Klinikchef nannte es die Baby-take-home-Rate). Viele Paare gingen auch nach dem dritten Versuch buchstäblich leer aus und mußten von nun an mit dem Gefühl leben, nicht einmal unter Aufbietung aller medizinischen Hilfsmittel fortpflanzungstauglich zu sein. Lisa und ich hatten Glück gehabt.

»Ehrlich gesagt, ich bin vor allem erleichtert. Ich hätte nie gedacht, daß es klappt, gerade weil ich es wollte. Meine Erfahrung ist eher, daß man das, was man unbedingt will, nicht bekommt.«

HC schwieg, was sollte er auch sagen. Hier fingen die Dinge des Lebens an, bei denen er nicht mitreden konnte.

»Allerdings, als ›werdender Vater‹, wie du es nennst, fühle ich mich trotzdem nicht, eher wie eine Art Schwangeren-Pfleger oder die unbefugteste Hebamme aller Zeiten. Wenn du mich fragst, besteht genau darin der feine Unterschied: Meine Frau ist im Grunde schon Mutter, während ich erst noch Vater werde, und zwar in etwa fünfeinhalb Monaten – wenn alles gut geht, wie gesagt.«

Natürlich hätte ich ihm auch vorschwärmen können, wie anders die Welt für mich auf einmal aussah, wieviel Sinn und höhere Verantwortung ich plötzlich empfand. Aber ich wußte nicht, wie groß bei HC und seiner Frau die Enttäuschung war, wie viele Versuche die beiden noch vor oder schon hinter sich hatten. Zum ersten Mal in meinem Leben hatte ich das Gefühl, HC einen entscheidenden Schritt voraus zu sein. Er war ein halbes Jahr älter als ich und immer der Vernünftigere, Reifere, Erwachsenere von uns beiden gewesen. Noch heute – obwohl ich viel ruhiger geworden war – fühlte ich mich ihm gegenüber wie der junge Wilde, der ewige Stürmer und Dränger. Das änderte sich jetzt. Auf einmal machte ich eine Erfahrung, die ihm noch fehlte und möglicherweise für immer fehlen würde. Auf einmal mußte er mich fragen und nicht umgekehrt.

Es war ein Triumph, in gewisser Weise, doch es fühlte sich an wie ein Abschied.

Ich wechselte Ton und Thema und erzählte ihm von meiner Begegnung mit Herrn Dr. Moosheimer, der auch sein Griechischlehrer gewesen war. (Allerdings hatte HC, der Musterknabe, damals mit Sicherheit keinerlei Vorzugsbehandlung benötigt, um sein Graecum zu bestehen.) Ausgiebig schilderte ich den gelösten, geradezu beschwingten Eindruck, den Herr Dr. Moosheimer in der Regionalbahn nach Bremen auf mich gemacht hatte, ein leibhaftiges Beispiel dafür, wie befreiend das Alter mitunter sein konnte. Sein Coming-out streifte ich nur am Rande, wohlwissend, daß HC einen Widerwillen gegen Klatsch und Tratsch jeglicher Art hatte. Dann kam ich zu der Geschichte mit dem sterbenskranken Schüler, dessen Vater Herr Dr. Moosheimer am Krankenbett geworden war.

»Ich will damit sagen«, sagte ich, »daß es vielleicht gar keinen so großen Unterschied macht, ob man nun gleichzeitig Vater und Erzeuger ist. Die biologische Vaterschaft wird, wie mir scheint, überschätzt. Gut, unser Kind wird zu fünfzig Prozent meine Gene haben und mir vermutlich entfernt ähnlich sehen, aber ansonsten spielt sich meine Vaterschaft genau wie bei Herrn Dr. Moosheimer im Kopf ab. Und das ist der Punkt: Der eigentliche Unterschied verläuft nicht zwischen leiblichen und sozusagen seelischen Vätern, sondern zwischen Mann und Frau: Die Mutter-Kind-Beziehung ist eine leibliche, und zwar von Anfang an, ein symbiotischer Zustand, die innigste, sinnlichste Form von Verbundenheit, wohingegen der Vater, wie soll ich sagen, vor allem eine Fiktion ist, eine Art gesellschaftlich akzeptierter Einbildung ...«

Ich war mir nicht sicher, ob es HC wirklich tröstete, das zu hören. Am anderen Ende herrschte Schweigen, und zwar so völlig, daß ich schon fragen wollte, bist du noch da?

»Wie auch immer«, sagte HC schließlich, »um auf den Grund meines Anrufs zu kommen, ich habe Ende nächster Woche beruflich in Bremen zu tun und würde mich freuen, wenn wir es diesmal ausnahmsweise schaffen, uns zu sehen.«

»Ja, natürlich«, ging ich etwas vorschnell darauf ein, im Moment verbrachte ich meine freien Abende am liebsten mit Lisa allein, doch schon unser letztes Treffen war an mir gescheitert, »wie wäre Donnerstagabend?«

»Das paßt mir sehr gut«, sagte er prompt und fügte im selben Atemzug hinzu, »deine Frau hat mich zu euch nach Hause eingeladen, aber wenn es dir lieber ist, können wir uns selbstverständlich auch auf neutralem Terrain treffen, in irgendeinem Café oder Restaurant ...«

»Nein, nein, gerne«, beeilte ich mich ihm zu versichern, doch man merkte mir mein Unbehagen an. Das also hatte Lisas Geste vorhin zu bedeuten gehabt. Ich wußte im Augenblick nicht, was mich mehr irritierte, die Tatsache, daß sich meine Frau hinter meinem Rücken mit meinem ehemals besten Freund verabredete oder daß er, der Nichtvater und Kinderlose, mir plötzlich auf die Pelle rückte, um mein trautes Heim, mein werdendes Familienglück in Augenschein zu nehmen.

»Wenn es dir nicht recht ist, genügt ein einziges Wort«, gab er mir noch eine Chance, die Wahrheit zu sagen, und ich wußte, daß niemand mich besser verstehen würde als er. In dieser Hinsicht war HC wie ich, wir brauchten beide unseren Rückzugsbereich. Er wohnte mit seiner Frau auf einem abgelegenen Bauernhof dreißig Kilometer von Hamburg entfernt, »mit öffentlichen Verkehrsmitteln nahezu unerreichbar«, wie er betonte, ein Wink, den ich sofort verstanden hatte. Doch aus irgendeinem Grund sagte ich zu ihm, »nein, wirklich, komm doch zu uns, kein Problem.«

Wir vereinbarten die genaue Stunde seines Besuchs, und ich erklärte HC ausführlich den Weg, obwohl außer Frage stand, daß er bei seinem ermittlerischen Geschick keine Schwierigkeiten haben würde, uns zu finden. Für einen Moment überlegte ich, ob ich ihm anbieten sollte, seine Frau mitzubringen. Doch ich kannte die Antwort im voraus: ein höfliches Nein. Es war typisch für ihn, für unser Verhältnis zueinander, daß ich mehr von mir preisgab als er.

Ich hatte in Gedanken schon aufgelegt, als er mich wie nebenbei fragte, welche Inszenierung mit meiner Beteiligung ich Herrn Dr. Moosheimer denn empfehlen würde. Zuerst glaubte ich, mich verhört zu haben. Doch mit der größten Selbstverständlichkeit fuhr HC fort, daß er Herrn Dr. Moosheimer schon lange dazu habe überreden wollen, sich eine Vorstellung von mir anzusehen, obwohl er seit Jahren nur noch in die Oper gehe und Schauspiele ihn zu sehr aufregten.

Ich tat ihm nicht den Gefallen, meine Verblüffung zu zeigen, obwohl ich nicht nur überrascht war, sondern auch ein bißchen verärgert. Ich fand, er hätte mir sagen müssen, daß er mit Moosheimer noch in Kontakt stand, und zwar in dem Moment, in dem die Sprache auf ihn kam, und nicht erst nachdem ich mich um Kopf und Kragen geredet hatte. Doch so war HC. Er sagte nie alles, was er wußte, und er sagte es vor allem nie sofort. Ich konnte ihm nicht den Vorwurf machen, daß er mir etwas verschwieg oder log. Doch er war ein Meister der Verzögerung. Er ließ heiße Informationen kalt werden, wartete, bis die Gewichte sich verschoben hatten, und spielte die Wahrheit auf Zeit. Im Vergleich zu ihm fiel ich immer mit der Tür ins Haus. Die Distanz und Reserve, die innere Zurückgelehntheit, die bei mir mit den Jahren kam, hatte er schon als Student bis zur Vollkommenheit kultiviert. Und es gab damals wie heute einen Teil von mir, der gerne so werden, so sein wollte wie er.

7

Hamburg

Lisa sah dem Besuch von Hans-Christian Meyerdierks gelassen entgegen. Für sie schien es keinen Unterschied zu machen, ob nun ihre Freunde zu uns kamen oder meine. Sie erkundigte sich, ob HC Vegetarier war (was ich nicht annahm, aber auch nicht ausschließen konnte) und ob er lieber Bier statt Wein trank (woran ich mich nicht mehr erinnerte). Weiter fragte sie nicht nach ihm, und wir gingen zur Tagesordnung über. Noch vor zehn oder zwölf Jahren wäre es mir schwergefallen, die Angelegenheit auf sich beruhen zu lassen, jetzt reagierte ich so, wie es erfahrungsgemäß am klügsten war, nämlich gar nicht.

Ich hatte zwar wenig Ahnung von HCs Eß- und Trinkgewohnheiten, aber ich kannte ihn lange genug, um zu wissen, wie untypisch ein solcher Vorstoß für ihn war. HC war ein zurückhaltender Mensch. Für seine Verhältnisse stellte dieser Besuch bei uns zu Hause eine mildere Form der Nötigung dar. Er wäre niemals so weit gegangen, wenn er nicht erfahren hätte, daß meine Frau schwanger war.

Im nachhinein bereute ich es, daß ich mich HC gegenüber so abschätzig über die Vaterschaft als Fiktion geäußert hatte. Sie war fiktional, verglichen mit der leibhaftigen Mutterschaft meiner Frau, doch sie war absolut real, verglichen mit unserer Studentenzeit, als das Leben nur in Gedanken stattfand, oder mit meinen Anfängerjahren im Wilden Osten, als ich alles Mögliche ausprobiert und mich für nichts verantwortlich gefühlt hatte. Ich war schon lange nicht mehr der Schauspieler und Lebenskünstler, für den HC mich hielt. Doch ich wußte, es würde nicht leicht werden, ihn davon zu überzeugen.

Am Tag vor seinem Besuch fuhr ich ein, zwei Stunden früher als sonst zur Vorstellung nach Hamburg, weil für mich ein Manuskript beim Pförtner lag, nichts Weltbewegendes, ein kürzerer Text, den ich bei einer Preisverleihung vortragen sollte – zu Ehren eines Kollegen, mit dem ich oft zusammen auf der Bühne gestanden hatte. So langsam kamen wir in das Alter, in dem man sich gegenseitig lobte und Dank sagte. Die Rivalität der früheren Jahre schien vergessen, sie war einer veteranenartigen Kumpanei gewichen, und auch wenn der Kampf um Aufmerksamkeit berufsbedingt niemals ganz aufhören würde, war doch zumindest die Zeit der Verbissenheit vorbei. Wir gönnten einander den Erfolg, und unsere Großzügigkeit war nur zum Teil gespielt.

Mit dem Din-A4-Umschlag, den mir der Pförtner ausgehändigt hatte, flanierte ich durch das spätsommerlich-frühherbstliche Hamburg auf der Suche nach einem ruhigen Straßencafé, wo ich lesen und mir die Sonne ins Gesicht scheinen lassen konnte. Es war ein strahlender Septembertag, wie man ihn nur in einer Stadt erlebt, die für ihre verhangenen Himmel und Schlechtwetterperioden berüchtigt ist. Doch wenn in Hamburg die Sonne schien, war das Licht wie eine Offenbarung. Auf und über den vielen Wasserflächen spiegelte sich das Blau in bestechender Klarheit, und der nie ganz abflauende Wind, der vom Wasser her wehte, brachte eine leicht salzige Frische über die Stadt.

Ich mochte diesen seewindartigen Hamburg-Geruch, dieses Hamburg-Gefühl, obwohl ich gegen jede Art von Lokalpatriotismus allergisch war und wenig hielt von dem ortsansässigen Größenwahn, der Nabel des Nordens zu sein. Mir waren Städte immer suspekt, deren Bewohner sich schon allein deshalb für bedeutend hielten, weil sie dort wohnten. Doch von der hanseatischen Zugeknöpftheit und Weltwichtigkeitsarroganz war im Moment wenig zu spüren. Bunt und freizügig wogte die halbe Stadt durch die Straßen und ein Großteil des Umlands dazu. Anzugträger schulterten ihre Jacketts, die weiblichen Bank- und Versicherungsangestellten hatten die Ärmel ihrer Blusen aufgeschlagen, und wer keinerlei Form zu wahren hatte, lief in hautengen T-Shirts und Jeans herum, denen knapp über dem Schambein der Stoff ausging.

Es herrschte ein seltener spätsommerlicher Leichtsinn, die Art von melancholisch-promiskuitiver Atmosphäre, die mich früher, in Studententagen, beinahe wahnsinnig gemacht hatte, als ich ständig verliebt war, und das meistens unglücklich. Mein Leben war damals so spekulativ gewesen, daß ich nur durch pausenlose Verwicklung, durch ein permanentes Beziehungschaos überhaupt das Gefühl hatte zu existieren. Ich brauchte immer jemanden, um jemand zu sein, und jede Frau, mit der ich auch nur Blickkontakt hatte, war gleich ein Lebensentwurf, ein blitzartig aufscheinendes Zukunftsszenario, eine Lösung für alle Probleme. Wenn ich damals gewußt hätte, wie angenehm es war, nicht auf der Suche zu sein.

Ich setzte mich in ein eher tantenhaftes Café unter den Alsterarkaden mit Blick auf den Jungfernstieg. An den Nachbartischen schwiegen betagte Touristen bei Kaffee und Kuchen – kein Ambiente, um Bekanntschaften zu machen, also genau das, was ich wollte. Hier konnte ich ungestört lesen, denken und dösen, während in Sichtweite der Jahrmarkt der Hamburger Eitelkeiten an den Brückengeländern über dem Alsterfleet vorbeitrieb.

Es gab kaum etwas Entspannenderes, als im Halbschatten in einem Korbstuhl zu sitzen, einen Cappuccino zu trinken und anderen Leuten beim Balzen und Buhlen zuzusehen. Ich genoß vor allem den Abstand an diesem vielleicht letzten warmen Tag des Jahres, an dem sich die Blicke im Vorbeigehen besonders sehnlich und süchtig suchten. In den Augen hinter den getönten Gläsern blitzte immer wieder so etwas auf wie Trotz, wie ein Aufbegehren gegen das Ende dieser unbeschwerten Jahreszeit, was dem heimlichen Taxieren der Geschlechter einen Zug ins Indiskrete, Frivole, manchmal sogar Verzweifelte verlieh. Sie spürten es alle, die Shopping-beflissenen Schönheiten von den Edelboutiquen am Neuen Wall mit ihrem Laufsteggehabe und den unübersehbaren Fächern aus Hand- und Einkaufstaschen, die kühlen Rühr-mich-nicht-an-Hanseatinnen aus den Büro- und Geschäftshäusern am Springer-Platz mit ihren akkuraten Kostümen, Olivers-People-Sonnenbrillen und den gewollt widerspenstigen Haarsträhnen, die sie sich unentwegt aus dem Gesicht strichen, genauso wie die schlichteren Töchter der Stadt in flachen Schuhen und Gesundheitssandalen, Zahnarzthelferinnen, Kaufhauspersonal und Praktikantinnen mit Lunchpaketen und Coffee-to-go. Sie alle unterhielten sich noch etwas angeregter, mit noch etwas helleren Stimmen, lachten noch eine Spur lauter als sonst und warfen die Köpfe ein kleines Stückchen weiter zurück in das sich herbstlich färbende Licht. Doch es war bei aller Künstlichkeit und Affektiertheit, bei allem Schick und schönem Schein das Natürlichste und Selbstverständlichste der Welt. Es war das ewige Spiel des Lockens und Verliebens, es war der schon ein wenig überreife, überdeutliche Verführungszauber des Spätspätsommers Ende September, eine suchend zudringliche Bewegung der Paarungswilligen aufeinander zu. Und es war ein Glück, das alles zu sehen, zu verstehen und nicht darin involviert zu sein.

Nicht zu fassen, wie sehr sich mein Verhältnis zum anderen Geschlecht verändert hatte, seitdem meine Frau und ich uns Kinder wünschten. Der Satz, »sie könnte meine Tochter sein«, bekam auf einmal eine ganz unerwartete Bedeutung. Ich hatte mich als Mann nie sonderlich für jüngere Frauen interessiert (meine Frau war nur knapp ein Jahr nach mir geboren und wurde mit der Zeit gewissermaßen immer gleichaltriger). Doch seit wir gemeinsam das Projekt Fortpflanzung verfolgten, verlagerten sich meine Interessen vollends. Im Prinzip ging es mir wie allen Männern und Frauen im besten beziehungsweise gerade noch fruchtbaren Alter: Bei sämtlichen Kindern, die mir über den Weg liefen, stellte ich mir vor, sie könnten meine eigenen sein. Ich malte mir aus, wie schwer oder leicht es mir fallen würde, sie zu erziehen und ihnen ein guter Vater zu sein. Ich dachte an die vielen Dinge, die ich ihnen gerne zeigen oder beibringen würde, an all das, was ich ihnen ersparen, wovor ich sie bewahren wollte, und an das wenige wirklich Wichtige und Wesentliche, das ich ihnen mitgeben konnte fürs Leben. Mir spukten sogar schon einzelne Sätze zungenfertig durch den Kopf, Ideen, was ich ihnen erzählen oder für sie erfinden würde, um sie zu trösten oder zum Lachen zu bringen. Gute-Nacht-Geschichten fielen mir ein.

Seltsam war nur, daß diese Ersatzvatergefühle sich nicht auf Säuglinge oder Kleinkinder beschränkten. Je länger meine Frau und ich unseren Kinderwunsch hegten, desto größer wurden auch die Söhne und Töchter, deren Vater zu sein ich mir vorstellen konnte. Ehe ich mich versah, wurden schulpflichtige Jungen und Mädchen daraus, die wiederum in Riesenschritten der Allgemeinen Hochschulreife entgegenstrebten. Und ich entblödete mich schließlich nicht, bei Publikumsgesprächen oder Schülertagen Gruppen von Abiturienten und jungen Studentinnen mein Leben zu erzählen, Lehren daraus zu ziehen und Ratschläge zu erteilen. Ich fing an, mich pädagogisch wertvoll zu fühlen.

Auf der anderen Seite waren diese großfamilienväterlichen Anwandlungen gar nicht so abwegig. Es war weder biologisch unmöglich noch biographisch sonderlich unwahrscheinlich für mich, bereits erwachsene Kinder zu haben. Auf dem Höhepunkt meiner Manneskraft um die Zwanzig, als ich kurz nach der Wende in Stendal meine Theaterlaufbahn begann, wurde fleißig gezeugt. Speziell zwischen Westmännern und Ostfrauen kam es zu regelrechten Ausbrüchen von Fruchtbarkeit. Viele meiner Kollegen, die wie ich frisch von der Schauspielschule gekommen waren, um sich in dem kleinen ostdeutschen Provinzstädtchen ein bißchen auszuprobieren, schwängerten die eine oder andere Einheimische, heirateten noch in ihrem ersten Jahr und blieben dort. Wenn es mir wie ihnen ergangen wäre, hätte ich mit etwas Glück schon Großvater und arbeitslos sein können. Statt dessen saß ich mit Anfang Vierzig ohne Kinder an einem herrlichen Spätsommertag in einem Café unter den Alsterarkaden, schaute auf den Jungfernstieg und dachte bei jeder Frau zwischen sechzehn und zwanzig: Sie könnte meine Tochter sein! In Gedanken war ich mehr damit beschäftigt, ihnen die Tattoos im Gesäßbereich auszureden und sie auf die gesundheitlichen Gefahren des Nabelpiercings hinzuweisen, als mich irgendwelchen erotischen Phantasien hinzugeben.

Ich bestellte mir noch einen Cappuccino, riß den Din-A4-Umschlag auf und zog zwei, drei hochkopierte Textseiten hervor, die ich dann aber doch nicht las. Denn das war es nicht allein! Mein Kinderwunschdenken hatte nicht nur bewirkt, daß im Mittelpunkt meiner Träume von jüngeren Frauen Erziehungsprobleme standen. Es hatte auch meinen Blick auf all jene reiferen Frauen von dreißig aufwärts verändert, deren Vater ich beim besten Willen nicht sein konnte – nur daß mein Verhältnis zu ihnen nicht pädagogisch, sondern dank meiner reichen reproduktionsmedizinischen Erfahrung zutiefst gynäkologisch war.

Es fing mit einer eher harmlos wirkenden Bemerkung an. Ich werde nie vergessen, mit was für gemischten Gefühlen ich beim

Vorgespräch in der Fruchtbarkeitsklinik neben meiner Frau saß, als ihr der Chefgynäkologe die scheinbar unverfängliche Frage stellte: »Rauchen Sie?«

Meine Frau sah ihn einen Moment an und verneinte dann wahrheitsgemäß, woraufhin er – der »Schneidige«, wie sie ihn später nennen sollte – sich über seinen Diagnosebogen beugte, mit seinem Kugelschreiber ein Kreuzchen machte und vor sich hin murmelte: »Sehr vernünftig.«

Nun hätte genau derselbe Dialog auch bei einem gemeinen Hausarzt stattfinden können. Daß Rauchen die Gesundheit gefährdet, Krebs verursacht und obendrein nicht gut ist für den Teint, hatte sich inzwischen herumgesprochen. Doch darum ging es nicht. Der Frage des Klinikchefs lag eine viel profundere medizinische Erkenntnis zugrunde, die mein Frauenbild nachhaltig verändern sollte. Sie hieß im Klartext: »Rauchen verursacht Unfruchtbarkeit!« – Unter diesem Aspekt hatte ich rauchende Mittdreißigerinnen noch nie gesehen.

Es war schockierend. Jeder wußte, daß Rauchen während der Schwangerschaft Gift ist, vor allem für das Kind. Aber daß es Schwangerschaften geradezu verhinderte, war mir nicht nur neu, es schien mir unter den Frauen, die nicht meine Töchter sein konnten, auch viel zu wenig bekannt! (Vielleicht, weil man vermeiden wollte, daß Frauen, die meine Töchter hätten sein können, Rauchen als eine Art flankierende Verhütungsmaßnahme praktizierten.) Insofern war es im Fall meiner Frau zweifelsohne »sehr vernünftig«, nicht zu rauchen. Denn wir hatten die ärztliche Hilfe des Schneidigen ja nur gesucht, um unserer ermattenden Fruchtbarkeit gleichsam auf die Sprünge helfen zu lassen. Und wie »unvernünftig« wäre es folglich gewesen, seine fachmännische Unterstützung durch mutwilligen Nikotingenuß wieder zunichte zu machen.

Doch damit ließ es der Chefgynäkologe nicht bewenden. Er

nahm sämtliche Lebensgewohnheiten meiner Frau unter die Lupe – Sport, Ernährung, Medikamente, Alkoholkonsum, Schlafpensum, berufliche Belastung etc. –, immer gemessen daran, wie es sich auf unsere Fortpflanzungschancen auswirkte. »War dieses oder jenes vernünftig oder unvernünftig für eine Frau, die schwanger werden wollte?« So lautete für ihn das letztgültige Kriterium. Er als Reproduktionsmediziner mußte so denken. Dafür wurde er bezahlt. Und offenbar gehörte es zu seinen Pflichten, meine Frau mit allen Mitteln dazu zu bringen, genauso zu denken wie er. Jedenfalls nahm ich zu seinen Gunsten an, daß er wußte, was er tat, wenn er mit seinen Kreuzchen und Kommentaren diesen nicht gerade sanften Druck auf sie ausübte. Im Fachjargon hieß das vermutlich Sensibilisierung.

Allerdings schien er dabei völlig zu vergessen, daß er nicht nur im Begriff war, die gynäkologische Selbstwahrnehmung meiner Frau zu schärfen, sondern auch meine. Ich saß neben ihr. Ich hörte alles. Schon nach den ersten Sitzungen und Untersuchungen war mein Fruchtbarkeitsbewußtsein voll entwikkelt: Ich hatte längst verinnerlicht, daß Rauchen, Streß und Zukunftsängste veritable Empfängniskiller waren, daß die Eizellen meiner Frau von Kornfeldern im Wind bewegt wurden, daß ihre Gebärmutter eine freundliche, aber auch feindliche Umgebung darstellen konnte, je nachdem. Ich kannte die genaue Form und Lage ihrer Eileiter, ich wußte präzise über ihren Zyklus und Eisprung Bescheid, und ich lernte ziemlich bald, die schwankenden Hormonspiegel an den Rötungen und Fleckchen in ihrem Gesicht abzulesen.

Anfangs war es manchmal etwas mehr Information, als ich mir gewünscht hätte. Doch je genauer ich darüber Bescheid wußte, desto faszinierender fand ich es: Eine neue Welt tat sich für mich auf! Binnen kürzester Zeit entwickelte ich mich zum

Hobbygynäkologen und Heimassistenten des Klinikchefs, der sich mit der richtigen Hormondosis, ihren Risiken und Nebenwirkungen beinahe wie am eigenen Leib auskannte.

Angesichts der mannigfaltigen Wunder der weiblichen Biologie empfand ich es als Privileg, in das Mysterium der Entstehung des Lebens eingeweiht zu sein. So auch jetzt in diesem Café mit Blick auf die vielen über den Jungfernstieg stolzierenden Frauen: Ich konnte nur staunen, wie gynäkologisch sinnvoll Bau und Form ihrer Becken waren, wie einleuchtend die Architektur des weiblichen Körpers überhaupt! Was für eine weise Voraussicht der Natur wirkte und waltete in ihren Rundungen und Kurven, ihren Nahrung verheißenden Brüsten und dem Schwung ihrer Taillen, die wie geschaffen waren, um Säuglinge und Kleinkinder darauf zu balancieren. Wie elegant und natürlich, formschön und tauglich war das alles!

An Tagen wie heute schien es mir unbegreiflich, wie ich all das früher hatte übersehen und verkennen können. Wie blind mußte ich gewesen sein für die elementarsten und ursprünglichsten Zwecke der Natur, für die suggestive Verbindung von Schönheit und Nützlichkeit im Paarungsspiel der Geschlechter. Trotz aller modischen Verirrungen schien Attraktivität ein Naturgesetz zu sein, dem wir gehorchten wie der Schwerkraft oder dem Gesetz des freien Falls. Quasi magnetisch übten die weiblichen Reize ihre Anziehung aus. Sie sprachen die Sprache der Liebe, der Erotik und manchmal sogar der Poesie, doch ihr Sinn war die Fortpflanzung, und das war kein Widerspruch, keine Enttäuschung und auch nicht der Verlust der letzten Illusionen zwischen Mann und Frau. Es war ein Blick auf den Grund der Gattung, ihres Erfindungsreichtums, ihrer Vielfalt und bunten Verschiedenheit. Und ich wand mich in meinem Korbstuhl, wenn ich daran dachte, wie ahnungslos ich dereinst dem anderen Geschlecht hinterhergestolpert war, voller Worte und Begehren, aber ohne die Signale zu begreifen, ohne Verständnis für ihren tieferen Sinn.

Wie beglückend war es dagegen jetzt, sich zurückzulehnen, so wissend wie wunschlos, und den Blick schweifen zu lassen über das bunte, verblühende Treiben, für das man den Jungfernstieg hätte erfinden müssen, wenn er nicht schon dagewesen wäre. Wie gut tat es, nicht länger den Narren der Natur zu spielen, sondern ihr zuzuschauen in komplizenhaftem Einverständnis. Vorbei waren die Umnebelungen des Geschlechtstriebs. Hier und heute gab die weibliche Schönheit, zu deren Bewunderern ich mehr denn je zählte, liebreizend und lächelnd ihre evolutionären Geheimnisse preis. Sie war mehr als bezaubernd. Sie war nicht nur zum Niederknien, sondern auch – um es mit den Worten unseres Chefgynäkologen zu sagen – »sehr vernünftig«!

Ich winkte dem Kellner wegen der Rechnung, nachdem ich das Manuskript kurz überflogen und wieder in den Umschlag zurückgesteckt hatte. Es handelte sich um einen kurzen Text von Lee Strasberg, dem legendären Schauspiellehrer und Leiter des New Yorker Actors-Studios, dessen Buch »Ein Traum der Leidenschaft« ich seinerzeit in Freiburg zur Vorbereitung auf die Schauspielschule verschlungen hatte. Grundlage der Schauspielkunst war laut Strasberg das sogenannte »emotionale Gedächtnis«, und ich erinnerte mich lebhaft, wie ich damals kaum eine Strasbergsche Übung ausgelassen hatte, um es zu »trainieren«. Eifrig hatte ich versucht, aus dem Gedächtnis die Realität eines schweren, vollgestopften Koffers »wiederzuerschaffen«, während ich tatsächlich ein federleichtes Requisit anhob, oder die »sinnliche Wirklichkeit« eines Whiskys nachzuempfinden, während ich einen Schluck Wasser trank, wobei ich mich redlich bemühte, meiner eigenen Vorstellung so sehr zu »glauben«, daß ich davon betrunken wurde. Die wenigen einschneidenden Erlebnisse, an die ich mich als Neunzehn-, Zwanzigjähriger erinnern konnte, hatten fast alle mit gepackten Koffern und Alkohol zu tun. Schließlich lag mein Leben noch vor mir, und ich beschäftigte mich in meinen Träumen weniger mit den Gefühlen, die ich schon gehabt hatte, als mit denen, die ich haben würde. Meine Erwartungen überstiegen meine Erinnerungen bei weitem, und mein Gedächtnis war emotional viel weniger aufgeladen als die Vorausphantasien all der Abenteuer, die ich auf mich zukommen sah, getrieben von einem unbändigen Willen zum großen Gefühl. Ich wollte nicht aus Erfahrungsreichtum zum Theater, sondern aus Erfahrungshunger. Und so spielte ich damals auch: gierig, überhastet, hundertzwanzigprozentig, immer mit dem Kopf durch die Kulissenwand.

All das lag mir heute unendlich fern, und ich hätte meinen nur unwesentlich älteren Preisträger-Kollegen gerne gefragt, ob es ihm auch so ging, auch so gegangen war, bevor sich das eigene und das Theaterleben, das reale und das erfundene, im Laufe der Berufsjahre untrennbar miteinander vermischten. Möglicherweise wußte er es auch nicht mehr.

Ich zahlte, überquerte den Jungfernstieg und lief die Binnenalster entlang, schon auf dem Rückweg ins Theater. Nur manchmal blieb ich stehen und sah den Hamburger Fahrradkurieren kopfschüttelnd zu, wie sie vornübergebeugt auf ihren phallusförmig gebogenen Sätteln über Bordsteinkanten und Schlaglöcher ratterten – wußten sie denn nicht, was sie ihrer Zeugungsfähigkeit damit antaten? Desgleichen die Uraltrocker, die den Parallelwelten von St. Pauli entlaufen waren, bärtigbauchige Typen in hautengen Röhrenjeans, deren Hoden sich in Form und Größe unverkennbar in Schrittnähe abzeichneten. Es war nicht meine Aufgabe, sie darauf hinzuweisen, daß der liebe Gott den Hodensack geschaffen hatte, um die Spermienproduktion außerhalb des Körpers und somit einige proteinerhaltende Grad Celsius unter Körpertemperatur anzusiedeln. Doch ich konnte vor mir selbst nicht verhehlen, daß sich mein gynäkologischer Blick längst auf den Mann ausgeweitet hatte.

Ich stand bereits vor dem Theater und betrachtete noch kurz die neuesten Szenenfotos in den Schaukästen, als ich aus den Augenwinkeln in einer Gruppe von Passanten die Hinterköpfe von HC und Herrn Dr. Moosheimer auf und ab wippen sah. Sie waren gut dreißig Meter von mir entfernt, Verwechslungen ließen sich also nicht ausschließen, da sie sich weder zu mir um- noch ins Profil drehten. Doch sowohl Körpergröße als auch Kleidung stimmten auffallend. Derjenige, den ich für Herrn Dr. Moosheimer hielt, trug ein altmodisches braunes Cordjakkett.

Für einen Moment war ich starr vor Entsetzen, nicht nur, weil die beiden sich offenbar häufiger trafen als gedacht, sondern hauptsächlich, weil HC anscheinend seine Drohung wahrmachen wollte, Herrn Dr. Moosheimer zum Besuch einer meiner Vorstellungen zu überreden. Wie paralysiert sah ich die beiden auf die Theaterkasse zusteuern. Doch sie gingen nicht hinein, sondern knapp daran vorbei, ohne die aushängenden Plakate und Spielpläne eines Blickes zu würdigen.

Dennoch rief ich zur Sicherheit vom Pförtner aus bei der Kasse an und erkundigte mich unter einem Vorwand, ob auf den Namen Moosheimer oder Meyerdierks Karten reserviert oder abgeholt worden seien. Ich hatte keine Lust, mich bei jedem Satz, jeder Aktion auf der Bühne fragen zu müssen, was mein ehemaliger Griechischlehrer und sein Klassenprimus davon halten würden. Es waren die verheerendsten Aufführungen, in denen man sich beim Spielen unentwegt mit den Augen anderer selbst zuschaute, und das galt um so mehr für die Augen von HC und Herrn Dr. Moosheimer, den Schauspiele ohnehin zu sehr aufregten. Doch die Kassendame fand ihre Namen weder im System noch erinnerte sie sich an die beiden Herren.

8

Berufliches

Nach der Aufführung ließ er sich kurz in der Kantine blicken, wo die Kollegen wie üblich mehrere Tische zusammengeschoben hatten und in großer Runde das Ende der Vorstellung feierten. Doch er setzte sich nicht dazu, sondern stützte sich nur auf diese oder jene Stuhllehne, klopfte auf ein paar Schultern und verabschiedete sich bald. Der letzte Zug fuhr um viertel nach elf. Seine Kollegen sparten sich die Kommentare. Keiner von ihnen versuchte, ihn zum Bier oder zum Bleiben zu überreden. Sie kannten das schon von ihm und schienen mit nichts anderem zu rechnen, obwohl er noch vor einem halben Jahr durchaus die eine oder andere lange Nacht in Hamburg verbracht hatte. Seit Obsklappt unterwegs war, kam das nicht mehr in Frage.

Nicht, daß er es sonderlich vermißt hätte. Das kollektive Abfeiern nach der Vorstellung wiederholte sich. Es war ein Ritual mit immer denselben Themen und Geschichten, man verpaßte nichts, wenn man die eine oder andere Runde ausließ. Ihn wunderte nur, wie schnell er nicht mehr dazugehörte.

Unwillkürlich schaute er sich nach HC und Herrn Dr. Moosheimer um, als er das Theater verließ. Doch es war niemand auf der Straße. Im Laufschritt brachte er den kurzen Weg zum Hauptbahnhof hinter sich. Er war nach den Vorstellungen inzwischen am liebsten allein und verzichtete nicht einmal ungern auf so manche strapaziöse Gepflogenheit aus dem Restrepertoire der Theaterboheme. Doch die Selbstverständlichkeit, mit der man eben noch drin und jetzt schon wieder draußen war, hinterließ ein hohles Gefühl.

Im Prinzip lief für ihn beruflich alles weiter wie bisher. Er reiste an, machte seine Arbeit und fuhr wieder nach Hause, vielleicht eine Spur routinierter als sonst und um einiges unaufgeregter, seit sein eigentliches, immer väterlicher werdendes Leben außerhalb des Theaters stattfand. Andererseits war er noch genauso schnell und beweglich wie früher. Er trat gegenüber seinen Kollegen, den Ankleidern, Maskenbildnerinnen und Regieassistenten möglicherweise etwas flüchtiger auf, doch mit derselben flapsigen Professionalität wie eh und je. Seine ganze eingespielte Existenz hinter den Kulissen blieb sich gleich. Im täglichen Theaterbetrieb schien niemand zu merken, daß er aufgehört hatte, dramatisch zu sein.

Der Zug fuhr mit fünfzehn Minuten Verspätung von Hamburg ab, um noch die letzten Anschlußreisenden einzusammeln, die mit Rollkoffern und Rucksäcken die Treppen herunterhasteten. Bis er endlich zu Hause war, würde es gut und gerne ein Uhr werden. Doch er rief nicht an, um Bescheid zu sagen, weil er annahm, daß Lisa sich schon hingelegt hatte (neuerdings ging sie sehr früh ins Bett). Sie würde längst tief und fest schlafen, wenn er kam.

Es war vor allem ihr Leben, das sich innerhalb weniger Monate grundlegend geändert hatte. Seine Frau war nicht nur buchstäblich »guter Hoffnung«, sondern noch buchstäblicher »in anderen Umständen«. Ihr Körper war ein anderer. Oft beneidete er sie um die Realität ihres Zustands – sie war dem Leben viel näher –, doch er wußte auch, daß etwas Gewaltiges, Gewaltsames mit ihr vorging, eine Verwandlung, die sich weder steuern noch kontrollieren ließ. Es war kein Selbsterfahrungstrip, es ging über jedes Selbstsein hinaus.

Manchmal staunte er über die ungewohnte Langsamkeit und Schwere ihres Körpers, jetzt schon, über die Trägheit in ihrem Blick, die er so von ihr nicht kannte. Manchmal – wenn sie sich geschickt anzog und ihren Bauch durch eine weite Bluse verbarg – erschien sie ihm einfach nur groß, eine prächtige, irgendwie zeitlose Frau. Dann wieder gab es Momente, in denen ihr die Hormonschübe, Heißhungerattacken und Stimmungsumschwünge so zusetzten, in denen ihr dieses ganze Körpergeschehen so sehr widerfuhr, daß sie ihn anschaute mit den Augen eines in der Falle sitzenden Tieres. Es war diese Leibhaftigkeit, das Ungeheuerliche und völlig Natürliche ihres Zustands, das ihm angst machte und zugleich eine Liebe in ihm weckte, die anders war als alles, was er bisher für sie empfunden hatte. Unentwegt war er damit beschäftigt, ihren Leib, ihre Lippen zu lesen, um die Zeichen zu sehen und nichts zu versäumen. Er umgab sie mit der erhöhten, übertriebenen Aufmerksamkeit eines frisch Verliebten. Doch so viel Verständnis er auch für sie und alles sie Betreffende aufbrachte, er wußte, er würde nie wirklich wissen, wie das ist.

Und doch gehörte es zur Truman-Show ihrer Ehe, daß sie auch im Umgang mit dem Außergewöhnlichen ihre eigene Normalität entwickelten. Beide wußten sie nur zu gut, wie sehr sie auf diese Schwangerschaft hingearbeitet, welchen äußeren und inneren Aufwand sie betrieben und was für Wechselbäder der Gefühle sie durchgestanden hatten, bis es endlich so weit war. Sie würden nie vergessen, daß alles auch ganz anders hätte kommen können und daß es immer noch ganz anders kommen konnte, als die Natur sie jetzt glauben machte. Doch seitdem es geklappt hatte, unterlag auch diese Schwangerschaft den aberwitzigsten Wegen und Weisen der Gewöhnung. Sie war klar befristet, es gab einen errechneten »Termin«, ein absehbares Ende. Neun Monate waren nicht lang, doch jede einzelne Woche war eine Ewigkeit. Und er wunderte sich immer wieder, wie sehr man sich an etwas so offensichtlich Wachsendes, Werdendes gewöhnen konnte. Dann und wann wechselte seine Frau die Kleidergröße, doch auch das war nichts Neues und schien immer so weiterzugehen, sie hatte sich längst damit arrangiert. Ihr Bauch wurde Alltag. Sie bewegte sich, ihn tragend und getragen, als hätte sie sich nie anders bewegt. Sie saß in einer Weise mit ihm da, als hätte sie schon immer so dagesessen. Er konnte sich Lisa kaum noch ohne Bauch vorstellen. Und irgend etwas in ihm ging wider besseres Wissen davon aus, daß sie nicht nur gestern und heute schwanger war, sondern es auch den Rest ihres Lebens bleiben würde.

Manchmal, wenn sie neben ihm auf dem Sofa oder im Sessel saß, lächelte sie oder verzog das Gesicht wie in Reaktion auf etwas. Es dauerte eine Zeit, bis er sich daran gewöhnt hatte, daß ihr Mienenspiel nicht ihm galt, sondern dem Kind in ihrem Bauch, mit dem sie sich in einer unaufhörlichen inneren Unterhaltung befand. Doch er fühlte sich von ihrem stillen Dialog keineswegs ausgeschlossen, sondern liebte sie nur um so mehr für diese Bauchrednerei mit dem werdenden Leben.

Einen Einschnitt in ihre Normalität hatte es Anfang der Woche gegeben. Kurz vor Vorstellungsende hatte sich seine Frau bei einem Abgang im Dunkeln unglücklich gestoßen, nicht heftig, aber doch so, daß es als Bühnenunfall in den Vorstellungsbericht aufgenommen wurde. Daraufhin hatte sich der Betriebsarzt mit ihrem Gynäkologen in Verbindung gesetzt. Als über Fünfunddreißigjährige zählte sie rein rechtlich zu den Risikoschwangerschaften und durfte somit nach zwanzig Uhr nicht mehr arbeiten, was für eine Schauspielerin bedeutete, daß sie ihren Beruf praktisch nicht mehr ausüben konnte. Um wenigstens noch das eine oder andere unbedenkliche Stück weiterzuspielen, benötigte sie eine Ausnahmegenehmigung vom Gewerbeaufsichtsamt, die in Absprache mit den zuständigen Ärzten erteilt und jederzeit widerrufen werden konnte. Doch obwohl sich Lisa nach eigenem Bekunden sehr gut fühlte und der

Bauch sie beim Spielen kaum behinderte, hatten die Ärzte Bedenken. Zwar gebe es keinerlei Anzeichen für irgendwelche Verletzungen oder Komplikationen, doch angesichts ihres Alters und der hohen seelischen und körperlichen Belastungen bei der Ausübung ihres Berufs würden sie eine Fortschreibung ihrer Ausnahmegenehmigung nicht befürworten. Sie wollten und konnten die Verantwortung dafür nicht übernehmen.

Seine Frau traf das sehr. Seit über fünfzehn Jahren hatte sie fast jeden zweiten Abend auf der Bühne gestanden. Ihr Tagesablauf, ihre Biokurve, alles war darauf gepolt, Punkt zwanzig Uhr auf der Höhe zu sein, wenn das Licht anging für jene künstliche, hochkonzentrierte Durchdringung von Rolle und innerer Realität, für das Scheinsein des Theaters. Sie hatte viel und groß gespielt, sogar weitaus prominentere Rollen als er. Es war ihr schon schwergefallen, zu Beginn ihrer Schwangerschaft das eine oder andere Stück abzugeben, das so wild und extrem inszeniert war, daß sie weder sich noch den Kollegen zumuten wollte, es als werdende Mutter weiterzuspielen. Doch es gab Figuren, die sie sich erarbeitet hatte, von denen sie sich nicht so leicht trennen konnte, Charaktere, die für sie mehr bedeuteten als nur eine »schöne Rolle«. Davon zurückzutreten zugunsten einer jüngeren Kollegin verletzte nicht nur die Eitelkeit und ihre Position in der Hierarchie des Ensembles, die sie sich über Jahre erspielt hatte. Es diskreditierte auch rückwirkend ihre gesamte Arbeit, denn es hieß, daß sie austauschbar war.

Es fiel ihr schwer, sich von der Schauspieler-Illusion der Unverwechselbarkeit zu verabschieden, die zur Erarbeitung einer Rolle gehörte. Niemand, selbst der größte Zyniker, konnte in dem Bewußtsein spielen, ersetzbar zu sein. Er mußte sich zumindest für die Dauer der Vorstellung mit einer Blase autogener Wichtigkeit umgeben und an das glauben, was er auf der Bühne zu tun und zu sagen hatte. Insofern fühlte er mit seiner Frau, wenn sie sich dagegen sträubte, das Eigene ihrer Arbeit – und damit auch ein Stück ihrer selbst – einfach preiszugeben. Doch im Gegensatz zu ihr war er längst nicht mehr von seiner Unverwechselbarkeit überzeugt. Wenn er sie so reden hörte, schien es ihm, als habe sein Antrieb und Wille zur Besonderheit mit der Zeit nachgelassen. Ihm gefiel mittlerweile der Gedanke, auch nicht anders als alle anderen zu sein. Doch er hatte gut reden. Er mußte sein Leben ja nicht komplett umstellen oder, schlimmer noch, mit ansehen, wie es komplett für ihn umgestellt wurde. Und wahrscheinlich war das der Grund seines Gleichmuts: Er wußte genau, daß er nie, niemals die Probe aufs Exempel machen mußte.

Er beneidete seine Frau um die Realität ihres Zustands, aber er war sich keineswegs sicher, ob er auf das Erfundene, Spielerische seiner Arbeit verzichten konnte.

Obwohl die Schauspielerei für ihn momentan wie nebenherlief, dachte er in letzter Zeit häufiger daran zurück, welche Umwege er gehen, welche Widerstände er überwinden mußte, um sich diesen Freiraum zu erobern. Es war schon schwer genug gewesen, seinem Vater seinerzeit zu erklären, weshalb er nicht Jura, sondern Philosophie studieren wollte. Als er dann den Entschluß gefaßt hatte, sein Studium abzubrechen, um auf eine Schauspielschule zu gehen, schlief er zwei Nächte nicht, bevor er sich dazu durchringen konnte, zu Hause anzurufen. In Gedanken hatte er sämtliche Argumente, Drohungen und Konsequenzen immer wieder durchgespielt. Er war auf das Schlimmste gefaßt. Doch als er seinem Vater schonend beibringen wollte, was er sich in den Kopf gesetzt hatte, sagte der nur: »Alles, was ich von dir erwarte, ist, daß du mit dreiundzwanzig dein eigenes Geld verdienst, der Rest ist deine Sache.« Es war die einzige Reaktion, mit der er nicht gerechnet hatte, und neben der Erleichterung darüber, einem Donnerwetter entronnen zu sein, spürte er auf einmal die Schwere seines eigenen Entschlusses. Er hatte eine Lebensentscheidung getroffen, ohne zu wissen, worauf er sich einließ. Und er hatte nichts, rein gar nichts in der Hand, nur die naive Hoffnung, durch die Schauspielerei der Enge, den Verknöcherungen und Festlegungen einer »reellen« Laufbahn zu entgehen. Er wollte nicht Jurist oder Diplombiologe, nicht Germanist oder Betriebswirt werden, er wollte alles sein können, alles spielen.

Damals war es nicht sein Vater, sondern HC gewesen, der versucht hatte, ihm die Schauspielerei auszureden. Er warf ihm vor, seine Entscheidung sei in Wirklichkeit gar keine, sondern reiner Selbstbetrug: der Versuch, sich jeder Festlegung zu entziehen, eine Flucht in die Unverbindlichkeit. Wer alles sein wollte, würde am Ende nichts werden, nur ein Hochstapler und Dilettant, der außer ein bißchen Theatermachen nichts gelernt hatte, nichts wirklich wußte und konnte.

Möglicherweise wäre er nie Schauspieler geworden, wenn ihm HC damals nicht so vehement widersprochen hätte.

Eine Formulierung hatte er sich bis heute gemerkt. Zumindest glaubte er sich zu erinnern, daß HC damals zu ihm gesagt hatte, er komme ihm vor wie jemand, der sich aus lauter Angst vor dem Verlust seiner Möglichkeiten nie verwirkliche, sondern immer nur weiter »vermögliche«, an jeder Lebenswirklichkeit vorbei.

Inzwischen – nach zwanzig Jahren der Selbstvermöglichung auf der Bühne – neigte er dazu, HC recht zu geben. Er stellte fest, daß er ganz allmählich, geradezu schleichend, dessen einstige Geringschätzung für den Schauspielerberuf (die auch die seines Vaters war) übernommen hatte. Neuerdings ertappte er sich immer häufiger bei imaginären, nächtlichen Streitgesprächen wie früher mit seinem Vater, nur daß er mittlerweile die Seiten gewechselt hatte und der Jura-Fraktion das Wort redete.

Er interessierte sich mehr und mehr für die Realität und immer weniger für ihre künstlerische Darstellung. Gelegentlich formulierte er sogar schon vor, mit welchen Worten er Obsklappt später einmal verbieten oder zumindest davon abraten würde, seinerseits Schauspieler zu werden, wohlwissend (wie sein Vater damals), daß jegliche Warnung, jeder Widerstand zwecklos war.

Doch seine Theatermüdigkeit, die sich nachts im letzten Zug nach Bremen immer besonders bemerkbar machte, war nur die halbe Wahrheit, das wußte er sehr wohl. Einerseits beneidete er HC um die fraglose Wichtigkeit und Wirklichkeit seines Berufs – als Staatsanwalt mußte er nicht daran »glauben«, sich vor allem nicht »glauben machen«, daß das, was er sagte und tat, Konsequenzen hatte. Andererseits war gerade dieser Wirklichkeitsneid etwas ganz und gar Schauspielertypisches. Denn er sah HCs Wirken nicht wie ein angehender Jurist sein zukünftiges Aufgabengebiet, sondern wie ein Schauspieler eine äußerst anspruchsvolle, hochkomplexe Rolle. Staatsanwalt, das war in seinen Augen die perfekte Fiktion.

Jedesmal, wenn er HC sah oder an ihn dachte, schien es ihm, als könnte auch er dieser Mensch sein, als hätte er sich damals ebensogut für diesen Weg entscheiden und mit dem Segen seines Vaters die juristische Laufbahn einschlagen können. HC war eine Möglichkeit seiner selbst, die er tatsächlich zwar nicht mehr hatte, die aber durch seinen Freund nach wie vor lebendig und gegenwärtig blieb, so als hätte er sich damals in dem Moment der Entscheidung gespalten, um in zwei entgegengesetzte Richtungen zu gehen. Und immer, wenn er wieder mit HC zusammentraf, war es, als begegnete er dieser zweiten Möglichkeit von sich, als träfe er sein Alter ego, seinen Zwilling, mit dem er am liebsten getauscht hätte. Er wäre gerne HC gewesen für einen Tag, eine Woche oder gar einen Monat, um zu wissen, wie es sich anfühlte, wie es wirklich war, wie er geworden wäre, wenn … Doch er kannte sich gut genug, um zu durchschauen, daß es vor allem die Rolle war, die ihn reizte. In Wirklichkeit, das wußte er, würde er es niemals schaffen, sich auf ein solches Leben zu beschränken. Er wollte noch immer nicht einer, ein einzelner, er wollte noch immer alles sein.

Offenbar war er viel mehr Schauspieler, als er dachte.

Das in Plastik eingeschweißte Sandwich, das er sich noch kurz vor Ende der Fahrt aus dem Bistro-Wagen geholt hatte, schmeckte nach Remoulade und Tiefkühltruhe. Ihm verging schlagartig der Appetit, obwohl er wie immer exakt eine Stunde nach der Vorstellung Hunger bekommen hatte – man konnte die Uhr danach stellen. Er gehörte zu den Schauspielern, die vor oder gar während der Aufführung keinen Bissen herunterbekamen, und es machte ihn nach all den Jahren noch immer fassungslos, mit anzusehen, wie manche Kollegen in Kostüm und Maske schnell noch ein Schnitzel oder eine Boulette verdrückten, um dann mit vollem Bauch auf der Bühne zu stehen. Kunst und Verdauung schlossen sich für ihn aus.

Nach dem Schlußapplaus dauerte es meist eine Weile, bis sich der Schauspielerrausch verflüchtigte, der zu gleichen Teilen aus dem Adrenalin der Rolle und der Erleichterung bestand, sie hinter sich zu haben. Darauf folgten dann in schöner Regelmäßigkeit die ersten Hungergefühle und Anwandlungen von Müdigkeit. Manchmal siegte auch das Schlafbedürfnis über seine Ernährungsgewohnheiten, doch im großen und ganzen war er durch das Theater zum Nachtesser geworden. Selbst wenn er keine Vorstellung hatte, aß er selten vor zehn Uhr abends und ließ dafür am nächsten Tag das Frühstück aus. Auch er würde sich bald umstellen müssen, obwohl ihm nichts ferner lag als drei geregelte Mahlzeiten pro Tag. Wie wollte er jemals ein guter Vater werden, wenn er sich nicht einmal das vorstellen konnte?

Er hatte nie mit Lisa darüber gesprochen, ob es auch in ihrem Leben jemanden gab wie HC, eine Freundin oder Rivalin, mit der sie sich verglich und gewissermaßen um die Wette lebte. Soweit er das beurteilen konnte, war ihr Weg zum Theater der zielstrebigere gewesen. Sie galt schon in der Schule als großes Schauspieltalent und wußte nach dem Abitur sofort, was sie wollte – ohne die Irrfahrten eines Philosophiestudiums. Ihre Begabung war so offensichtlich, daß sie sich die Schauspielschule aussuchen konnte. Ihr Erstengagement bekam sie an einem der renommierteren Häuser und nicht wie er in der Stendaler Diaspora, wo nur deshalb ein Theater existierte, weil die SED-Kulturpolitik es nach dem Zweiten Weltkrieg unerbittlich aus dem altmärkischen Sand gestampft hatte, um die Versorgung der Werktätigen mit Kunst und Kultur auch in den kleineren Städten und Betrieben sicherzustellen. Wenn er seiner Frau zuschaute, schien ihm das Ausmaß ihrer Selbstzweifel geringer und ihre Liebe zum Theater größer, aber er sah natürlich nicht in sie hinein. Er bewunderte die Sicherheit, mit der sie spielte, die Ernsthaftigkeit, mit der sie sich vorbereitete, und ihre Genauigkeit im Detail. Obwohl er sie in fast allen ihren Rollen auf der Bühne gesehen hatte, überraschte sie ihn immer wieder, war sie auf immer wieder andere Weise in ihren Figuren bei sich. Er wußte, daß auch ihr das nicht einfach zufiel, daß sie hart dafür arbeiten mußte, doch sie war wesentlich ausdauernder und wurde nicht so schnell müde wie er.

Um so ungerechter schien es, daß gerade sie durch die Ärzte zur Untätigkeit verurteilt war. Wie schwer mußte es ihr fallen, auf die Schauspielerei zu verzichten, wenn selbst ihm in seiner Müdigkeit davor graute, sein Theaterdoppelleben auf das Häusliche, auf die eigene banale Wirklichkeit zusammenschnurren zu sehen – ohne den beständigen Traum und Raum der Verwandlung, ohne die Dimension des Möglichen, die längst einen

Teil seines Lebens ausmachte, den vielleicht sogar lebendigsten Teil seiner selbst. Was seiner Frau jetzt bevorstand, war die Kehrseite der von ihm bewunderten Wirklichkeit: die Beschränkung auf ihre Rolle als werdende Mutter und ihren Körper. Es war die Tatsächlichkeit in Vollendung.

In den letzten Tagen hatte er ihr mehr zugehört als zugeredet und sich tunlichst zurückgehalten mit jeder Art von billigem Trost. Lisa wußte so gut wie er, daß es sich bei dieser Vorsichtsmaßnahme nicht um Mediziner-Willkür handelte, sie beide hatten sich das Kind gewünscht, und sie bekamen, was sie wollten. Ihr Mutterschutz begann nur einige Wochen und Monate eher. Früher oder später hätte sie auch die unbedenklichste Rolle nicht mehr spielen können und wäre umbesetzt worden, Unverwechselbarkeit hin oder her. Doch er brauchte all das nicht auszusprechen, denn an der Art, wie sie ihn ansah, wie sie nach Worten suchte für ihre neue Situation, zeigte sich, daß sie längst begonnen hatte, sich damit abzufinden. Ihre Gespräche hatten nostalgischen Charakter. Sie standen am Anfang eines langen Abschieds von ihrem bisherigen Leben, das sie all die Jahre so gut wie restlos ausgefüllt hatte. Dieses Kapitel war jetzt vorbei.

Müde stieg er aus dem Zug und eilte mit hochgezogenen Schultern an den verhuschten Gestalten in der Bahnhofshalle vorüber, von denen ihm die meisten bekannt vorkamen. Obwohl es draußen einigermaßen mild war und windstill, fröstelte er vor Schläfrigkeit. Er zog sein Rad aus dem Gewirr der Lenkstangen um die überfüllten Fahrradständer und trat in die Pedalen für die letzte Etappe seines Nachhausewegs. Die Strecke kannte er im Schlaf.

Insgeheim war er froh über die Entscheidung der Ärzte. Er hielt es für richtig, kein Risiko mehr einzugehen. Er wollte keinen Fehler machen und nichts tun, was verhindern konnte, daß aus ihrem Wunsch – diesem Wunsch, der stärker war als jeder Wille – Wirklichkeit wurde.

Es stand ihm nicht zu, das Urvertrauen seiner Frau in ihren Körper anzuzweifeln. Doch obwohl er bemüht war, sie nichts von seinen Ängsten spüren zu lassen, fühlte er sich im Vergleich zu ihr wie ein Ungläubiger. Nur zu gut erinnerte er sich an die geradezu animalische Trauer und Traurigkeit, die sie nach den ersten gescheiterten Inseminationsversuchen überkommen hatte, dieses Gefühl von Leere und Endgültigkeit. Er hatte auch nicht vergessen, wie künstlich und prekär ihnen ihr Glück nach erfolgter Befruchtung vorgekommen war, als Eltern aus der Retorte. Sie hatten nur den ersten Schritt geschafft, noch immer konnte alles schiefgehen. Doch es gab kein Zurück mehr in ihr bisheriges Leben, denn das Kind, das in ihrem Körper wurde, war in ihren Köpfen längst fix und fertig. Alles andere als der glücklichste Fall kam einer Katastrophe gleich, dem Verlust von etwas, das sie noch gar nicht hatten, das zu verlieren aber gerade deshalb um so schmerzlicher schien: eine Enttäuschung, zu tief, um dafür gewappnet zu sein.

Vor der Behandlung hatten sie sich geschworen, nicht zu verzweifeln, komme, was wolle. Das ließ sich nicht durchhalten. Nachdem sie diesen Weg so weit gegangen waren, hieß es: Erfüllung oder Verzweiflung, sonst nichts. Doch während seine Frau mit der natürlichsten Selbstverständlichkeit schon Mutter war, indem sie es wurde, schien ihm nach wie vor alles ungewiß. Er blieb ein Vaterschauspieler, der sich im schlimmsten Fall – durch eine tragische Wendung – immer noch als Nichtvater entpuppen konnte. Daher war er den Ärzten stillschweigend dankbar, daß sie ihnen die Entscheidung abgenommen und ihre Ausnahmegenehmigung zurückgezogen hatten. Es war ein Eingriff in Lisas Freiheit, zweifellos, doch es war auch befreiend. Denn jetzt lag die Verantwortung nicht mehr bei ihm oder ihr.

Es war viertel nach eins, als er leise die Wohnung betrat. Lisa schlief tief und fest in der Mitte des Doppelbetts, eingerollt und zur Seite gedreht, die Knie angezogen, den Rücken in einer leicht embryonalen Kurve über ihren Bauch gekrümmt. Er löschte die Nachttischlampe, die sie für ihn hatte brennen lassen, und schlich aus dem Zimmer. In der Küche suchte er nach etwas Eßbarem, einer Kleinigkeit, und rührte sich schließlich ein Müsli an. Er würde es noch einmal genießen, kein Vorbild abgeben zu müssen, und morgen früh die wichtigste Mahlzeit des Tages ausfallen lassen. Dann ging er weiter ins Wohnzimmer und schaltete den Fernseher an, nicht ohne zu registrieren, daß sie aufgeräumt hatte. Erst auf den zweiten Blick kam ihm der Gedanke, sie könnte die Wohnung wegen HCs Besuch auf Vordermann gebracht haben – was ihn aus irgendeinem Grund beschämte. Er nahm sich vor, ihr morgen zu sagen, daß niemand dergleichen von ihr verlangte. Sie mußte jetzt nicht die tüchtige Hausfrau spielen, nicht in ihrem Zustand, und schon gar nicht für HC. Doch er wußte, daß er auch das nicht über die Lippen bringen würde. Denn, natürlich: Er hatte gut reden.

9
Besuch

»Wetten, der Herr Staatsanwalt ist auf die Minute pünktlich?« sagte er mit einem Seitenblick auf die Küchenuhr. Schon als Student hatte sich HC an jede Verabredung gehalten, auch wenn er meist der einzige war. »Er ist der Typ, der lieber eine Viertelstunde im Auto wartet oder noch einmal um den Block geht, als zu früh oder zu spät zu kommen.«

»Und was ist so schlimm daran?« Lisa prüfte den Auflauf mit ein, zwei Gabelstichen und schloß die Ofenklappe wieder.

»Nichts, es ist einfach nur typisch HC.«

Sie lächelte. »Ich mag pünktliche Menschen. Du bist auch pünktlich.«

»Ja, aber nicht auf dieselbe Art. Ich bin kein Pünktlichkeitsfanatiker, nie gewesen, jedenfalls hoffe ich das. Ich bin nur pünktlich aus Trotz gegen die Deutsche Bahn.«

Es gelang ihm nicht ganz, sie zum Lachen zu bringen. So kurz vor HCs Besuch war er angespannter, als er zugeben wollte. Lisa wandte sich ab und wusch sich die Hände. »Vielleicht seid ihr euch einfach zu ähnlich.«

»Wir sind uns nicht ähnlich, wir geraten nur immer wieder in ähnliche Situationen, das ist ein großer Unterschied.«

»Und warum seid ihr euch dann so lange aus dem Weg gegangen?« wedelte sie ihre Hände über der Spüle trocken.

»Wir haben uns schlicht aus den Augen verloren, wie das so geht bei Freunden. Man ruft sich eine Zeitlang nicht an, findet irgendwann die Nummer nicht mehr, und plötzlich ist man zwanzig Jahre älter und sitzt beim selben Urologen.«

Sie hatte es sich nicht nehmen lassen zu kochen, so daß ihm

nichts anderes übrigblieb, als ihr zur Hand zu gehen und das Geschirr ins Eßzimmer zu tragen. Er hatte eine sehr lauffreudige Art, den Tisch zu decken.

»Weiß er eigentlich, auf welchem Weg wir ...« rief Lisa ihm hinterher, unterbrach sich dann aber und erschien wenig später im Türausschnitt, eine Hand auf ihrem Bauch, »ich meine, weiß er, daß wir die Hilfe einer Fruchtbarkeitsklinik in Anspruch genommen haben?«

Es lag ihm auf der Zunge zu sagen: Wenn du es ihm am Telefon nicht erzählt hast ... »Ich habe es ihm nicht auf die Nase gebunden«, antwortete er statt dessen, »aber da der Urologe, bei dem wir uns begegnet sind, ein eigenes Labor zur Spermienuntersuchung hat, wird HC wohl zwei und zwei zusammenzählen.«

»Du meinst, er und seine Frau versuchen es auch?«

Er nickte. »Wie ich ihn kenne, haben die beiden es schon lange vor uns versucht. Hans-Christian war mir immer einen Schritt voraus.«

Er hatte sich lange gegen diesen Arztbesuch gesträubt. Zwei Jahre hatten sie sich mit zuletzt nachlassendem Elan bemüht, auf natürlichem Wege ein Kind zu zeugen. Fast jedesmal, wenn sie ihre Tage bekam, hatte er Lisa damit getröstet, daß es bestimmt an ihm liege und er sich demnächst einmal durchchecken lassen würde. Doch es war etwas völlig anderes, den Kavalier zu spielen und großzügig die Verantwortung zu übernehmen, als wirklich zum Arzt zu gehen, um sich seinen Mangel an Zeugungsfähigkeit amtlich bescheinigen zu lassen.

Er war ziemlich nervös gewesen, als er die Praxis betrat, weil er damit rechnete, gleich nach dem Patientengespräch mit einem Plastikbehälter in einen abgedunkelten Raum geführt zu werden, wo ein Videogerät mit einer Auswahl von Pornos bereitstand und sich die Magazine mit den kurzen Texten stapelten. So kannte er es aus etlichen Filmen und Drehbüchern. Um so größer war seine Verwunderung, als er ins Wartezimmer kam und neben zwei älteren Damen Platz nehmen mußte, die sich über Kochrezepte unterhielten. Deutlicher hätte man ihm nicht vor Augen führen können, daß Urologen keine Männerärzte waren. Für die spärlichen Fortpflanzungsfunktionen des starken Geschlechts lohnte sich keine eigene medizinische Fachrichtung, sie wurden den Blasen- und Nierenerkrankungen zugeschlagen, auf die es kein exklusiv männliches Vorrecht gab.

»Laß mich das doch machen«, kam er zurück in die Küche, nahm Lisa das Baguette aus der Hand und schnitt es in Scheiben. Es ärgerte ihn, daß sie sich für HC solche Mühe gab. Nicht, daß er eifersüchtig gewesen wäre, so weit ging ihre Rivalität nicht, doch er betrachtete sein Zuhause, sein werdendes Familienleben auf einmal mit den Augen seines Studienfreundes und entdeckte lauter Möglichkeiten, es zu mißdeuten. HC würde in allem, was er sagte und tat, den Menschen sehen, der er schon lange nicht mehr war.

»Alles in Ordnung?« fragte sie.

Nein, das war es nicht. Er wollte nicht an sich erinnert werden, nicht an den egozentrischen Schau- und Existenzspieler, für den ihn HC noch immer halten mußte. »Ich wäre lieber mit dir allein«, sagte er, »ein ruhiger Abend zu zweit ...«

Sie stand schräg hinter ihm und legte eine Hand auf seine Schulter, während er die Baguettescheiben in den Brotkorb füllte. Ihr Atem kitzelte seinen Nacken, gleichmäßig und warm. »In dem Fall gäbe es wahrscheinlich nur Spaghetti.«

»Das wäre es mir wert.«

Sie lächelte. »Laß den Backofen noch zehn Minuten auf 220 Grad. Dann müßte der Auflauf so weit sein.«

Er nickte und warf einen erneuten Blick auf die Küchenuhr – noch gut eine Viertelstunde. »Vermutlich sitzt er jetzt schon draußen in seinem Wagen und wartet darauf, daß der große Zeiger auf die zwölf vorrückt ...«

»Dann wird es höchste Zeit, daß ich mir was anderes anziehe«, sagte sie, gab ihm einen leichten Klaps auf die Schulter und ließ ihn in der Küche allein. Er sah ihr nach durch die offene Tür, und ihm fiel auf, wie sehr sich ihr Gang in den letzten Wochen verändert hatte, ohne daß sie ihm dadurch fremd erschien, im Gegenteil, er fühlte sich ihr noch zugehöriger, noch näher denn je. Doch auch das würde HC ihm womöglich nicht glauben.

Er dachte ungern zurück an die alten Geschichten, was nicht an HC lag. Von all den Freunden aus seiner Vergangenheit war Hans-Christian Meyerdierks sicherlich der vorzeigbarste. Doch er hatte sich selbst in unangenehmer Erinnerung.

Hinzu kamen die Umstände ihres Wiedersehens beim Urologen. Als er aufgerufen und ins Sprechzimmer geführt worden war, hatte er sich genau umgeschaut. Nebenan befand sich ein weiterer Behandlungsraum, schräg gegenüber, an der Schmalseite des Ganges, war eine kleine Kammer mit einer Liege zum Blutabnehmen, auf der anderen Seite die Damen- und Herrentoilette. Nirgends konnte er ein separates Zimmer zur Abgabe von Spermaproben entdecken. Für einen Moment kamen ihm Zweifel, ob er mit seinem Anliegen wirklich an der richtigen Adresse war.

Der Urologe, ein kleiner, kräftiger Mann mit festem Händedruck, hörte sich die Geschichte seiner vergeblichen Zeugungsbemühungen geduldig an. Als Fazit tippte er in seinen Computer nur die Worte »unerfüllter Kinderwunsch« und befragte ihn zunächst ganz allgemein zu seiner Krankheitsgeschichte. Dann lotste er ihn in den benachbarten Behandlungsraum, wo er sich mit einem Ultraschallgerät seinem Unterleib widmete. Auf dem Bildschirm erschienen schwarzweiße Schemen und Wirbel, die aussahen wie Tiefdruckgebiete auf einem Satellitenfilm, doch der Arzt schaute ausdruckslos unbesorgt, es schien alles in Ordnung zu sein. Kurz vor Schluß kam er endlich auf das »Spermiogramm« zu sprechen, um das es ging. Zu den Voraussetzungen für einen aussagekräftigen Test gehörten, belehrte er ihn, drei bis vier Tage Enthaltsamkeit im Vorfeld sowie eine entsprechende Intimhygiene, um die Probe nicht zu verunreinigen. All diese Bedingungen erfüllte er für seinen Teil. Doch der Urologe verlor kein Wort über das Wo und Wann, sondern schien ihn unverrichteter Dinge wieder wegschicken zu wollen. Erst im Hinausgehen gab der Arzt ihm den Hinweis, er solle sich doch von der Sprechstundenhilfe einen kleinen Plastikbehälter mitgeben lassen und die Probe spätestens eine halbe Stunde nach der Ejakulation wieder hier abliefern.

Damit hatte er nicht gerechnet. Es existierte also kein schummrig-schlüpfriges Masturbationszimmer wie in den unzähligen Komödien und Seifenopern aus dem Fernsehen, zumindest nicht in dieser Praxis. Statt dessen war Heimarbeit gefragt, was ihn vor ziemliche Probleme stellte. Denn er hatte in Hamburg keine eigene Bleibe und konnte sich zu diesem Zweck schwerlich selbst irgendwo einladen. Blieb also nur das Theater. Doch auch dort fiel ihm auf Anhieb kein geeignetes Plätzchen ein: Seine Garderobe teilte er mit einem Kollegen, die Toiletten waren zu stark frequentiert. Und überhaupt standen die Chancen, in einem Haus mit dreihundert Mitarbeitern einen stillen, abgeschiedenen Winkel zu finden, denkbar schlecht.

Unschlüssig war er zurück ins Wartezimmer gegangen, um seine Jacke zu holen, als er auf einmal HC an genau der Stelle sitzen sah, wo eben noch die beiden alten Damen miteinander geplaudert hatten. Er erkannte ihn augenblicklich. Seine aschblonden Haare waren etwas schütterer geworden und die Geheimratsecken ein bißchen höher gerückt, doch er trug noch immer dieselbe Frisur, diesen braven, schwiegersohnartigen Seitenscheitel, der schon vor zwanzig Jahren aus der Mode gewesen war. Überhaupt schien die Zeit weitgehend spurlos an ihm vorübergegangen zu sein. Sein Gesicht war jungenhaft glatt und gut rasiert, seine Körperhaltung tadellos. Im Vergleich dazu fühlte er sich alt und verbraucht – was für Umbrüche und Verwandlungen hatte er in der Zwischenzeit durchgemacht! Doch offenbar fand HC auch ihn wenig verändert.

Das einzige, was er nicht wiedererkannt hätte, war HCs Stimme, die ungewohnt tief und gesetzt klang (wobei es eigentlich noch merkwürdiger war, daß ihm nach so langer Zeit alles übrige dermaßen vertraut vorkam). Offenbar wurde HC des öfteren auf diesen zweiten Stimmbruch angesprochen – er bezeichnete ihn sicher nicht zum ersten Mal als »berufliche Deformation«. Doch das Bedächtige, Schwergewichtige seiner Redeweise erinnerte mehr an einen Richter als an einen Staatsanwalt, genauer gesagt, an seinen Vater.

Während sie Hände schüttelten, ließ er das Plastikdöschen, das ihm die Sprechstundenhilfe überreicht hatte, unauffällig in seiner Jackentasche verschwinden – nicht ohne sich zu fragen, wie HC das Problem der aushäusigen Spermienabgabe löste. Denn wie sich herausstellte, wohnte auch er nicht in der Stadt.

Ihr Gespräch fiel sicher auch deshalb so flüchtig aus, weil er seine quasi-ehelichen Pflichten so bald wie möglich hinter sich bringen wollte, um sein Sperma noch vor Laborschluß wieder abzugeben. Doch selbst in der Kürze der Zeit war HC anzumerken, daß es auch ihm nicht behagte, beim Urologen jemandem zu begegnen, der ihn kannte. Er schien sich regelrecht ertappt zu fühlen, und man mußte kein großer Menschenkenner sein, um hinter seiner stoischen Miene eine gewisse Verzweiflung zu spüren, an die man besser nicht rührte. Offenbar war er nicht zum ersten Mal hier. HC schien bereits einige Höllenringe der Reproduktionsmedizin durchlaufen zu haben, ohne dem Ziel seiner Wünsche nähergekommen zu sein.

Er warf einen Blick auf die Küchenuhr und drehte die Ofenhitze herunter. Für einen Moment stand er unschlüssig da, die Topflappen in der Hand. Er befürchtete, daß Lisa sich über das Problem mit HCs »unerfülltem Kinderwunsch« noch immer nicht ganz im klaren war und vorhatte, weiterhin freimütig über ihre Schwangerschaft zu plaudern. Es wurde höchste Zeit, sie vorzuwarnen.

»Kann ich reinkommen?« fragte er gegen die Badezimmertür, klopfte und wartete auf ein Zeichen, bevor er die Klinke herunterdrückte. Lisa stand vor dem Spiegel und zog sich die Lippen nach, während er sie wissen ließ, daß der Auflauf jetzt so weit sei und er den Ofen ausgestellt habe. Mit einem Lidschlag erteilte sie ihm ihre Absolution, doch er zog nicht wieder ab, sondern setzte sich auf den Badewannenrand und schaute zu, wie sie dazu überging, ihren Pony mit dem Toupierkamm zu bearbeiten.

»Na sag schon«, lächelte sie in den Spiegel, »was hast du auf dem Herzen?«

»Ich wollte mit dir noch mal über HC sprechen ...«

»Dann kommt jetzt die Beichte, euer dunkles Geheimnis aus der Zeit, bevor wir uns kannten? Darauf warte ich schon lange!«

»Leider nein«, sagte er langsam und suchte ihren Blick im Spiegel, »du wolltest doch wissen, ob er und seine Frau es auch versuchen: Ich glaube, sie sind gescheitert.«

Sie ließ ihre Haare in Ruhe und drehte sich zu ihm um.

Bevor er weitersprach, wartete er einen Moment. »Das klingt jetzt vielleicht hart, aber ich bin ziemlich sicher, daß es an ihm liegt.«

Lisa sah ihn an.

»Selbstverständlich ist mir klar«, nahm er ihren Einwand vorweg, »daß bei Unfruchtbarkeit nicht von Schuld die Rede sein kann. Aber als Mann kannst du dir tausendmal sagen, daß immer zwei dazu gehören – wenn dir der Urologe erklärt, daß dein Sperma so vital ist wie das Tote Meer, fühlst du dich minderwertig, du fühlst dich wertlos, du, ganz allein. Das ist so. Es sind eben nie beide gleich unfruchtbar, es ist immer einer unfruchtbarer als der andere, und selbst in einer gutgehenden Ehe mußt du erst einmal damit zurechtkommen, daß du deiner Frau – sosehr du sie auch liebst – den natürlichsten, elementarsten Wunsch nach einem Kind nicht erfüllen kannst ...«

Er senkte den Blick und starrte auf den Badewannenvorleger mit seinen unsinnigen Mustern. Einmal, zweimal zählte er die konzentrischen Kreise, die verschiedenen Beige-Töne der Kunstfasern.

»Wie kommst du denn darauf?« sagte Lisa und widmete sich wieder ihrer Frisur.

»Erinnerst du dich an meinen allerersten Befund? Ich hatte diese verratzte Spermaprobe abgegeben, für die ich wie ein Triebtäter durch das Theater geschlichen bin, verzweifelt auf der Suche nach einem abgeschiedenen Örtchen ...« Wie in Panik war er immer höher gestiegen, bis hinauf zum Bühnenturm, wo die Schalt- und Lüftungstechnik für die Scheinwerfer und Züge hing. Dort erwischte ihn zwar niemand, doch ständig setzten sich irgendwelche Maschinen in Bewegung, Lüftungen und Gebläse sprangen an und rissen ihn aus seinen feuchten Träumen. Es war sein schlimmstes Onanie-Erlebnis. Mit Müh und Not hatte er ein paar armselige Tropfen zustande gebracht.

»Im Endeffekt war es der schlechteste Sex, den ich je mit mir hatte. Ich bin dann mit hochrotem Kopf zur Sprechstundenhilfe zurück und habe ihr diesen Plastikbehälter in die Hand gedrückt. Ich wußte wirklich nicht, wofür ich mich mehr schämen sollte: dafür, daß ich frisch vom Masturbieren kam, oder dafür, daß das alles war. Auch ohne Mikroskop konnte man diesen traurigen Tröpfchen ansehen, daß nichts in ihnen lebte. Aber ich dachte mir, ein winziger Spritzer würde vielleicht schon genügen, immerhin gibt es ja auch Frauen, die nach einem Koitus Interruptus schwanger werden. Doch offensichtlich funktioniert das nicht in meinem Fall.«

»Sei froh«, sagte sie lächelnd. Doch ihm war nicht nach Lächeln zumute.

»Ich hoffe, ich habe es dich damals nicht so spüren lassen, aber ich war völlig geschockt, als ich den Befund bekam. Ich hatte in einer Probenpause beim Urologen angerufen und stand auf dem Gang, direkt vor der Glastür zur Kantine. Es hieß, bei mir ließe sich überhaupt nur eine sehr geringe Menge Spermien feststellen, von denen die meisten tot oder unbeweglich seien. Und während der Arzt mir das sagte, konnte ich hinter der Glasscheibe die Tochter des Kantinenwirts mit ihren beiden Kleinkindern sehen und die Zwillinge von unserer Souffleuse, es war die reinste Krabbelgruppe da drinnen, und ich dachte auf einmal, das ist das Leben, und ich bin davon ausgeschlossen, ich werde alldem niemals näher kommen als in diesem Moment hinter der Glasscheibe.«

Er war sogar davon überzeugt gewesen, daß Lisa ihn verlassen würde, wenn sich der Befund bestätigte. Zum Glück hatte er kurz darauf bei einem Bremer Arzt unweit von zu Hause einen zweiten Test absolviert, mit dem Ergebnis, daß die Vitalität und Beweglichkeit seiner Spermien nur knapp unter dem Durchschnitt lag. Auf dieses zweite Spermiogramm war er so stolz gewesen, daß er die Werte am liebsten in seinen Ausweis hätte drucken lassen.

»Ich habe natürlich keine Ahnung, wie HC damit umgeht, und ich will auch gar nicht behaupten, daß es hundertprozentig nur seine Schuld ist – Schuld in Anführungsstrichen –, aber ich würde es nur sehr schwer ertragen, wenn wir keine Kinder bekommen könnten, und es läge an mir.«

»Wäre es dir lieber gewesen, wenn es an mir gelegen hätte?« Lisa räumte einen Stapel Handtücher beiseite und setzte sich auf den kleinen Hocker neben der Heizung.

»Es ist mir am liebsten, wie es ist«, antwortete er und schaute auf seine Hände.

»Macht das denn wirklich so einen großen Unterschied ...« sagte sie vor sich hin, als würde sie darüber nachdenken, an wem es lag, daß es bei ihnen so lange gedauert hatte.

Seine ehrliche Meinung war: Ja, es machte einen Unterschied. Fruchtbarkeit schien ihm das Killer-Kriterium schlechthin zu sein, ein archaischer Attraktivitäts- und Machtfaktor, eine Naturgewalt aus den Urgründen der Evolution. Mit Vernunft und Liebe ließ sich dem kaum entgegensteuern, das hatte er am eigenen Leib erlebt. Ein einziger Befund war imstande, sein Leben zu verändern. Für ihn hatte sich durch diese Diagnose das gesamte Kräfteverhältnis ihrer Ehe verschoben. Das über Jahre austarierte Gleichgewicht von Stärken und Schwächen schien mit einem Schlag zerstört. Jetzt, nachdem die Vorzeichen wieder andere waren, hätte er sich all das von der Seele reden können. Doch er zuckte nur mit den Achseln und sagte: »Ich finde es leichter, anderen Menschen einen Makel zu verzeihen als sich selbst.«

»Mir war gar nicht klar, daß wir uns damals in einem heimlichen Fruchtbarkeitswettbewerb befunden haben.« Lisa hob den Kopf und sah ihn fast ein bißchen traurig an.

»Ich habe nicht gesagt, daß ich fruchtbarer sein wollte als du, ich wollte dich nur nicht enttäuschen.«

Sie nickte zögerlich und sank ein Stück weit über ihrem Bauch zusammen. »Jedenfalls«, sagte sie leise, »kann ich mir ein

Leben mit dir auch ohne Kinder vorstellen, egal, an wem es liegt.«

Er nahm ihre Hand, rückte näher an sie heran und legte den Arm um sie, dankbar für ihre Großzügigkeit und dafür, daß er sie nicht in Anspruch nehmen mußte. In einem Winkel seines Gehirns war er davon überzeugt, daß sie sich etwas vormachte. Doch seit dem ersten positiven Schwangerschaftstest, seit ihnen die gute Nachricht eingefahren war wie ein süßer Schrecken und sie die ganze Nacht mit klopfendem Herzen wachgelegen hatten, ihre Hand in der seinen, brauchte er sich diese Frage nicht mehr zu stellen.

»Jedenfalls«, holte er Luft, »wäre es das beste, wenn wir das Thema Kinderwunsch heute abend so weit wie möglich ausklammern.«

Lisa schaute auf ihren Bauch, der sich unter ihrer schwarzen Chiffon-Bluse wölbte, dann sah sie ihm wieder ins Gesicht. »Es wird nicht leicht, darum herumzureden.«

»Ich meine ja nicht, daß du seinetwegen die ganze Zeit den Bauch einziehen mußt. Aber wir sollten auch nicht vergessen, wie es sich für jemanden anfühlt, der auf der anderen Seite der Glasscheibe steht.«

»Ich hatte nicht vor, den ganzen Abend über Milcheinschuß und Schwangerschaftsstreifen zu philosophieren.« Lisa entzog ihm ihre Hand, streckte den Rücken durch und stand auf, nicht ohne einen letzten Kontrollblick in den Spiegel zu werfen. Dann sagte sie spöttisch: »So langsam könnte dein Freund eigentlich hier aufkreuzen. Es ist schon fünf nach.«

»Wie bitte?« schaute er hoch. Laut Badezimmeruhr war HC tatsächlich fünf Minuten über die Zeit, und sie ging auf die Sekunde genau. Er sagte nicht, daß Ausnahmen die Regel bestätigten, bei HC gab es keine Ausnahmen, jedenfalls nicht bis heute. »Irgendwas muß passiert sein ...«

»Ganz bestimmt, eine Katastrophe, fünf Minuten, um Himmels willen!« rief Lisa ironisch und verließ lachend das Bad.

»Du kennst HC nicht!« folgte er ihr in die Küche. Eher hätte er an der Atomuhr gezweifelt.

»Dann dürfen wir ja auf seine Ausrede gespannt sein.« Sie öffnete die Ofenklappe, stach noch einmal in den Auflauf und erhob sich zufrieden. »Also, das Essen wäre dann so weit. Magst du ihn kurz anrufen und fragen, ob ich ihm eine Portion warmhalten soll?«

Irgendwie war es kein gutes Zeichen, daß HC ihn noch vor seinem Besuch Lügen strafte. Doch ehe er etwas erwidern konnte, klingelte es an der Tür.

»Ich geh schon«, sagte er.

Zu seiner Überraschung stand Herr Kublitschek im Treppenhaus und begrüßte ihn geradezu überschwenglich, während HC leicht versetzt hinter ihm stand und sich bedeckt hielt. »Entschuldigung«, ergriff sein Nachbar das Wort, »ich habe Ihren Gast ein Weilchen aufgehalten, seien Sie mir nicht böse, wir kennen uns von der Industrie- und Handelskammer und pflegen einen sehr vertrauensvollen Informationsaustausch. Nur um das vorweg zu sagen, ich habe Sie und Ihre Frau als eine Bereicherung für unsere Hausgemeinschaft gelobt. Die üble Nachrede kommt nicht von mir.«

Kublitschek lachte über seinen eigenen Witz, HC schaute mit einem leicht gequälten Lächeln ins Leere.

»Wie ich höre, haben Sie eine Zeitlang zusammen studiert?« Es war eine rhetorische Frage, Kublitschek wartete nicht einmal sein Nicken ab. »Dann gehört das akademische Viertel ja zum guten Ton.«

Sein Nachbar lachte noch einmal kurz auf und wandte sich so demonstrativ zum Gehen, daß er sich gezwungen fühlte, ihn auf ein Gläschen mit hereinzubitten. Doch Kublitschek winkte ab. »Nein, nein, Sie wollen über alte Zeiten plaudern. Da möchte ich nicht stören. Aber es riecht vorzüglich, sehr lecker! Kompliment an die Köchin!«

Nur zu gerne hätte er ihm hinterhergerufen, daß Kochen bei ihnen keineswegs nur Frauensache war, doch Kublitscheks joviale Art wirkte auf ihn jedesmal merkwürdig einschüchternd.

»Grüß dich«, reichte er HC die Hand, als sie allein voreinander standen. Auch als Studenten hatten sie sich immer per Handschlag begrüßt. Den Zeitpunkt für Umarmungen hatten sie verpaßt.

HC zog den Kopf leicht ein, als er durch die Tür trat, obwohl er so groß nicht war und die Wohnung keineswegs niedrig. Aus der Küche ertönte das Geklapper von Schüsseln und Tellern, die Truman-Show nahm ihren Lauf.

»Lisa«, rief er und hing HCs Mantel in die Garderobe, nicht ohne zu registrieren, daß sein alter Freund ein bißchen zuviel Aftershave aufgetragen hatte. Dann betrat sie den Flur. »Das ist Lisa, meine Frau«, machte er die beiden miteinander bekannt, »aber ihr habt ja schon telefoniert ...«

10

Alte Geschichten

Er habe sie neulich im Fernsehen bewundert, in dem Bremer »Tatort«, der vergangene Woche lief, verneigte sich HC vor meiner Frau wie zum Handkuß und fügte hinzu, sie habe die Rolle dieser Kinderpsychologin, soweit er das beurteilen könne, sehr glaubwürdig gespielt. Um ein Haar hätte ich kublitschekartig aufgelacht bei der Vorstellung, daß sich ein Staatsanwalt nach getaner Ermittlungsarbeit vor den Fernseher setzte, um allen Ernstes mit anzusehen, was sich irgendwelche Drehbuchautoren aus den Fingern gesogen hatten. Doch wahrscheinlich ging es ihm wie dem Rest der Fernsehnation nicht um die größtmögliche Übereinstimmung mit der kriminalistischen Realität, sondern um Ablenkung auch von seinem Alltag.

Lisa bedankte sich artig, schränkte aber gleich ein, daß es lediglich zwei, drei Filmregisseure gebe, die manchmal an sie dachten, ansonsten halte sich ihre Fernsehprominenz in Grenzen – ganz abgesehen davon habe es sich nur um eine Wiederholung im Dritten Programm gehandelt. Erst jetzt wurde mir überhaupt klar, von welchem »Tatort« die Rede war. Gerade über diesen Film hatten Lisa und ich unseren letzten großen Streit gehabt, und zwar nicht wegen ihrer »sehr glaubwürdigen« Darstellung einer Kinderpsychologin, sondern wegen der noch viel glaubwürdigeren Liebes- und Sexszenen mit einem der Ermittler. Wie so oft in einer Schauspieler-Ehe ging es um die heikle Frage: Was ist gespielt und was ist echt? Ich war damals, obwohl ich Lisa wirklich gut zu kennen glaubte, tief verunsichert, nicht nur, weil gerade unser verflixtes siebtes Jahr begann und der betreffende Kollege ein ziemlich attraktiver Typ war, sondern auch, weil es sich um Film bzw. Fernsehen handelte und die fraglichen Szenen sehr viel realistischer daherkamen als alles auf dem Theater. Doch natürlich konnte ich Lisa nicht bitten, mir zuliebe schlechter zu spielen, künstlicher oder weniger leidenschaftlich zu sein als von der Regie verlangt. Mir blieb nur das Prinzip Vertrauen. Für ein, zwei Wochen drückte ich beide Augen zu, in der Hoffnung, die Verwirrung der Gefühle würde sich irgendwann legen. Und so war es auch. Lisa enttäuschte mich nicht. Die Dreharbeiten waren bald vergessen, der Kollege heiratete mit großem Pomp eine Industriellentochter in Potsdam. Nichts davon blieb zurück. Allerdings hätte ich mir niemals träumen lassen, daß unter den Fernsehzuschauern auch HC sein würde, der meine Frau im Bett mit diesem Mann sah – in allen möglichen Posen und Positionen. Es war sein erster Eindruck von ihr.

Natürlich war HC viel zu höflich, um sich in dieser Hinsicht auch nur das geringste anmerken zu lassen. Naßforsche Komplimente, schlüpfrige Anspielungen und Zweideutigkeiten jeglicher Art waren nicht sein Stil. Dafür bot Lisa auch keinerlei Angriffsfläche. Sie hatte sich so elegant wie unaufdringlich zurechtgemacht. Im Gegensatz zu mir hätte sie vom Fleck weg in jedes gute Restaurant, auf jede bessere Party gehen können. Doch obwohl sie ihren Schwangerschaftsbauch mit ihrer Chiffonbluse und einem schwarzen Jäckchen geschickt kaschiert hatte, schaute ihr die Mutterschaft gleichsam aus den Augen. Sie strahlte eine Wärme und innere Zuversicht aus, einen überwältigenden Glanz.

Die Führung durch unsere Wohnung absolvierte sie mit einer beneidenswerten Ruhe und Sicherheit, obwohl sie vor HC gewissermaßen auf dem Präsentierteller stand. Nicht, daß er sie angestarrt oder taxiert hätte, er gab wie immer ein Muster an Wohlerzogenheit ab, doch aus den Augenwinkeln schien er ihre fließend verschleierten Formen nach sichtbaren Zeichen der Schwangerschaft abzusuchen. Offenbar interessierte ihn weniger die Schauspielerin oder die Frau seines ehemals besten Freundes als die werdende Mutter. Als Lisa das Kinderzimmer aus Rücksicht auf ihn »unser Gästezimmer« nannte und dabei etwas zu offensichtlich log, wurde er rot. Sie verkörperte das Leben, über jede kosmetische Eitelkeit oder Schönheit hinaus, das hatte ich noch nie so deutlich gesehen wie jetzt mit seinen Augen. Es würde nicht gerade leicht werden, heute abend das Thema Kinderwunsch zu umgehen.

Selbstverständlich wollte HC keinen Wein trinken, sondern ein alkoholfreies Bier, ich hätte es wissen müssen, doch es fiel mir erst in dem Moment ein, als er darum bat (HC gehörte zu den Menschen, die stets bemüht waren, die Kontrolle zu behalten). Während Lisa und er an gegenüberliegenden Seiten des Eßtisches Platz nahmen und ich die Weingläser wieder abräumte, um statt dessen eine Runde alkoholfreies Bier für alle zu holen, kam mir auf einmal in den Sinn, daß er eigentlich nie Fernsehen geguckt hatte, außer vielleicht die Tagesschau. Es paßte überhaupt nicht zu ihm, sich aufs Sofa zu fläzen, Fernbedienung in der Hand, und durch die Programme zu zappen. Unwahrscheinlich, daß HC bei diesem »Tatort« einfach nur hängengeblieben war, um jetzt wie durch Zufall in einer der Nebendarstellerinnen meine Frau wiederzuerkennen. Er mußte sich diesen Film gezielt im Hinblick auf sie ausgesucht haben. Aber dafür hätte er zunächst einmal wissen müssen, wer sie war und wie sie hieß – Lisa hatte ihren Namen bei unserer Heirat aus künstlerischen Gründen behalten –, was wiederum bedeutete, daß er Erkundigungen einziehen, im Theater anrufen oder auf andere Art und Weise regelrecht ermitteln mußte ... Ich verfolgte den Gedanken nicht weiter, weil er geradewegs in die Paranoia zu führen schien. Doch Tatsache war, daß HC mehr wußte, als er sagte oder ich ihm gesagt hatte. Er war wie immer bestens informiert.

Als ich mit den Getränken zurückkam, fragte Lisa ihn gerade über seinen Beruf aus. Offenbar war sie ihm zuvorgekommen und ermittelte nunmehr in seinem Leben. Es waren in etwa dieselben Fragen, die ich ihm seinerzeit bei unserer urologischen Begegnung gestellt hatte, und er schien bei ihrer Beantwortung sehr um Sachlichkeit bemüht, dennoch wirkte er geschmeichelt.

Sein Fachgebiet sei mittlerweile »Wirtschaftskriminalität und OK«, erklärte er und vergaß fast zu erwähnen, daß »OK« für »Organisierte Kriminalität« stehe. Offenbar kämpfte er nicht nur allein gegen die Mafia, sondern hatte sich schon so daran gewöhnt, daß er nur noch in Kürzeln davon sprach. Lisa zog die Augenbrauen hoch in einer Mischung aus Anerkennung und Entsetzen, was HC jedoch nur wie am Rande zur Kenntnis nahm. In diesem Moment schien er mehr Schauspieler zu sein als meine Frau und ich zusammen.

»Lebt man da nicht extrem gefährlich?« fragte Lisa erwartungsgemäß. Auch ich konnte mir nur schwer vorstellen, wie HC – der höflichste Mensch, den ich kannte – hinausging in die rauhe Wirklichkeit der Bandenkriminalität und Zwangsprostitution, um bei Drogenrazzien, Hausdurchsuchungen und Verhören die Autorität des Staates zu verkörpern.

»Der gefährliche Teil ist Polizeiarbeit, ich trete immer erst in Erscheinung, wenn die Situation unter Kontrolle ist.«

»Der Staatsanwalt ermittelt, die harte, humorlose Realität!« warf ich ein, während ich um den Tisch herumging und den beiden die Vorspeise servierte. Es klang ironischer als beabsichtigt.

»Es ist kein Krimi«, nickte HC, wie um mir beizupflichten, »die Wirklichkeit ist komplizierter und banaler zugleich.«

Lisa hob abwehrend die Hand zum Zeichen dafür, daß sie die kleinere Portion bevorzugte. »Da heißt es immer, das Theaterleben sei aufregend! Ich glaube, wenn ich mich mit dem organisierten Verbrechen anlegen würde, könnte ich nachts nicht mehr schlafen ...«

»De facto steht der Staatsanwalt ganz selten in der Schußlinie«, gab sich HC betont gelassen, »Einschüchterungsversuche oder Racheakte sind die absolute Ausnahme. Ich werde höchstens mit Schriftsätzen bombardiert.«

»Trotzdem«, ich setzte mich neben Lisa und mimte mit ihr sein andächtiges Publikum, »Tatsache ist, du ziehst dir den Haß dieser Leute zu. Ihre Anwälte und Hintermänner denken wahrscheinlich Tag und Nacht daran, wie sie dich fertigmachen können.«

»Es ist kein Beruf, den man ergreifen sollte, wenn man geliebt werden will«, sagte HC und entfaltete dann auf gewohnt akkurate Weise seine Serviette.

Möglicherweise war das der Unterschied zwischen uns beiden.

Wir wünschten einander guten Appetit und nahmen die ersten Bissen mit unüberhörbarem Behagen zu uns. HC und ich lobten Lisas Kochkünste gewissermaßen um die Wette, sie wiegelte selbstkritisch ab. Insgeheim hatte ich gehofft, er würde in ihrer Gegenwart die Formulierung »ein schmackhaftes Mahl« gebrauchen, doch den Gefallen tat er mir nicht.

Eine Weile plätscherte das Gespräch so dahin. Es ging um ausländische Küche, Reisen und Restaurants. Im Gegensatz zu mir erinnerte sich HC sehr detailliert an das, was er hier und dort gegessen hatte. Er war ein geradezu pedantischer Feinschmecker, der viel und gerne selber kochte, nicht nur aus schlechtem Gewissen und eingedenk der harten Schule des Junggesellentums, die wir durchlaufen hatten. Die »schmackhaftesten« und gesündesten Mahlzeiten meines Studentenlebens hatte ich ihm zu verdanken. Auch in Stendal, kurz nach der Wende, als es noch keinen Italiener gab und die vietnamesischen Zigarettenhändler erst allmählich auf China-Imbisse und Takeaways umschulten, war HCs Küche der einzige Lichtblick gewesen. Angesichts des altmärkischen Kantinenessens, das hauptsächlich aus »Ragout feng« genannten Fleisch- und Pilzhaufen mit »Sättigungsbeilage« bestand, konnte man ohne Übertreibung behaupten, er habe mir damals mit seinen mehrteiligen Fischgerichten das Leben gerettet.

»Bis heute dachte ich, Jura sei eine total trockene Materie«, nahm Lisa den Faden wieder auf, es schien sie wirklich zu interessieren, »irgendwie habe ich mir nie klargemacht, daß es gar keinen so großen Unterschied gibt zwischen einer Bühne und einem Gerichtssaal.«

HC lächelte flüchtig, fast scheu, bevor er klarstellte: »Es ist bei weitem nicht so dramatisch, wie man meinen sollte. Vor Gericht hat alles seine Form, seine Sprache, seinen geregelten Ablauf. Ich trage meine Robe, alle tragen Roben, bis auf den Angeklagten, und der hat auf Anraten seines Anwalts meist ein frisches Hemd an und schweigt. Es gibt kein Geschrei, kein Heulen und Zähneklappern, keine persönlichen Angriffe und Beleidigungen. Justiz besteht zu neunzig Prozent aus Affektunterdrückung.«

»Das heißt noch lange nicht, daß die Affekte keine Rolle spielen«, hakte Lisa nach, sie schien in bester Diskutierlaune zu sein.

»Solange sie hübsch im Verborgenen bleiben, sind sie nicht strafbar.«

»Aber spürbar.«

»Es gibt keine strafbaren Gefühle, nur strafbare Handlungen«, sagte HC. Er schien fest entschlossen, den juristischen

Übermenschen zu spielen, der sich von keiner Emotion leiten ließ.

»Dann bekommst du also keine abgeschnittenen Pferdeköpfe ins Bett gelegt«, versuchte ich ein bißchen am Bild des Selbstbeherrschungssupermanns zu kratzen, »oder sonstige Morddrohungen?«

»Einmal schon, aber das war im Grunde keine große Sache«, ließ sich HC nicht aus der Ruhe bringen, »ich hatte in einem schwierigen Fall Untersuchungshaft beantragt, wegen Flucht- und Verdunklungsgefahr. Zwei Tage vor Prozeßbeginn – es ging um Mitgliedschaft in einer kriminellen Vereinigung und bandenmäßigen Betrug – ist der Betreffende in seiner Zelle verstorben, aus ungeklärter Ursache, Herzversagen vermutlich, aber natürlich glaubte niemand an einen Zufall. Danach tauchte mein Name auf mehreren schwarzen Listen auf. Es kursierte sogar ein anonymes Schreiben, ›sein Tod wird nicht ungesühnt bleiben!‹ Doch der Beauftragte vom Personenschutz hat sich mein Haus nur angesehen, ich wohne etwas außerhalb, und dann erklärt, ›das beste wäre, Sie ziehen um‹.«

Er war natürlich nicht umgezogen. Doch immerhin hatte HC »verstorben« gesagt.

»Und Ihre – pardon – deine Frau, wie findet sie das?« fragte Lisa, ohne den Blick von ihm abzuwenden. HC gehörte zu den Menschen, die man unwillkürlich immer wieder siezte, er wirkte nicht älter, aber wie aus einer anderen Zeit.

»Ich war schon Staatsanwalt, als sie mich geheiratet hat, sie wußte also, worauf sie sich einläßt«, antwortete er so endgültig, daß man im Prinzip nur noch sagen konnte, ›keine weiteren Fragen, euer Ehren‹. Auch Lisa erkundigte sich nicht näher nach seinem Privatleben.

Ich räumte die Vorspeisenteller ab und brachte den Auflauf, garniert mit frischer Petersilie und ein paar Blättern Basilikum.

HC erzählte unterdessen von dem alten, abgeschiedenen Bauernhof, dessen Gesindehaus er bezogen hatte.

»Ist das nicht ziemlich einsam«, fragte ihn Lisa. Sie sagte nicht, daß es ein idealer Ort für Kinder sei, gute Luft, kein Verkehr und ein riesiger Abenteuerspielplatz vor der Haustür, doch der Gedanke stand im Raum.

»HC hat eine Schwäche für entlegene Wohnsitze«, lenkte ich ab, »schon während unseres Studiums in Freiburg hat er die eigentlichen Studentenviertel immer gemieden, diese WG-gewordenen Stadtteile mit alternativem Gesinnungszwang. Statt dessen hatte er eine kleine Einliegerwohnung in einem Weindorf am Kaiserstuhl, sechzehn, achtzehn Kilometer von Freiburg entfernt, kein Bus, keine Straßenbahn, nichts. Allein die Radtouren dahin! Immer Gegenwind und je nach Jahreszeit Schnee, Regen oder brütende Hitze ...«

»Es hat dir sicher nicht geschadet«, erhob HC Einspruch.

Ich stöhnte. »Bist du eigentlich immer noch so ein brutal strammer Radfahrer? Wenn ich daran denke, wie ich mich neben dir abgestrampelt habe auf unseren Wochenendtouren durchs Elsaß: Du hast meistens schon oben am Berg auf mich gewartet, während ich noch auf halber Strecke schwitzte. Es war demütigend. Und dann die Hotels, in denen wir abgestiegen sind! ›Auberge de la Siff‹ haben wir sie damals genannt, weil man kaum einen Schritt gehen konnte, ohne auf irgendein Insekt zu treten, tot oder lebendig.«

»Ich wußte gar nicht, daß du so eine nostalgische Ader hast«, sagte er trocken. Offenbar gab es Dinge, an die auch er nicht erinnert werden wollte.

»Wenn ich damals gewußt hätte, daß ich meine Muskelkater-Betäubungs-Joints im Beisein eines Staatsanwalts rauche ...« gedachte ich der alten Zeiten, doch Lisa legte mir eine Hand auf den Unterarm, wie um zu sagen, das Essen wird kalt.

Etwas weniger feierlich gingen wir zum Auflauf über. Da wir die Vorspeise schon ausgiebig gelobt hatten, fielen die Komplimente diesmal etwas sparsamer aus.

»Um auf deine Frage zurückzukommen«, sagte HC vollkommen ruhig, »ja, ich fahre immer noch gern Fahrrad, auch wenn die Gegend dafür ein bißchen zu flach ist. Am liebsten allerdings gehe ich wandern.«

»Man sieht's«, sagte Lisa mit Blick auf seine schlanke, beinahe hagere Statur und pustete gegen ein dampfendes Brokkoli-Röschen. Der Auflauf war noch immer sehr heiß.

»Ich hätte schwören können, du wirst eher Oberforstrat oder Landschaftsarchitekt als Jurist, jemand mit deinem Bewegungsdrang. Sich derart gegen die eigene Natur zu disziplinieren und zu einer radikal sitzenden Tätigkeit zu zwingen ... also, ich hätte das nicht gekonnt.«

»Vergleichen wir uns, vergleichst du dich mit mir?« sah er mich an.

»Was heißt vergleichen? Wir haben zur selben Zeit unter etwa denselben Voraussetzungen angefangen, uns zu erfinden, da liegt es doch nahe –«

»Ich habe mich nicht erfunden.«

»Du hast dich verleugnet«, sagte ich ein bißchen zu schnell, »nein, entschuldige, ich meine das positiv. Wenn ich mir vorstelle, wie du dich durchgebissen hast zwischen all den Yuppies von der Rechtswissenschaftlichen. Du mußt ein Maß an Selbstverleugnung geübt haben, das fast schon übermenschlich ist, soviel Härte gegen dich selbst.«

»Wer sagt dir, daß unser kleines philosophisches Abenteuer mir mehr entspricht, daß es nicht nur ein Ausrutscher war?«

Ich zuckte mit den Achseln, doch ich war fest davon überzeugt, daß irgendwo hinter dieser Mauer aus Contenance noch immer der HC von früher steckte, der mir glich.

»Ich bin mit Leib und Seele Jurist. Oder glaubst du, ich tue seit zwanzig Jahren nur so? Der Unterschied zwischen uns beiden ist nicht, daß ich mich im Gegensatz zu dir auf eine einzige Rolle beschränke, sondern daß du Schauspieler bist und ich nicht.«

In Sachen Affektunterdrückung machte ihm so leicht keiner etwas vor.

Wir hätten jetzt wieder auf Auslandsreisen und exotische Küche zurückkommen können, doch irgendwie glaubte ich HC nicht, irgendwie sagte er immer nur die halbe Wahrheit, und es gab nur eine Möglichkeit herauszufinden, was die andere Hälfte war. Ich mußte auf das Kapitel unseres Lebens zu sprechen kommen, das uns wirklich trennte.

»Was auch immer du dir unter ›Schauspielersein‹ vorstellst«, sagte ich zu ihm und tätschelte dabei demonstrativ Lisas mütterlich weiche Hand, »der Spaß ist ja nun auch bald vorbei. In Zukunft geht es bei uns mehr ums Windeln- als ums Rollenwechseln.«

Lisa sah mich an, zu Recht irritiert, immerhin hatte ich das Thema eben noch selbst zum Tabu erklärt, doch ich tat so, als sei überhaupt nichts dabei.

»Wann habt ihr denn Termin?« stieg HC sofort darauf ein. Es schien, als hätte er nur auf die Gelegenheit gewartet.

»Oh, das ist noch lange hin«, antwortete ich ausweichend, »ich versuche eigentlich, nicht die ganze Zeit daran zu denken.«

»Fünfter Monat?« fragte er, sein Blick wanderte zwischen Lisa und mir hin und her.

»Nicht ganz«, lehnte ich mich zurück. Natürlich hätte ich noch obendrein den liebevollen Schwangerschaftsbegleiter hervorkehren können, der über jeden embryonalen Entwicklungsschritt genauestens Bescheid wußte, doch ich überließ Lisa die Details.

»Wir sind gerade erst in der siebzehnten Woche«, sagte sie vorsichtig.

»Dann bleiben noch wieviel? Dreiundzwanzig?« rechnete HC nach. Offensichtlich kannte er sich mit der landläufigen Schwangerschaftsmathematik bestens aus.

Lisa nickte.

»Und habt ihr, wenn ich fragen darf, eine Fruchtwasseruntersuchung machen lassen?« wandte er sich kurioserweise an mich.

»Alles in Ordnung«, bestätigte ich. HC gratulierte uns noch einmal und um einiges herzlicher, so als sei dieses Testergebnis – und nicht Lisas Schwangerschaft – die eigentlich gute Nachricht.

Aus den Augenwinkeln versuchte ich zu erkennen, ob Lisa registrierte, wie sehr HC auf einmal aus der Reserve kam – für seine Verhältnisse ein echter Distanzverlust. Doch sie schaute stur geradeaus.

»Wißt ihr denn schon, ob es ein Junge oder ein Mädchen wird?« Anscheinend war er gewillt, das volle Programm abzuspulen. Ich sank in meinem Stuhl noch etwas tiefer.

»Wir wollen es nicht wissen«, gab Lisa unsere Standardantwort, »jedenfalls noch nicht.«

»Dann lief bei euch alles nach Plan?« Daß HC überhaupt solche Fragen stellte, war in meinen Augen der eindeutige Beweis, daß ich genau den wunden Punkt getroffen hatte.

»Nun ja«, warf Lisa mir einen Seitenblick zu, sie schien unsicher, ob und wieviel HC von unseren künstlichen Befruchtungsversuchen wußte, »man kann schon sagen, daß es kein Zufall war.«

»Ein Wunschkind«, sagte er vor sich hin und lächelte abwesend, fast ein bißchen verloren. Auf einmal wirkte er, der große Affektunterdrücker und Beherrscher aller Emotionen, unglaublich angreifbar.

Lisa indessen schien HCs Verhalten überhaupt nicht ungewöhnlich zu finden. Anstatt meine vielsagenden Blicke zu erwidern, sah sie mich verständnislos an, als wüßte sie nicht, was ich meinte. Aber vielleicht war sie auch einfach nur froh, nicht länger um das Thema herumlavieren zu müssen.

»Nun denn«, tauchte HC aus seiner Nachdenklichkeit wieder auf, als ich anfing abzuräumen, »es ist wahrscheinlich genau die richtige Herausforderung zur richtigen Zeit ...«

»Ja, das kann man sagen«, stimmte Lisa ihm zu, als ginge es nicht um unser Kind, sondern um einen neuen Job. Dabei hatte mit Obsklappt eine andere Zeitrechnung begonnen. Alle Tage – auch die vergeblichen, ärgerlichen, scheinbar sinnlosen – waren gute Tage, denn Obsklappt wuchs auch an diesen Tagen ein winziges Stück, wurde noch ein bißchen größer, kräftiger und gab der Zeit einen sanften Ruck Richtung Leben.

Kommentarlos trug ich die Teller in die Küche. Ich hätte HC noch deutlicher spüren lassen können, daß wir im Begriff waren, eine Erfahrung zu machen, die ihm für immer vorenthalten bleiben würde. Doch ich war mir nicht mehr sicher, wieviel ich von seinem traurigen Geheimnis überhaupt wissen wollte, von seiner Verwundbarkeit, die auch die meine hätte sein können.

»Also, ich hätte meine Hand dafür ins Feuer gelegt, daß du nie und nimmer eine Familie gründest«, sagte er zu mir, als ich den Nachtisch hereintrug, »so wie du früher vor jeder Art von Verantwortung, vor jeder Festlegung zurückgeschreckt bist. Wenn jemand rigoros auf seine Freiheit gepocht hat, dann du.«

HC wirkte eher traurig als angriffslustig. Doch es schien ihm ernst zu sein. Vermutlich kam er jetzt doch noch, der große Schaukampf, den ich von Anfang an erwartet hatte.

»Wie du siehst, habe auch ich dazugelernt.« Ich stellte das Dessert in die Mitte und ließ mich auf meinen Stuhl fallen. Mir war nicht nach Streiten zumute.

»Moment mal«, versuchte er sich zu erinnern, »wie hast du in Stendal noch immer gesagt? Dein Traumtod sei, mit achtzig im Bett vom eifersüchtigen Ehemann einer Zwanzigjährigen erschossen zu werden ...«

»Das ist ein Spruch von Billy Wilder und zwanzig Jahre her.«

»Damals klang es so, als hättest du ihn dir zu eigen gemacht.«

»Das ist ja hochinteressant«, schaltete Lisa sich ein.

Ich zuckte mit den Schultern. »Es war der wilde Osten, unsere wilde Zeit.«

»Deine wilde Zeit«, korrigierte HC, »jedenfalls gab es wenig Grund zu der Annahme, daß aus dir einmal ein treusorgender Gatte und Familienvater wird.«

»Du kennst mich eben doch nicht so gut, wie du denkst«, sagte ich müde.

»Oder ich kenne dich nicht so gut, wie ich dachte.« Lisa klang einigermaßen amüsiert.

»Oder du kennst dich nicht so gut, wie du denkst«, behielt HC wie immer das letzte Wort. Er schien mir mit aller Macht beweisen zu wollen, daß er es eher verdient gehabt hätte, Vater zu werden, als ich – was in gewisser Weise sogar stimmte. Nur daß Vaterwerden keine Frage von Verdienst war.

Ich hätte es ihm wirklich gegönnt. Aber um ihm das zu sagen, war es zu spät.

»Du mußt wissen«, erklärte ich Lisa, »daß HC keine besonders hohe Meinung vom Schauspielerberuf hat. Für ihn zeichnet sich der durchschnittliche Stadttheaterschauspieler vor allem durch drei Dinge aus: Narzißmus, Bindungsangst und häufig wechselnder Geschlechtsverkehr.«

HC verzog das Gesicht zu einem dünnen, maskenhaften Lächeln. »Ich hatte und habe überhaupt nichts gegen die Schauspielerei, im Gegenteil, ich bewundere jeden, der die Gabe hat, auf der Bühne zu stehen, jemand anderen zu spielen und dabei gleichzeitig er selbst zu sein. Im übrigen war ich einer deiner ersten zahlenden Zuschauer.«

»In Stendal, ja. Aber als es darum ging, ob ich auf die Schauspielschule gehen soll –«

»Es wäre mir nicht im Traum eingefallen, dir das Theater auszureden«, unterbrach mich HC, »im Grunde warst du immer schon ein Schauspieler, lange vor der Schauspielschule. Gestritten – wenn ich dich daran erinnern darf – haben wir uns damals nicht, ob du gehst, sondern über die Art und Weise, wie. Du bist vor allen Problemen davongelaufen, vor unserm Studium, unserm Scheitern, unserer Freundschaft ...«

Ich erinnerte mich vage, daß HC damals in einer ziemlichen Krise steckte. Ihm als dem einstigen Überflieger machte es besonders zu schaffen, daß er mit seinem Studium in eine Sackgasse geraten war, ich dagegen war Sackgassen gewohnt. »Wir hatten es damals, glaube ich, beide ziemlich eilig, uns zu verändern.«

»Du hast dich nicht verändert, du bist immer nur umgezogen«, faltete er scheinbar seelenruhig seine Serviette wieder zusammen. Genausowenig wie ich ihm den Staatsanwalt glaubte, traute er mir zu, erwachsen geworden zu sein. Wir würden füreinander immer bleiben, was wir damals waren.

11
Stendal

Ich hatte lange nicht mehr an Stendal und meine Anfängerjahre dort gedacht – zu viele andere Dinge waren in der Zwischenzeit wichtiger geworden und gewesen. Doch noch Tage nach unserem gemeinsamen Abendessen wunderte ich mich über die Genauigkeit, mit der HC sich daran erinnern konnte (entweder hatte er ein sehr viel besseres Gedächtnis als ich oder doch kein so abwechslungsreiches Leben als Staatsanwalt). Bruchstückhaft kam durch die vielen Einzelheiten, die er noch wußte, auch bei mir die Erinnerung zurück – an weitgehend dieselben Menschen und Ereignisse, von denen er bei seinem Besuch erzählt hatte, doch an ganz andere Gefühle.

Ich war im Frühsommer 1991 zur Vorprobenzeit mit einer Kofferraumladung von Textbüchern, Schallplatten und zwei Reisetaschen voller Klamotten nach Stendal gefahren und hatte, kurzentschlossen, eine der ersten sanierten Altbauwohnungen nahe der Fußgängerzone bezogen. Zu diesem Zeitpunkt war mir noch nicht klar gewesen, wie rigoros die Siedlungspolitik der SED gerade den Stadtkern mit seinen alten Bürger- und Geschäftshäusern entvölkert hatte, um die damals knapp 50.000 Einwohner im Namen von Gleichheit und Brüderlichkeit in den Plattenbauten am Stadtrand zu beheimaten. Was ich bei meinem Vorsprechen und der kurzen, überhasteten Wohnungssuche für das Zentrum hielt, war die Breite Straße mit einem Konsum, einem Bekleidungsfachgeschäft, das noch nicht ›Boutique‹ hieß, und einigen wechselnden Ramsch- und Billigläden, die sich direkt nach der Wende auf den brachliegenden Verkaufsflächen ebenso schnell ausbreiteten, wie sie wieder verschwanden. Hinzu kam der unvermeidliche Backshop einer westdeutschen Großbäckerei, eine Containerfiliale der Deutschen Bank sowie der eine oder andere »Getränkestützpunkt« aus DDR-Zeiten – eine Namensgebung, die in mir den Eindruck noch verstärkte, irgendwo auf feindlichem Terrain gestrandet zu sein.

Erst als ich schon in der vermeintlichen Mitte von Stendal wohnte, fragte ich mich, warum an Werktagen und Wochenenden so wenig Leben auf den Straßen herrschte. Mir schwante, daß »Innenstadt« in Ost und West wohl nicht ganz dasselbe bedeutete. Hinter den bröckelnden Fassaden der einstigen Haupteinkaufsstraße wohnte außer mir kaum jemand, der die Wahl hatte. Ganze Viertel und Straßenzüge wie das Gelände am Hook mit seinen alten Wohn- und Fachwerkhäusern waren nach dem Zweiten Weltkrieg gar nicht erst wiederaufgebaut worden. Im Putz der verwitterten Mauern zwischen den ersten Nachwende-Graffitis befanden sich noch die original Einschußlöcher der MG-Salven vom Häuserkampf anno 1945.

Das spärliche soziale Leben von Stendal spielte sich in den Jugendtreffs der Plattenbausiedlungen und vor den dortigen Kaufhallen ab. »In die Stadt« zum Einkaufen, Essen oder ins Theater fuhr damals freiwillig so gut wie niemand. Es gab einen riesigen »Nachholebedarf« in allen Bereichen, nur Theater stand nicht auf dem Wunschzettel, schließlich gehörte es zu den wenigen Dingen, die es genauso wie Spreewaldgurken immer schon gegeben hatte. Noch dazu lief man in Foyer und Zuschauerraum Gefahr, den einen oder anderen alten Bekannten wiederzusehen, dem man nach der Wende besser nicht begegnen wollte. Von daher machten die meisten lieber ungeniert in Privatleben.

Es war ein kleines, sehr überschaubares Häuflein treuer Theaterliebhaber, für die wir damals spielten. Kaum ein Stück erlebte mehr als vier bis fünf Vorstellungen, spätestens dann hatte es jeder, der wollte oder mußte, gesehen – wobei selbst diese wenigen Aufführungen oftmals vor geisterhaft leeren Stuhlreihen stattfanden. Mit anderen Worten, man war in Stendal sehr unter sich.

Das Theater der Altmark lag keine fünf Minuten von meiner Wohnung entfernt zwischen mehreren Altbauruinen in der Karlstraße, abzweigend vom Kreisverkehr um die »Sperlings Ida« (einem Brunnen mit einer vogelumflatterten Jungfrauengestalt). Es war beileibe kein Musentempel, keine architektonische Schönheit, sondern mutete eher an wie eine Poliklinik: ein typischer Fünfziger-Jahre-Bau aus Backstein und Beton. Selbst wenn man seine Schwellenängste überwand und das mit gräulichem PVC ausgelegte Foyer betrat, hatte man nicht das Gefühl, im Theater zu sein, sondern in der etwas zu geräumig ausgefallenen Flurlandschaft einer Behörde. Es war diesem Theaterbau auf Schritt und Tritt anzumerken, daß es sich nicht um ein Traditionshaus handelte, sondern um die Kopfgeburt sozialistischer Kulturstrategen. Und es gereichte der Spielstätte nur zu zweifelhaftem Ruhm, daß der Tränensack-Darsteller der Nation, Horst Tappert, hier in den Fünfzigern sein Debüt gegeben hatte, ohne in weiten Teilen der Bevölkerung einen bleibenden Eindruck zu hinterlassen.

Nach dem Mauerbau entwickelte sich das Stendaler Theater wie die Provinzbühnen von Parchim und Anklam zu einer Art Auffanglager für renitente Regisseure und unbotmäßige Schauspielschüler. Man wurde dorthin nicht engagiert, sondern sozusagen strafversetzt. Offenbar hatte es sich bis in die Schaltzentralen der Macht herumgesprochen, daß hier die Mißliebigen und Minderbegabten ohne größeres Aufsehen ihr künstlerisches Unwesen treiben konnten. Das hatte seine Vorteile, denn es gab nicht so viel Wirbel wie bei einem Berufsverbot, zeitigte aber den gleichen Effekt. Im Fall von Parchim und Anklam ging diese Rechnung nicht völlig auf. Sie wurden schon bald als Geheimtip gehandelt und avancierten unverhofft zu regelrechten Pilgerstätten des subversiven Theaters. Nur Stendal wurde den geringen Erwartungen der Funktionäre auf ganzer Linie gerecht. Seither galt das Städtchen als Synonym für das Versauern und Versumpfen künstlerisch-kritischer Elemente. Von der Altmark war kulturell nichts zu befürchten.

Das nagte am Selbstwertgefühl der Kollegen, die sich von der Obrigkeit mit Erfolg zur Bedeutungslosigkeit verdammt sahen (ob nun aus politischen Gründen oder aus Talentmangel oder beidem). Tatsächlich herrschte im Theater quer durch alle Abteilungen ein tiefverwurzelter Stendal-Komplex, um nicht zu sagen, eine örtliche Depression: Wer hier war, konnte nicht gut sein, sonst wäre er woanders.

Von alldem wußte ich freilich noch nichts, als ich nach meinem Vorsprechen dem überaus wohlwollenden Intendanten meine feierliche Zusage gab. Dabei hätte es mir auffallen müssen, daß fast ausschließlich junge, ahnungslose Schauspielabsolventen aus dem Westen in Stendal unterschrieben, während sich die vom Arbeitsamt zwangsverschickten Ostberliner erfolgreich um ein »Engagement« im Archipel Gulag der Theaterlandschaft drückten.

Meine Stendal-Assoziationen waren damals völlig anderer Art. Als allererstes dachte ich an Stendhal alias Henri Beyle. Der Autor von »Rot und Schwarz« hatte sich der Legende nach als französischer Offizier in napoleonischen Diensten auf dem Marsch durch Stendal in eine junge Frau verliebt. Ihr zu Ehren gab er sich diesen Künstlernamen und widmete ihr sein gesamtes literarisches Schaffen, so stand es in meinem Literaturlexikon. Mein Miniaturbrockhaus vermerkte etwas weniger poetisch: ehem. Hanse- und Handelsstadt in Sachsen-Anhalt, heute

Eisenbahnknotenpunkt fünfzig Kilometer nördlich von Magdeburg. Insofern stieß ich auf wenig Verständnis, als ich am Fahrkartenschalter nicht »Schtenndal« sagte, sondern »bitte einmal nach S-ton-dahl«.

Meine romantisch-literarische Stendal-Verklärung hielt der Realität nicht stand. Schon auf der Hinreise schwanden meine Illusionen mit jedem Kilometer, nachdem ich die ehemals deutsch-deutsche Grenze bei Oebisfelde überquert hatte und auf maroden Schienen dem ersehnten Eisenbahnknotenpunkt entgegenschlingerte, links und rechts die flur- und kleinbauernbereinigten Ebenen der Altmark, deren Einöde nur durch einige LPG-Betriebe und Stallungen aus grauem oder uringelbem Zement durchbrochen wurde. Als ich nach dieser Zeitreise im Reichsbahn-Waggon endlich vor dem Behördenbau in der Karlstraße stand, wollte ich es nicht glauben: Das sollte S-ton-dahls Theater sein? Ausgerechnet in diesem tristen, trostlosen Städtchen hatte er – ein Franzose, der Paris kannte – die Liebe seines Lebens entdeckt? Ich fing an, ernsthaft an meinem Literaturlexikon zu zweifeln.

Doch irgend etwas bewog mich, trotzdem mein Glück in Stendal zu versuchen. Es war nicht oder nicht nur – wie HC mir unterstellte – eine Art umgekehrter Republikflucht, um meine Vergangenheit hinter mir zu lassen. Vielmehr lockte mich das Abenteuerliche daran, dieses kuriose Gefühl, ins Ausland zu fahren, ohne Deutschland zu verlassen. Verglichen mit England, Frankreich oder Italien war Stendal nicht nur fremder, es war eine völlig andere Welt, in der zufällig dieselbe Sprache gesprochen wurde.

Sicher ist es immer etwas unredlich und an der Grenze zum Selbstbetrug, seine eigenen Motive im nachhinein zu deuten. Man erinnert sich zwar noch halbwegs, was man getan hat, verdrängt und verdreht aber nur allzugern, warum. Die wahren

Beweggründe verschwinden im Gedächtnisdunkel zugunsten von inneren Heiligenlegenden und Selbstrechtfertigungen im großen Stil. Wenn ich ehrlich sein soll, war mir schon damals nicht ganz klar, weshalb ich mich für Stendal entschied, obwohl eigentlich alles dagegen sprach. Wieder einmal konnte ich auf keine rationale Überlegung verweisen, sondern nur auf denselben Wust von Erwartungen, haltlosen Wünschen und Phantasien wie bei fast allen meinen Lebensentscheidungen.

Da war zum Beispiel die Sache mit dem Vorhang. Nach dem Abschlußvorsprechen der Schauspielschule hatte ich zunächst ein Angebot von einem Off-Theater in Stuttgart erhalten, das nicht nur in derselben Unterführung lag wie eine zentrale U-Bahn-Station, sondern diese U-Bahn-Station gewissermaßen war – mit einem Zuschauerraum, dessen Bestuhlung unfreiwillig an die Innenausstattung der Stuttgarter Verkehrsbetriebe erinnerte, und einem Vorhang, der nicht rot war, sondern ockerfarben wie eine Schlafwagengardine. Als Alternative dazu gab es die semi-seriöse Offerte eines wohnzimmergroßen Tübinger Experimentaltheaters, das gar keinen Vorhang besaß, sondern – wie mir der Intendant, Regisseur und erste Schauspieler in Personalunion erklärte – »nur mit Licht arbeitete«. Der Vorhang von heute sei das »Black«, sagte er mit absoluter Bestimmtheit und unterstrich seine zweifellos fortschrittliche Ansicht mit einer magierartigen Geste, die mich sofort überzeugte. Ich sah ein, daß es im modernen Theater eigentlich gar keinen Vorhang geben durfte, fand es aber im Grunde meines Herzens irgendwie schade. Dann kam mein Vorsprechen in Stendal. Ich betrat mit einer Plastiktüte voller Requisiten die Große Bühne: vor mir ein etwas baufälliger Zuschauerraum mit fast vierhundert Plätzen, deren zerschlissene Polster kurz nach dem Krieg einmal weinrot gewesen sein mußten, über mir einige altertümliche Scheinwerfer mit einer lianenartigen Elektrik, links und rechts ein schwerer roter Samtvorhang, halb auf-, halb zugezogen, als hätte man den Vorhangzieher mitten in der Bewegung zum Essen gerufen. Ich spielte meine Vorsprechrollen mehr schlecht als recht hinein in die gähnende Leere des Zuschauerraums (ein Umstand, an den ich mich noch gewöhnen sollte) und kam mir vor wie der Letzte, der das Licht ausmacht. Doch von allen Häusern, die mir offenstanden, ähnelte die Große Bühne in Stendal noch am ehesten einem Theater, wie ich es mir in meinen Kinderträumen vorgestellt hatte. Es war keine U-Bahn und kein experimentelles Wohnzimmer, es gab eine Bühne mit Orchestergraben, einen Zuschauerraum mit einem Rang und einen echten roten Samtvorhang. Wenn er geschlossen war, konnte man ihn stundenlang anstarren und sich fragen, was wohl dahinter verborgen sein mochte. Wenn er sich öffnete (oder, besser gesagt, falls), dann mit einer rauschenden Bewegung.

Es war dieses Vorhang-auf-Gefühl, mit dem ich in den Osten zog. HC hatte bei seinem Besuch von »Systemkatastrophentourismus« gesprochen und von der heimlichen Sensationslust, sich für die Dauer eines Selbstexperiments bei den armen Verwandten auf der Schattenseite der Geschichte einzumieten. Doch das schien mir eine sehr strenge, staatsanwaltliche Sicht der Dinge zu sein. Nach eigenem Ermessen war meine Neugier zwar groß, aber unschuldig. Ich hatte den Fall der Mauer und die Wiedervereinigung bis dahin nur vom äußersten Westen des Westens aus erlebt und somit hauptsächlich vor dem Fernseher. Für mich und meine damaligen Kommilitonen war ein Trabi auf der Autobahn zwischen Offenburg und Baden-Baden schon ein Ereignis. Und nachdem mir auf der Schauspielschule im wesentlichen klar geworden war, wie erschreckend wenig ich erlebt hatte, wie albern, arm und unzureichend meine Erfahrung sich ausnahm angesichts der Rollen, von denen ich träumte, stand für mich außer Frage, daß es nach dem Studium nicht darum gehen konnte, möglichst schön und ungestört Theater zu spielen, sondern vor allem darum, Erfahrungen zu sammeln.

Rückblickend betrachtet war es mein Glück, daß ich gerade in dem Moment mit meiner Schauspielausbildung fertig wurde, als der Gang der Geschichte das Theater, die Literatur und jede andere Form von Fiktion überrollte. Die Wirklichkeit schien nicht nur spannender, sie überstieg jede Vorstellung. Eine der meistgebrauchten Floskeln jener Zeit lautete: »Hätten Sie vor einer Woche gedacht, daß ...« Und zumindest in den ersten Wochen und Monaten nach dem Fall der Mauer hätte es wirklich niemand gedacht. Von daher fiel die Entscheidung, nicht ins beschauliche Tübingen zu ziehen, sondern statt dessen ins ganz und gar nicht beschauliche Stendal, fast von selbst. Ich konnte jetzt nicht bei einem Viertele Rotwein über neue Theaterformen in Wohnzimmerdimensionen sinnieren, ich wollte und mußte einfach dort sein, wo die Wende wirklich passierte, wo Geschichte bis in die Niederungen des Alltags hinein stattfand und tatsächlich niemand wußte, was in einer Woche sein würde.

Allerdings hatte ich unterschätzt, wie sehr ich nicht nur als Wessi gesehen wurde, sondern tatsächlich Wessi war. Vieles schien mir selbstverständlich, was sich in Stendal als keineswegs selbstverständlich herausstellte: das Führen von Ferngesprächen, die Inanspruchnahme von Serviceleistungen, die Machbar- und Verfügbarkeit all jener Dienste und Dinge, die für gewöhnlich machbar und verfügbar waren. Wie alle, die es in den Osten zog, mußte ich erst lernen, daß ich gewissermaßen ins Land der unbegrenzten Unmöglichkeiten ausgewandert war.

Damit taten wir uns schwer. Denn schließlich waren wir die Sieger. Wir wußten doch, daß und wie es geht, zumindest im Prinzip. Wir hatten den Kalten Krieg gewonnen und den Wettlauf der Systeme für uns entschieden. Und wer auf der freien

Wildbahn der Marktwirtschaft nicht so weit gekommen war, konnte jetzt im Osten als Experte missionarisch tätig werden, windige Geschäftsleute, halbseidene Vertreter und Schauspielanfänger wie wir. Es war verblüffend, in was für Überlegenheitsgefühlen man schwelgen konnte, ohne etwas geleistet zu haben, nur weil man mehr als zwanzig Jahre West-Erfahrung vorzuweisen hatte.

Es waren sehr gemischte Wir-Gefühle, die nach der ersten Einheitsseligkeit in Stendal und im Theater aufeinandertrafen. In der Stadt befehdeten sich für einen Außenstehenden undurchschaubare Wir- und Wir-nicht-Grüppchen von alten SED-Seilschaften, ehemaligen Dissidenten, Kirchenleuten, Künstlern, Wendehälsen und Wende-Opfern, die jedoch reflexartig zu einem großen, gemeinsamen Ost-Wir zusammenrückten, sobald ein Westler den Ratskeller oder die Kantine betrat. Und das war die eigentliche Sensation, daß ich mich mit einer Portion »Ragout feng« an einen beliebigen Tisch setzen konnte und dabei eben nicht Ich war, sondern Ihr, ein bißchen der Feind, der Fremde, aber vor allem der beargwöhnte Gewinner der Geschichte. Ich bemühte mich so redlich wie möglich, die landläufigen Vorurteile nicht zu bestätigen, weder »arrogant« noch »besserwisserisch« zu sein, sondern verständnisvoller als die anderen Wessis und ein besonders guter Zuhörer. Ich interessierte mich wirklich für dieses Atlantis auf deutschem Boden und die Geschichten von einem versunkenen System. Doch in einer Hinsicht mußte ich HC recht geben: Auch ich genoß es, dabei ein bißchen größer zu sein als ich selbst, nicht nur dieser eine, einzelne, sondern einer von denen, die es geschafft hatten.

Für mich wie für so viele Einzelkämpfer aus dem Westen, die nie auf die Idee gekommen wären, »wir sind das Volk« zu rufen (geschweige denn, »ein Volk«), war es ein völlig unverhofftes Wir-Gefühl. Wir hielten uns für absolute Individualisten und waren von unserer plötzlich zutage tretenden Ähnlichkeit selbst überrascht. Es schien, als wäre uns Westlern etwas gemeinsam, etwas Erfolgversprechendes, Erstrebenswertes, das man im Osten nur aus dem Fernsehen kannte, und so individualistisch waren wir auch wieder nicht, daß wir uns davon nicht geschmeichelt gefühlt hätten. Insofern verdankte ich dem Untergang des Sozialismus mein erstes Kollektiv-Erlebnis.

Sie waren das Volk, wir der Erfolg, so war die deutschdeutsche Rollenverteilung. Ich brauchte nur die Breite Straße entlangzuspazieren, die sich nach der einen oder anderen Geschäftseröffnung zögerlich belebte, schon spürte ich meine Sonnenseitigkeit bei jedem Blick. Es war keineswegs ein Wende-Märchen, daß man auf Anhieb sehen konnte, wer von hüben oder von drüben war. Man sah es tatsächlich – nicht nur an der Kleidung, sondern auch an der Art, sie zu tragen, an dem gesamten Auftreten. Wir Westler im Osten wurden wie Stars auf der Straße erkannt und erkannten uns gegenseitig, nachdem wir durch den Zusammenbruch der anderen Seite gleichsam über Nacht ein paar historische Zentimeter gewachsen waren. Mit einem Mal hatten wir Gewinner-Absätze unter den Schuhen und ein Siegerlächeln im Gesicht. (Selbst bei nur mäßiger Kompetenz war es für einen Wessi schwer, aus dem Erfolgsklischee herauszufallen, so dumm konnte man sich gar nicht anstellen.) Wessi zu sein machte Spaß. Es war eines der wenigen Vorurteile, mit dem man sehr gut leben konnte, denn man wurde dafür zwar nicht unbedingt geliebt, aber beneidet, was fast noch ein bißchen schöner war, auch wenn ich mich für meinen Teil natürlich bemühte, der »netteste« Sieger zu sein, den es je gab.

Deshalb war es auch »unsere« wilde Zeit und nicht, wie HC mir nachgesagt hatte, nur »meine«. Nie wäre es so wild zugegangen, wenn wir damals nicht unseren Typus vor uns hergetragen hätten wie venezianische Masken. Was wir mangels Kneipen in der Stendaler Theaterkantine und bei den von Wohnung zu Wohnung wandernden Gelagen feierten, war ein Karneval der Klischees, bei dem man nicht damit rechnen mußte, persönlich erkannt und gemeint zu werden. Auch dem letzten in diesem Spiel war klar, daß er nicht »um seiner selbst willen« geliebt oder gehaßt wurde, sondern dafür, daß er neu und anders war. Wir kamen mit derselben Unkompliziertheit und Hemmungslosigkeit zusammen, mit der wir schon bald wieder auseinandergingen. Wer sich dabei zu sehr an den anderen klammerte – was hüben wie drüben bisweilen vorkam –, der wurde nicht beklagt oder bedauert, er verletzte ganz einfach die Spielregeln.

Es ging nicht um die feinen Unterschiede, sondern darum, die andere Hälfte Deutschlands im großen und ganzen kennenzulernen. Es hieß nicht Du und Ich, sondern Ihr und Wir. Dabei zeigten sich die Mandys, Jeanettes und Sabrinas aus Stendal-Süd genausowenig wählerisch wie Stephan, Andreas und Thomas aus Wuppertal. Sie und wir waren nicht in Personen, sondern in die Situation verliebt, in diesen einmaligen Moment deutsch-deutscher Exotik mit seinen schnellen Eroberungen und Enttäuschungen.

Es war Geschichte, auch »meine« Geschichte, aber eben nicht nur. Denn das Besondere dieser Zeit bestand gerade darin, daß sie sich mit so vielen Schichten und Geschichten der Vergangenheit berührte. Wir lebten in einem Querschnitt der Zeiten, nicht nur »nach der Wende«, sondern auch »nach dem Weltkrieg«. Für Momente waren wir die strahlenden GIs vor Nachkriegskulissen, die Kaugummis verteilten und sich nachts auf improvisierten Partys mit den Eastgerman-Fräuleins vergnügten. Wir waren Besatzer und Befreier, Vorboten des Wirtschaftswunders, vielbestaunte Westverwandte und ewige Klassenfeinde. Wie im Zeitraffer liefen die letzten fünfzig Jahre noch einmal ab, und wir liefen mit: die Stunde Null, die D-Mark, die sich füllenden Schaufenster, der freie Markt der Gefühle und die Währungsunion der Geschlechter. Alle, die noch ein Leben vor sich hatten, Männer wie Frauen, wollten den Westen mal testen, sich ausprobieren und wissen, was sie wert waren. Wir schrieben das tumultöse letzte Kapitel deutsch-deutscher Geschichte, in dem sich Gegenwart und Vergangenheit dieses deutschesten aller Jahrhunderte noch einmal kreuzten, bevor sich der Weltgeist aus der Mitte Europas hinweghob und anderen, wichtigeren Fragen zuwandte.

Es war im weitesten Sinne »unsere« wilde Zeit, nur eben nicht die von HC (auch wenn ich das Lisa gegenüber so nicht hatte sagen wollen). Von allen Wessis im Osten war er der einzige Unbestechliche. HC kostete das Privileg, ein Klischee zu sein, nicht aus und ließ die historischen Flirtchancen ungenutzt. Mit seiner seriösen Art hätte er die schönsten Töchter der Altmark haben können, doch er nahm sie nicht einmal zur Kenntnis, wenn sie sich ihm förmlich an den Hals warfen. Statt dessen schien er den Beweis antreten zu wollen, daß es auch Sieger mit Haltung und vor allem Zurückhaltung gab. Seine Vorbildlichkeit war geradezu beschämend und grenzte an Spielverderberei, weshalb wir – die Wende-Karnevalisten – ihm mitunter regelrechte Liebesfallen stellten. Vergebens. HC widerstand allen Versuchungen und süßen Gelegenheiten. Er ließ sich nicht korrumpieren, was ihn ehrte und alle anderen langweilte. Er war der unnötige Beweis, daß man auch in solchen Zeiten sauber bleiben konnte.

Offenbar war es genau diese Anständigkeit, die HC zwanzig Jahre später bereute. Anders konnte ich mir seine zahlreichen Spitzen gegen mich nicht erklären, all die mehr oder weniger versteckten Angriffe auf meinen damaligen Lebensstil. Wie so viele moralische Menschen hatte HC von jeher eine gewisse Bitterkeit in und an sich, doch sie war mir immer sehr fein vorgekommen, wenn nicht gar vornehm. Bei seinem Besuch in Bremen wirkte er zum ersten Mal regelrecht »ver-bittert« auf mich, so als hätte dieser eine Charakterzug nach und nach von seinem ganzen Wesen Besitz ergriffen.

Wir wurden nicht jünger.

Was sich auch daran zeigte, daß wir mitunter mehr von der Vergangenheit träumten als von der Zukunft. Mir waren diese rückwärtsgewandten Lebensentwürfe keineswegs fremd, auch nicht, daß HC den verpaßten Fortpflanzungschancen von damals nachtrauerte, als er sich auf dem Höhepunkt seiner Virilität befand – denselben Gedanken hatte ich auch schon gedacht. Doch ihm mußte auch klar sein, daß es nur auf eine andere Art von Alptraum hinausgelaufen wäre, wenn er seinerzeit mit einer einfachen, fruchtbaren Stendalerin drei, vier Kinder gezeugt und sich als Beamter auf Lebenszeit in einem Magdeburger Amtsgericht verdingt hätte. Wer mochte schon seine Hand dafür ins Feuer legen, daß Henri Beyle glücklich geworden wäre, wenn er seine Stendaler Muse nicht nur aus der Ferne geliebt, sondern mit ihr gelebt hätte als Vater einer vielköpfigen Kinderschar, anstatt sich als S-ton-dahl zu verewigen.

Nur sah die Alternative auch nicht rosig aus. HC war im Begriff, ein bitterer alter Mann zu werden – jene andere Möglichkeit von mir, mit der ich mich im Zuge unserer Fertilisationsversuche schon angefreundet hatte. Ich kannte auch das Gefühl der Vergeblichkeit, der genetischen Demütigung nach den ersten Befruchtungsfehlschlägen. Nur zu gut konnte ich nachempfinden, wie es ihm ging mit Blick auf seine Kinderlosigkeit, die immer mehr zur Gewißheit, zu einer unverrückbaren Tatsache wurde. Es war nicht nur die Leere der Midlife-Crisis, sondern eine erste Ahnung des Zu-Ende-Gehens, das Bewußtsein, daß alles, was man beruflich gewollt und geschafft hatte, der Natur, auch der eigenen, zutiefst gleichgültig war.

Diese Bitterkeit derer, die sich selbst immer gleichgültiger wurden, war alles andere als HCs liebenswürdigste Seite, doch ich sympathisierte mit ihm, auch wenn er immer wieder darauf abhob, daß er ein besserer Vater sein würde als ich. Ich verstand sogar, warum er Lisa die einzige Geschichte aus meinen Stendaler Jahren aufgetischt hatte, die sie nicht nur interessieren, sondern auch verletzen mußte. Es war, wenn man so wollte (und HC wollte es), eine Liebesgeschichte. Ich hatte lange nicht mehr daran gedacht und meiner Frau kein Wort davon erzählt – nicht, weil ich ihr etwas zu verheimlichen gehabt hätte, sondern weil es nicht viel zu erzählen gab. Von all den Affären meiner wilden Stendaler Zeit war es die einzige, die sich ausschließlich in meinem Kopf abgespielt hatte, sie war reine Fiktion. Doch gerade das machte sie vielleicht so besonders und besonders gefährlich.

Es war ein feindlicher Akt von HC, diese alte Geschichte aufs Tapet zu bringen, nach fast zwanzig Jahren, ausgerechnet jetzt, da meine Frau im fünften Monat schwanger war. Anders als mit seinen Bemerkungen über mein unstetes Schauspielerleben stellte er damit nicht nur meine Qualitäten als Versorger in Frage, meine Zuverlässigkeit und Beständigkeit, sondern vor allem meine Treue. Und da er de facto nichts dagegen vorzubringen hatte, unterstellte er mir geistigen Betrug. Er bezweifelte die Monogamie meiner Träume.

12

Doreen

In den ersten Tagen nach unserem Essen mit HC hatte ich meine Frau noch belauert und damit gerechnet, von ihr bei der nächsten Gelegenheit zur Rede gestellt zu werden. Doch sein Besuch schien bei ihr keine Spur von Mißtrauen, ja, nicht einmal die eine oder andere offene Frage hinterlassen zu haben. Lisa war wie immer und mit ihren Gedanken woanders. Über die Liebesgeschichte aus Stendaler Zeiten sprachen wir nicht, wenngleich ich das dringende Bedürfnis verspürte, ein paar Dinge richtigzustellen. HC hatte bei seiner Erzählung nichts hinzuerfunden und auch nichts Wesentliches unterschlagen, er maß der Angelegenheit nur zu viel Bedeutung bei. Für mich war das Ganze nicht mehr als ein Spiel gewesen, eine Wende-Phantasie. Für ihn war es wie immer todernst.

Doch nicht einmal das konnte ich Lisa erklären. Die Wochen vergingen, ihr Bauch wurde zusehends runder, und ich hatte definitiv den Zeitpunkt verpaßt, ihr zu versichern, daß es für mich keine Traumfrauen aus der Vergangenheit oder ewige Verflossene gab. Etliche Liebesschwüre lagen mir auf der Zunge, denn mehr noch als Ehe und Partnerschaft verlangte unsere werdende Familie unbedingte Treue und das Bekenntnis zueinander. Ihr gebührte völlige Ausschließlichkeit. Doch alles, was ich nach dieser längst verjährten Liebesgeschichte hätte sagen können, klang wie eine Entschuldigung, wie billiger Trost, wie gelogen. Insofern konnte ich nur hoffen, daß Lisa mein Schweigen verstand und die Angelegenheit so undramatisch nahm, wie sie war.

Ihrer Schwangerschaft schien diese Heimsuchung aus der

Vergangenheit jedenfalls nicht zu schaden. Wir schliefen gut, kümmerten uns umeinander und freuten uns auf unser Kind. Und bald fühlte es sich tatsächlich so an, als hätte dieses eingebildete Verhältnis nicht in meiner, sondern in HCs Phantasie stattgefunden.

Es begann an einem Wochenende im Spätherbst, nachdem ich mich in Stendal schon mehr als eingelebt hatte. Der Rausch und Reiz der ersten Monate war verflogen. Statt neue Eroberungen zu machen, traf ich immer häufiger alte Bekannte. Langsam wurde es eng in der Stadt. HC war am frühen Nachmittag aus Magdeburg zu Besuch gekommen wie meistens, wenn ich samstags keine Vorstellung hatte, auch das war schon zur Gewohnheit geworden. Doch er ahnte noch weniger als ich, was uns blühte. An diesem Abend winkte eine Einladung von Anika Evernich, ihres Zeichens frischgebackene Redakteurin der Altmark-Zeitung, die vom Treffen des Kaninchenzüchterverbands bis zur neuesten Shakespeare-Inszenierung über alles schreiben mußte, was in Stendal passierte. Daher tauchte sie bisweilen bei der einen oder anderen Premierenfeier auf und gehörte zu unserem weiteren Bekanntenkreis. Ich hatte zwar den Eindruck, daß HC sie nicht sonderlich mochte. Berufsbedingt konnte sie manchmal etwas aufdringlich sein, doch alles in allem war sie eine lebenslustige, umtriebige Person und ein prima Kumpel. Außerdem wußte sie immer, was gerade los war. Für diese bewußte Samstagnacht hatte sie Pressekarten zur Eröffnung einer neuen Großdiskothek, zehn Kilometer außerhalb von Stendal, irgendwo in der Prärie der unteramüsierten Altmark. HC war einigermaßen schockiert von der Aussicht, den ganzen Abend zwischen angetrunkenen Halbstarken zu stehen und sich mit ohrenbetäubender Techno-Musik beschallen zu lassen, aber er hatte auch keinen besseren Vorschlag. Von daher fuhren wir hin.

Schon von weitem war am Himmel über der leergefegten Landschaft das Kreisen flakartiger Scheinwerfer zu sehen. Über frisch geteerte Straßen und holprige Feldwege steuerten wir auf ein riesiges Vier-Masten-Zelt zu, das wie ein Raumschiff in der Einöde leuchtete, blinkte und dröhnte. (»Ein außerirdisches Vergnügen: Das Fun-Ufo ist gelandet!« sollte Anika Evernich später in der Altmark-Zeitung schreiben.) Etwas Aberwitzigeres als dieses Amüsiermonstrum mitten im Nichts war kaum vorstellbar. Doch HC bemerkte nur trocken, daß auf diese Weise keine Lärmbelästigungsklagen von Anwohnern drohten und Parkplätze zur Verfügung standen, soweit das Auge reichte.

Anika stellte ihren Wagen in einem mit rot-weißem Signalband eingegrenzten Bereich ab, der sich in nichts vom übrigen LPG-Brachland unterschied. In dem matschigen Untergrund mußte schon so mancher Pfennigabsatz steckengeblieben sein. Über provisorisch ausgelegte Planken näherten wir uns dem Eingangsbereich, um den sich – neben einigen Mopeds und Rollern – Unmengen von Moto-Cross-Rädern scharten. Die Dorfjugend ringsum schien überwiegend querfeldein zur Disco gefahren zu sein. Während Anika mutig voranschritt und den beiden Türstehern am Eingang ihren Presseausweis zeigte, wechselten HC und ich einen skeptischen Blick. Natürlich waren wir beide hier völlig fehl am Platz. Doch es hatte sein Gutes, mit HC zusammen unterwegs zu sein, denn es gab auf diese Weise immer einen, der sich noch deplazierter fühlte als ich.

Zu unserer Überraschung waren wir keineswegs die Ältesten. In dem igluförmigen Garderobenbereich standen ziemlich verloren und verschreckt zwei, drei betagte Ehepaare sowie mehrere rechtschaffene Bauern und Handwerker mit Cord-Hüten in den Händen und »Event-Tickets« in der Gesäßtasche. Sie alle waren gekommen, um zu sehen, was der Westen ihnen brachte, und konnten nicht anders, als dieses in die Pampa gebeamte

Stück Zukunft zu bestaunen. Doch weiter wagten sie sich nicht. Als gäbe es für sie erneut eine Grenze ins Ungewisse zu überschreiten, verharrten sie in der Vorhölle bei den Kleiderständern und schauten sich verlegen einer nach dem anderen um. Drinnen, hinter schweren, feuerfesten Vorhängen, gespeist von den Schläuchen des Heißluftgebläses, wummerte der Herzschlag des Monsters, das in regelmäßigen Abständen Pulks von drängelnden und feixenden Jugendlichen verschlang. Dort begann sie endgültig, die andere Welt, von der sie schon ahnten, daß sie sich niemals darin zurechtfinden würden. Diese Mischung von Schwellenangst und vorauseilender Resignation war vermutlich das einzige, was ihnen von diesem Abend bleiben würde.

Anika Evernich hatte abgelegt und eilte in hautengen Wrangler-Jeans und einem luftig-leichten H&M-Top auf den Schlund des Ungeheuers zu, ganz einundzwanzig, ganz rasende Reporterin. Kurz vor dem Vorhangschlitz drehte sie sich um, zückte ihren Notizblock und winkte HC und mir. Es gab kein Zurück.

Der Großveranstalter aus Düsseldorf hatte sich jede erdenkliche Mühe gegeben, den Westen in den Augen seiner ostdeutschen Brüder und Schwestern als das erscheinen zu lassen, wovor die Haßprediger der SED immer gewarnt hatten. Sämtliche Dämonisierungen und Verdammungen des Kapitalismus bekamen hier nachträglich recht. Diese »Mega-Disco«, wie sie sich nannte, war eine gigantische Maschine zur Rückverwandlung des Menschen in ein reines Triebwesen, eine großangelegte Reizüberflutungsoffensive mit dem Ziel der Bewußtseinsaustreibung. Wer hier eintrat, ließ jeden eigenen Gedanken fahren. Er sah sich schlagartig auf seinen Körper reduziert und hatte keine anderen Träume mehr als Sex und Geld. Es war die vulgärste Version all dessen, was der Westen an Unterhaltung zu bieten hatte, eine Art fleischgewordenes Super-Illu-Format.

In Stroboskop-Blitzen tanzten halbnackte Gogo-Girls in glitzernden Stringtangas, gerahmt von einem schaukastenförmigen Gestänge. Kellnerinnen, die eindeutig ihrer Oberweite wegen ausgesucht worden waren, paradierten in weißledernen Mini-Mini-Röcken mit Fransenstiefeln und Tabletts voll bunter Cocktails. Auf verschiedenen Ebenen und Tanzflächen watete das Fußvolk tranceartig durch den knietiefen Trockeneisnebel und trat sich massenweise auf die Zehen, während ein überkandidelter DJ markerschütternde Parolen ausstieß, die von der Menge johlend aufgenommen wurden. Kreuz und quer durchkämmten Lasergarben das dampfend dunstige Gewimmel, unterbrochen von grellen Lichtgewittern und rasant geschnittenen Videoprojektionen von einem Wet-T-Shirt-Wettbewerb.

Während Anika Evernich sich mit journalistischer Hingabe ins Getümmel stürzte, zogen HC und ich uns in eine mit Schwarzlicht beschienene Bar-Nische zurück, wo wir für unseren Begrüßungs-Getränkegutschein irgendein fluoreszierendes Zeug erhielten, das so zuckersüß und hochprozentig war, daß man zu den Zahnschmerzen, die es verursachte, die Betäubung gleich mitverabreicht bekam. Wir wollten gewiß keine Spielverderber sein (das heißt, HC schon, aber ich nicht), doch uns wurde an diesem Abend ohne Worte klar, daß der Siegeszug des Systems, aus dem wir kamen, mit seiner Barbarisierung einherging: Je weiter es sich ausbreitete, desto primitiver wurde es. Solange der Osten real existierte, hatte der Westen, wie es schien, noch einen gewissen Anstand zu wahren versucht. Die Zeit war vorbei.

HC und mich hielt hier nicht einmal das Freigetränk. Wie auf ein Kommando ließen wir unsere Begrüßungscocktails stehen und ergriffen die Flucht. Dabei gelang es mir noch, mich zu Anika Evernich durchzuschlagen, die an einem Stehtisch voller Longdrinks irgendeinen Ost-Promi interviewte, der in einem fort immer nur »subba« schrie. Ich wollte mich von ihr verabschieden, brachte es aber nicht über mich, aus Leibeskräften in die süße, zartgeformte Ohrmuschel zu brüllen, die sie mir zuwandte, und beschränkte mich auf Zeichensprache. Doch so sang- und klanglos wollte sie HC und mich nicht gehen lassen. Resolut bahnte sie sich und uns den Weg bis vor den Eingang und bestand darauf, uns nach Hause zu bringen, falls wir kein Taxi bekämen. Unter normalen Umständen hätte ich diese Kavaliersgeste von einer Frau eher amüsant gefunden. Aber durch unser »Mega-Disco«-Erlebnis war ich in meinem Glauben an das Gute im Menschen dermaßen erschüttert, daß mich Anika mit ihrer fürsorglichen Art geradezu rührte, auch wenn sie keinen Zweifel daran ließ, daß sie uns nur kurz zu Hause abliefern und sofort wieder hierher zurückrasen würde. Das sei absolut nicht nötig, wurde ich nicht müde zu beteuern, wir fänden bestimmt jemanden, der in die Stadt fuhr und uns mitnehmen würde. Doch Anika ließ nicht locker, und so entspann sich im altmärkischen Matsch vor dem Gehirnwäschepalast noch eine rege Diskussion über Geschlechterrollen in Ost und West, wobei mir Anika Evernich als Tochter eines ehemaligen Kaderpolitikers rhetorisch klar überlegen war.

Und dann passierte es: Ein Taxi kam, und Doreen stieg aus.

Ich wußte zu diesem Zeitpunkt nicht, wer sie war, wie sie hieß und wo sie herkam. Ich hatte sie noch nie gesehen und auch nicht damit gerechnet, einer Frau wie ihr zu begegnen, schon gar nicht in Stendal. Was sie anhatte (irgend etwas Rotes, eine Jacke, eine Seidenbluse, einen Schal), nahm ich nur am Rande wahr. Alles verschwand angesichts ihres Blicks, ihrer kastanien-mandel-kaffeebraunen Augen, die mich nach der ganzen zur Schau gestellten Disco-Coolness durch sämtliche inneren Schutzschilde hindurch mit ihrer Wärme berührten. Doreen kam wie auf mich zu, offen und unverstellt, in ihrem Gesicht spiegelte sich ein Wiedersehen, das gar nicht sein konnte. Ich wollte etwas sagen, ich hatte das Gefühl, etwas sagen zu müssen, eine Zauberformel, die mir entfallen war, doch es schien nicht nötig zu sein. Denn sie schenkte mir im Vorbeigehen ein Lächeln, als wüßte sie, wie sehr sie mich mit ihrem Blick getroffen hatte. Dann verschwand sie zwischen den beiden Türstehern im Zelt. Eine Weile sah ich ihr nach, fassungslos und unansprechbar. Ich konnte nichts sagen, nichts tun, ich stand einfach nur da und fühlte mich ganz unmetaphorisch vom Blitz getroffen. Dann stiegen HC und ich in das Taxi und fuhren nach Hause.

Während wir über die Feldwege zuckelten, überlegte ich unentwegt, ob ich nicht auf der Stelle umkehren sollte, um diese Frau aus dem Amüsier-Moloch herauszuholen, bevor es zu spät war. Rettungs- und Erlösungsphantasien schossen mir durch den Kopf. Doch selbst in meinem unzurechnungsfähigen Zustand hielt ich diese Szenarien für wenig realistisch. Außerdem war es mir peinlich vor HC, dem ich nur schwer erklären konnte, was auf einmal mit mir los war. (Zwei, drei Stunden später erklärte ich es ihm dann ausgiebig, und zwar nicht nur einmal, sondern immer wieder – aber da waren wir längst zu Hause und in Sicherheit.)

Ich fühlte mich wie ein Fall für die Bitte-melde-dich-Rubrik im MDR-Nachtprogramm, wo Anrufer stammelnd ihre Begegnung mit der Frau ihrer Träume schildern konnten, die sie im entscheidenden Augenblick eben nicht angesprochen oder nach ihrer Telefonnummer gefragt hatten. Offenbar fiel es den meisten Männern leichter, sich hinterher vor aller Welt zum Narren zu machen, als im Beisein ihrer Angebeteten ein persönliches Wort über die Lippen zu bringen. Doch vielleicht gehörte gerade das zur Idee der romantischen Liebe, an die ich eigentlich nicht glaubte. Vielleicht waren diese Nöte und Hindernisse, meine ganzen Wenn-doch-bloß- und Hätt-ich-nur-Qualen ein wesentlicher Bestandteil dieses vollkommen unzeitgemäßen Gefühls, von dem ich nie gedacht hätte, daß es mich erwischen würde, nach so vielen spielend leichten Eroberungen und Kurzabenteuern ohne Konsequenzen. Doch auf einmal schien es mir, als müßte es auf der Welt noch etwas anderes geben als Abzocke und Sex. Ich war reif für Romantik, für eine Leidenschaft ohne Gegenleistung, einen echt schlechten Tausch.

Die nächsten Tage und Nächte lief ich durch Stendal mit Doreens Phantombild auf meiner Netzhaut, immer in der Hoffnung, die Entsprechung dafür zu finden, immerzu auf der Suche nach ihr. Sogar während der Vorstellungen passierte es mir, daß ich den Blick unwillkürlich über die dünnbesetzten Zuschauerreihen schweifen ließ, um vielleicht, plötzlich, ihren braunen Augen zu begegnen. Unterdessen löste sich meine Erinnerung an sie in Einzelteile auf wie ein zu oft auseinandergefaltetes Foto. Ich hatte das eine oder andere Detail noch plastisch vor Augen – ihre Lippen, ihren Mund, ihre langen, glatten, unbeschreiblich braunen Haare –, sah aber Doreen nicht mehr im Ganzen vor mir, sondern erinnerte mich nur noch an das Gefühl, sie zu sehen, an die warme Welle, die mich bei unserer Begegnung überwältigt hatte, an die Wucht und Eindringlichkeit ihres Augenaufschlags. (Genaugenommen hatte ich mich nicht auf den, sondern in den ersten Blick verliebt.) Ich mußte sie finden, sie sehen, und sei es auch nur aus der Ferne, um wenigstens mein Gedächtnis aufzufrischen. Ich verfiel sogar auf die Idee, nach dem Taxifahrer zu fahnden, der sie in die Disco gefahren hatte und uns zurück in die Stadt – es gab in Stendal nicht so viele aufregende Frauen, als daß er Doreen hätte verwechseln können. Doch ich fand ihn an keinem Taxistand und verlor irgendwann auch den Glauben daran, daß er mir – selbst wenn er sich erinnerte – verraten würde, wer diese Frau war. Die Lage schien aussichtslos.

In meiner Verzweiflung wandte ich mich an Anika Evernich, die schließlich alles wußte und jeden kannte, obwohl es nicht die feine Art war, eine Frau nach einer anderen Frau auszufragen. Doch ich hatte Glück: Anika Evernich nahm meine Nachforschungen nicht nur kumpelhaft gelassen, es stellte sich heraus, daß ich an genau die Richtige geraten war, denn Doreen und sie waren Schulfreundinnen seit jeher. Noch dazu schien Anika es geradezu gewöhnt zu sein, daß sich die Männer bei ihr nach Doreen erkundigten, was mir einerseits die Recherche erleichterte, andererseits einen leichten Stich versetzte. Auch als Romantiker mußte ich damit leben, daß die Geschmäcker nicht so verschieden waren, wie man meinen sollte, und andere Männer ebenfalls Augen im Kopf hatten.

Die schöne Unbekannte hieß Doreen Däscher und war tatsächlich Stendalerin. Bis vor einem halben Jahr hatte sie hier in der Stadt bei ihren Eltern gelebt. Ihre Mutter war Lehrerin, ihr Vater Ingenieur mit einem weitgehend selbstgebauten Haus am Stadtsee. Anika zögerte nicht, mir die Adresse zu nennen, ich brauchte sie nicht einmal darum zu bitten. Nach der Wende war Doreen auf gut Glück in den Westen gegangen, wo sie zunächst als Putzfrau bei einer Hamburger Geschäftsbank jobbte, bis sie von einem wohlmeinenden Abteilungsleiter »entdeckt« wurde und einen Ausbildungsplatz als Bankkauffrau erhielt. Nach Stendal kam sie nur noch jedes zweite Wochenende, um ihre Eltern und Freunde zu besuchen – aus dem Grund waren wir uns in diesem überschaubaren Städtchen nie über den Weg gelaufen. Über ihr Hamburger Leben konnte mir Anika wenig sagen. Die peinliche Frage, ob Doreen zur Zeit in festen Händen sei, ersparte ich ihr und mir. Meine Absichten waren ohnehin beschämend leicht zu durchschauen.

Gerne hätte ich Anika gezeigt, wie sehr ich ihre Hilfsbereitschaft zu schätzen wußte, schon allein, um mich nicht nahtlos in die Reihe der Doreen-Verehrer einzufügen, die sie nur schnöde ausquetschten und weiter nichts von ihr wissen wollten. Doch mir fiel auch nichts Besseres ein als das floskelhafte Versprechen, mich bei Gelegenheit zu revanchieren. Anika winkte lächelnd ab und sagte nur, falls ich jemandem etwas Gutes tun wollte, sollte ich doch meine nächsten Gäste bei den Däschers einquartieren, sie würden neuerdings in der Altmark-Zeitung Fremdenzimmer inserieren. Sprach's und ließ mich stehen.

Schwer zu sagen, ob sie mich damit auf eine Idee bringen wollte oder vielleicht sogar ein heimliches Spiel mit mir spielte. Anika wirkte auskunftsfreudig, geradezu freimütig und alles andere als berechnend. Doch mit diesem Hinweis hatte sie eine Spur gelegt, der ich schlechterdings nachgehen mußte. Noch am selben Tag stattete ich Familie Däscher unter dem Vorwand, den sie mir geliefert hatte, einen Besuch ab. Ich berief mich auf ihre Annonce und gab vor, mir die Fremdenzimmer einmal ansehen zu wollen.

Es war Frau Däscher, die mir an diesem Nachmittag die Tür öffnete, eine freundliche, arglose, kulturinteressierte Frau, die mich nach kurzem Zögern als einen der jungen Schauspieler erkannte, die sie in dieser Saison schon ein, zwei Mal auf der Bühne gesehen hatte. (An einen falschen Namen war also nicht zu denken.) Ihre Töchter, erklärte sie mir bereitwillig, seien beide aus dem Haus, deswegen hätten sie und ihr Mann beschlossen, den freien Platz sinnvoll zu nutzen. Es handele sich allerdings eher um Mädchenzimmer, fügte sie fast entschuldigend hinzu, während sie mich an einer Reihe von Kinder- und Jugendbildern entlang die Treppe hinaufführte. Sie zeigten Doreen mit ihrer größeren Schwester bei Familienfeiern, am Seeufer, bei den Pionieren, auf einem Schulfest der EOS, beim Tanz … Ich konnte im Vorbeigehen gar nicht genug von diesen Eindrücken aufsaugen. Nie hätte ich gedacht, daß ich Doreen, der Unerreichbaren, einmal so nahe sein würde! Dann kamen wir zu den Schlafzimmern.

Es war leicht zu erraten, welches der beiden Zimmer Doreen gehört hatte, nicht nur weil ihr als der jüngeren Schwester ein paar Quadratmeter weniger zustanden. In dem zur Hälfte ausgeräumten Bücherregal fanden sich neben ihrer Schullektüre und einigen Mädchenbüchern mehrere Einführungen in Betriebswirtschaft und Bankenwesen sowie ein Schnellkurs zur Technik der doppelten Buchführung. (Das Interesse ihrer älteren Schwester hingegen ging deutlich in Richtung Medizin.) Ich hoffte auf einen unbeobachteten Moment, um eines ihrer alten Bücher aufschlagen zu können und auf der ersten Seite in ihrer Mädchenhandschrift zu lesen: »Dieses Buch gehört Doreen Däscher.« Doch dazu kam es nicht.

Falls Anika Evernich mich mit ihrem Übernachtungstip auf eine bestimmte Fährte locken wollte, war ihr das gelungen. Es ging ein Zauber aus von der Vorstellung, daß Doreen hier in diesem Bett geschlafen und geträumt, an diesem Schreibtisch gesessen, aus diesem Fenster gestarrt hatte, daß diese alten Schränke, Truhen und Kisten geradezu überquollen mit persönlichen Dingen, deren Bedeutung für sie nur noch Erinnerung war. Ihre Hamburger Wohnung hätte mich nicht halb so sehr interessiert. Es handelte sich bei diesem Zimmer um das Zurückgelassene, fast Vergessene, und es lag eine besondere Wehmut darin, daß Doreen all das schon nicht mehr war, schon nicht mehr sein wollte. Es schien, als hätte ich auf einmal Zutritt zu ihrer Kindheit und Jugend, zu dem Gedächtnis der Dinge. Noch nie hatte ich einen Menschen so kennengelernt, nie eine solche Nähe verspürt zu einer im Grunde Wildfremden und dem Mädchen, das sie einmal war.

»Für wann und für wen möchten Sie das Zimmer denn«, erkundigte sich Frau Däscher vorsichtig und riß mich aus meinen

Tagträumen. Ich war selbst überrascht, als ich mich antworten hörte, »für mich«, und fügte rasch hinzu, »ich schlafe zur Zeit sehr schlecht in meiner Wohnung, direkt am Stendaler Ring, LKW-Durchgangsverkehr pausenlos, Sie wissen schon. Ich kenne inzwischen jedes Schlagloch, jeden Gullideckel auf der Strecke und die genauen Abstände dazwischen, da-damm, da-da-damm, so geht das die ganze Nacht. Ich bekomme seit Wochen kein Auge mehr zu.« Das war nicht einmal gelogen, auch wenn der Grund meiner Schlaflosigkeit ihre Tochter war.

Frau Däscher sah mich an, als wüßte sie nicht, ob sie es nun mit einem lärmempfindlichen Psychopathen oder einem verwöhnt-verkorksten Muttersöhnchen aus dem Westen zu tun hatte.

»Es geht nur um ein paar Tage, bis ich eine neue Wohnung gefunden habe«, beeilte ich mich, ihre Bedenken zu zerstreuen, »aber ich muß einfach mal wieder durchschlafen und brauche ein ruhiges, möbliertes Zimmer, am besten ab sofort.«

Doch offenbar zögerte Doreens Mutter nicht deshalb, weil sie befürchtete, in ihrem eigenen Hause von nun an auf Zehenspitzen gehen zu müssen. Vielmehr beschäftigte sie die Frage, ob denn ein Mädchenzimmer das richtige sei für einen jungen Mann wie mich. Diese Sorge nahm ich ihr gern.

Wir einigten uns auf drei Nächte zu einem vergleichsweise fairen Preis. Rechtzeitig vor dem Wochenende wollte ich wieder verschwunden sein für den Fall, daß Doreen zu Besuch kam. Von ihr hier angetroffen zu werden, in ihrem Elternhaus, als Untermieter in ihrem Zimmer, war zu riskant. Sie hätte mich sofort durchschaut. Außerdem ging es mir längst nicht mehr darum, sie um jeden Preis wiederzusehen, es ging mir um ihre Geschichte.

Nach all den Jahren konnte ich nicht mehr mit Bestimmtheit sagen, wer von uns beiden die Idee gehabt hatte, Doreen nicht einen Brief oder ein Gedicht, sondern gleich einen ganzen Roman zu schreiben, HC oder ich. Die Vermessenheit dieses Vorhabens klang eher nach mir bzw. nach dem Menschen, der ich damals war – eher ein Nicht-Ich nach meinem heutigen Empfinden. Vermutlich hatten wir die Köpfe zusammengesteckt und uns gemeinsam in diese Sache hineingesteigert. Doch wer auch immer die treibende Kraft gewesen sein mochte, ich wußte genau, daß es mir mit dieser Doreen-Geschichte von Anfang an weniger ernst gewesen war als ihm – oder ernst auf andere Weise. Mir war es wichtig im Augenblick, ihm bedeutete es etwas auf Dauer, und je eindringlicher HC davon erzählte, desto deutlicher wurde dieser Unterschied. Im Gegensatz zu ihm hatte ich seit Jahren nicht mehr an diese Liebesgeschichte gedacht. Und ich hoffte sehr, daß auch Lisa das registrierte, daß sie begriff, in wessen Träumen Doreen eigentlich eine Rolle spielte.

Der wahre Romantiker von uns beiden war nicht ich, sondern HC. Anders als die wohlfeilen Versuchungen der Wendezeit schien ihn meine sublime Leidenschaft für Doreen unbedingt zu interessieren. Ich mußte ihn stets auf dem laufenden halten, nicht nur über Doreen und die neuesten Einblicke in ihr Leben, sondern auch über meine literarischen Fortschritte. Er wollte alles wissen, alles lesen, und ich verheimlichte ihm nichts. Irgendwie beflügelte es mich, die Rauschzustände des Schmachtens und Schreibens mit ihm zu teilen, ebenso wie er mir einen gewissen Halt gab bei meinen Abstürzen in Erschöpfung und Depression.

HC war mein ständiger Begleiter auf der Reise in Doreens Vergangenheit, wir erlebten diese Liebesgeschichte weitgehend zusammen. Doch in einem wesentlichen Punkt täuschte er sich (er mußte sich vielleicht sogar täuschen, weil er Staatsanwalt und kein Schauspieler war): Unsere Roman-Idee war nicht der

Beginn oder höchste Ausdruck einer romantischen Liebe, sondern in Wahrheit ihr Ende. Von diesem Moment an war Doreen nicht mehr die unfaßbare Frau, die mich mit einem Blick in ihren Bann gezogen hatte, sie war eine Figur und meine Annäherung an sie ein Projekt. Unsere Begegnung, ihre Geschichte, meine Gefühle wurden zum Material in einem gelebten Experiment, einer Operation am offenen Herzen. Ich begehrte Doreen darum nicht weniger, sondern suchte ihre Nähe, jede Spur von ihr, mit noch größerer Entschiedenheit. Doch ich fühlte mich auf einmal nicht mehr als Opfer, als der Getriebene dieser Leidenschaft, ich trieb und schrieb sie an. Kein Schmerz, keine Enttäuschung konnte zu groß für mich sein, auf einmal konnte ich alles ertragen, denn ich wollte davon erzählen. Es war, als stünde ich auf der Bühne, aber mitten im Leben, als wäre ich der Held und erste Zuschauer meines eigenen Films. Ich war nicht nur ich, sondern gleichzeitig das Alter ego in meiner Geschichte, ich und er. Und je mehr ich schrieb, desto weniger spürte ich den Unterschied. Zwischen der ersten und dritten Person lag bloß ein Wimpernschlag, nicht nur am Schreibtisch, sondern in allem, was ich sagte und tat.

Jemandem, der nie gespielt hatte, war das schwer zu erklären. HC sah nur, wie und was ich schrieb, über Doreen, für Doreen, und er verstand es als Zeichen der Hingabe, als eine geradezu altertümliche Art, Minne zu machen und ihr meine Liebe zu erklären. Ihm war der Gedanke zu fremd, zu verrückt, daß es nicht nur Fiktion war nach einer wahren Geschichte, sondern daß die Geschichte selbst dadurch unwahr, selbst zur Fiktion wurde. Schreiben war für mich die Verwandlung wirklicher Empfindungen und Erfahrungen in ihre Möglichkeit und umgekehrt, ein von ganzem Herzen schauspielerischer Akt, eine Gefühlswelt, die nur existierte, solange ich daran glaubte.

Seltsamerweise glaubte HC fester daran als ich. Für ihn war

und blieb es eine Liebesgeschichte, mit Betonung auf Liebe, nicht auf Geschichte. Nüchtern betrachtet war diese Roman-Anmaßung nichts anderes als ein reichlich verstiegener, originell-sein-sollender Flirtversuch gewesen, der sich von den Avancen der übrigen Doreen-Verehrer abheben sollte. Es wunderte mich, daß HC dies mit seinem staatsanwaltlichen Scharfsinn nicht längst durchschaut hatte.

Der Roman, auf den er sich berief wie auf ein wichtiges Beweisstück, hatte vor allem in unseren Köpfen existiert. In Wirklichkeit war ich über die ersten fünfzig Seiten nicht hinausgekommen. Selbst bei wohlwollender Betrachtung handelte es sich allenfalls um einen Anfang, der wie abertausend andere Romananfänge prädestiniert war, irgendwo in irgendwelchen Schubladen zu versauern. Ich war viel zu sehr Schauspieler, um nicht auch am Schreibtisch zu spielen. Ich durchlebte die Dinge, indem ich sie schrieb. In dem Augenblick, in dem ich sie zu Papier brachte, waren sie gegenwärtig – greifbar, fühlbar, wirklicher als die Wirklichkeit. Wenn ich mir aber am nächsten Morgen durchlas, was ich geschrieben hatte, war davon nicht mehr viel zu spüren. Ich war kein Autor, ich verstand nichts vom Schreiben und Bleiben, ich schrieb Feuer und las Asche, ich lebte im Erzählen, doch das Erzählte lebte nicht.

In Doreens Zimmer hatte mich das Gefühl der Heimlichkeit und Nähe angespornt. Halbe Tage, ganze Nächte lang hockte ich an ihrem Schreibtisch, schaute hinaus auf die Trauerweiden am Ufer des Stadtsees, die Plattenbausiedlungen gegenüber, den traurigen Kleintier-Zoo am äußersten Uferbogen und schrieb, als wäre ich mit all diesen Dingen verbunden. Ich schrieb ohne Unterlaß und brauchte – entgegen meiner Ankündigung – fast gar keinen Schlaf. Während Herr und Frau Däscher sich bemühten, möglichst leise zu sein, wurde ich nicht müde, sie zu belauschen, um all die Stimmen und Geräusche in mich aufzunehmen, die Doreen von jeher umgeben hatten, die Ruhe und Unruhe zu jeder Stunde des Tages. Immer deutlicher wurde das Flüstern der Vertrautheit, die vielstimmige Stille ihres Elternhauses nach den letzten Lebenszeichen der Zubettgegangenen. Mehr und mehr lernte ich die Geräusche in der Dunkelheit zu unterscheiden, das Gurgeln der Wasserleitungen, das Knacken der Heizungsrohre, das Knarren der Treppenstufen, die sich nach dem Rauf und Runter des Tages wieder ausdehnten und ächzten in der Nacht. Die Stille in Doreens Zimmer war ein großer, gewaltiger Chor, der nicht an den Mauern endete, sondern sich fortsetzte im rhythmischen Klappern des alten Gartentors, das nicht mehr schloß, in den synkopischen Schlägen der kurzen, leckenden Wellen am Steg, dem Wind in den Weiden und den verlorenen Balzrufen der exotischen Vögel in den Volieren auf der anderen Seite des Sees. Und ich war der einzige Mensch, der das kannte, der wußte, wie sie klang, diese äußerste Einsamkeit mit vierzehn, wenn man zum ersten Mal entdeckt, daß man allein auf der Welt ist.

Ich war bei ihr.

Doch diese Nähe wurde rasend schnell Erinnerung und entzog sich mir, als ich in meiner Wohnung weiterzuschreiben versuchte, wo sich nichts getan, nichts verändert hatte, außer daß ich neuerdings wirklich die LKW über die Schlaglöcher und Gullideckel des Stadtrings rattern hörte und schlechter schlief denn je. Eine Weile zehrte ich noch von der Fülle der Eindrücke aus Doreens Vergangenheit, dem Nachgeschmack meines Aufenthalts in ihrer Kindheit. Ich hatte nach wie vor den herbstlich sumpfigen Geruch des Sees in der Nase, der mit dem Morgennebel durch das halboffene Fenster stieg, die unverkennbaren Ausdünstungen von PVC in der neonerleuchteten Küche, wo mir Frau Däscher das Frühstück bereitstellte mit Kaffee aus einer alten Plaste-Thermoskanne und einem weichgekochten Ei unter einer selbstgehäkelten Kapuze. Sie und ihr Mann mußten morgens beide früh raus und verließen das Haus, lange bevor ich aufstand. Wie von fernher hörte ich noch das Echo ihrer Stimmen im Flur, ihre kurzen, praktischen Sätze, die Art und Weise, wie sie sich anredeten und schwiegen. Doch obwohl HC mich immer wieder, immer weiter ermunterte, schrieb ich mich allmählich leer.

Als Doreen das dritte Wochenende in Folge nicht kam, fing ich an zu zweifeln, ob ich mit meinem Geschreibsel jemals etwas bei ihr erreichen oder auch nur zu ihr durchdringen würde. Sie hatte ihr Leben in Hamburg und schaute nach vorne, was sonst. Die Geschichten, die sie interessierten, spielten in der Zukunft, nicht in der Vergangenheit. Ich war zu müde, zu erschöpft, um mich länger darüber hinwegzutäuschen, daß ich mich in ihren Augen nur lächerlich machte. Wie hatte ich mir das eigentlich vorgestellt? Wollte ich eines Tages an ihrer Tür klingeln, das fertige Manuskript in den Händen, und zu ihr sagen: »Hier, für dich«? Alles Mögliche hatten HC und ich uns ausgemalt, nur nicht diesen einen unausweichlichen Moment, in dem ich mit meinem Machwerk vor der Frau stehen würde, für die es bestimmt war, und ihr den Unterschied erklären mußte zwischen einem Romantiker und einem Freak.

Es verging noch einmal mehr als ein Monat, bis ich Doreen in Stendal tatsächlich traf und sprach. Sie zeigte sich keineswegs so unnahbar und abweisend wie befürchtet. Als ich ihr nach ein, zwei Campari-Orange von dem Roman erzählte, lachte sie mich nicht aus, sondern schien eher geschmeichelt, fast sogar gerührt. Doch da war es schon zu spät. Ich hatte das Projekt längst aufgegeben.

Eher halbherzig und ohne echtes Zutrauen hatte ich die Recherche nach meinem Aufenthalt bei Familie Däscher fortgesetzt. Außer Anika Evernich kannte ich niemanden, an den ich mich wenden konnte. Von ihr als Doreens ehemals bester Freundin erhoffte ich mir die fehlenden Geschichten und Puzzlestücke zu den Bildern ihrer FDJ-Zeit, den Pioniertreffen mit den sozialistischen Bruderländern am Arendsee, ihrer EOS-Abschlußfeier und weitere Hinweise. Also lud ich sie zum Essen ein und bemühte mich sehr, es so aussehen zu lassen, als würde ich damit mein Versprechen einlösen und mich bei ihr revanchieren. Doreen erwähnte ich mit keinem Wort, ich vermied jeden Anschein, sie auszufragen. Doch das fiel mir nicht schwer. Anika und ich verstanden uns blendend, wir aßen, tranken und redeten bis spät in die Nacht. Sie war eine wunderbare Erzählerin, ich konnte ihr stundenlang zuhören, einfach so. Ein Abend reichte bei weitem nicht aus. Wir trafen uns wieder, bald sogar täglich, wenigstens auf einen Kaffee oder ein spätes Glas Wein, und ich erfuhr dabei Dinge, nicht nur über sie und Doreen, sondern auch über die geschlossene Gesellschaft der DDR, die ich mir nie hätte träumen lassen.

Nach wie vor arbeitete ich an dem Roman, nicht mehr so exzessiv, aber beständig – dank Anikas Erzählungen ging mir der Stoff nicht aus –, bis ich irgendwann merkte, daß ich längst nicht mehr über Doreen schrieb, sondern über sie. Ich war ihr so nahe gekommen, hatte mich so viel mit ihr beschäftigt, so viel an sie gedacht, daß meine Geschichte geradezu zwangsläufig die Wendung nehmen mußte, daß ich mit ihr schlief. Und das tat ich dann auch. Noch bevor ich das entsprechende Kapitel beenden konnte, wurden Anika und ich ein Paar.

Diese sehr reale Liebesgeschichte mit Anika Evernich hatte HC meiner Frau bei seinem Besuch verschwiegen, wobei es mich nicht gerade drängte, sie ihr in ihrem Zustand auch noch zu erzählen – ich wollte die ganz und gar unschönen Gedanken, die HC ihr eingeflüstert hatte, nicht unnötig vermehren. Doch es war diese Realität und nicht die Romantik, die meine weitere

Zeit in Stendal bestimmte. Durch Anika geriet ich tiefer hinein in die Stadt, in das wirkliche Leben, als ich es jemals für möglich gehalten hatte. Mit ihr bewegte ich mich immer häufiger, immer selbstverständlicher in Kreisen, die sich nicht einmal anstandshalber für Theater interessierten. Für diese Leute war ich Anikas Freund, der Mann an ihrer Seite oder auch ihr »Verlobter«, alles, nur kein Schauspieler, und je mehr ich es selber vergessen konnte, um so wohler fühlte ich mich. Das künstlich künstlerische Getue einiger meiner Kollegen wirkte auf mich zusehends befremdend, nichts lag mir ferner als dieses Scheinleben einer Schein-Boheme. Statt dessen machte ich nicht nur Bekanntschaft mit völlig anderen Lebensgewohnheiten, ich machte mit. Das Wochenende in der Laubenkolonie, die Feiern und Besäufnisse in den Datschen und unter freiem Himmel, die Sonntagvormittage bei Gartenarbeit und Flaschenbier, die ganzen Rituale, die ich anfangs belächelt hatte wie bei einem seltenen Völkchen, wurden zum festen Bestandteil meiner Normalität. Ich war ein Stendaler geworden, und diese Annäherung war kein Projekt, sie geschah wortlos und unwiderruflich.

Wenn Anika damals schwanger geworden wäre, wäre mein Leben vollkommen anders verlaufen, und ich hätte es nicht einmal bemerkt.

Es gab tatsächlich Momente des Angekommen- und Angenommenseins, in denen ich mir nicht mehr vorstellen konnte, aus Stendal jemals wieder wegzuziehen. Wenn Anika und ich nach einer Feier oder einem späten Lokaltermin noch eine Runde durch das im Dornröschenschlaf daliegende Städtchen drehten, um dann einzubiegen in unsere spärlich beleuchtete Straße, überkam mich das Gefühl, zu Hause zu sein. Es war eine kleine, enge, mitunter trostlose Welt, doch ich fühlte mich dieser traurigen, von der Geschichte vergessenen Stadt zutiefst zugehörig, ihren Häusern, die immer tiefer im Sand zu versinken schienen, und ihren vier riesigen Kirchen, die in den Nachthimmel ragten wie ein letzter Versuch der Erhebung, verlassen und menschenleer.

Das Ausmaß meiner Anverwandlung an dieses andere Leben erschreckte mich selbst. Während die meisten Kollegen in jeder freien Minute nach Berlin flüchteten, verließ ich oft monatelang die Stadt nicht und verspürte auch kein Bedürfnis danach. Mein Leben war hier. Hier kannte ich jeden und jeder kannte mich.

Als ich in meinem zweiten Jahr nach längerer Zeit wieder zu einem Vorsprechen in den Westen fuhr, kam mir bereits Wolfsburg vor wie eine Metropole, aufregend, glitzernd und bunt. Die Geschäftsleute, die dort ausstiegen und sich auf dem belebten Bahnsteig tummelten, wurden von mir und dem vierschrötigen Baufacharbeiter aus Tangermünde in meinem Abteil mit argwöhnischen Blicken verfolgt, bis er mir nach einem tiefen Seufzer der Mißbilligung zuraunte: »Glaub mir, zehn von neun Wessis, die zu uns rübergekommen sind, kannst du getrost wieder zurückschicken!«

Ich gab ihm recht.

Als mir dann tatsächlich ein neues Engagement angeboten wurde – ausgerechnet in Oldenburg, der Stadt, in der ich aufgewachsen war, an just dem Theater von weiland Hartmut Gehlen – konnte ich es selbst am allerwenigsten fassen. Jahrelang war ich dort zur Schule gegangen und an den Wochenenden durch die Innenstadt gezogen. Jetzt kam ich mir vor wie mein eigener armer Verwandter, der ungläubig den Wohlstand und die Gepflogenheiten dieser weitgehend heilen Bürgerwelt bestaunte, ihre samstäglichen Cafébesuche und Einkaufsbummel, ihren West-Schick, ihre Kunst- und Kulturbeflissenheit. Nichts schien mir fremder.

Daß ich das Angebot nach langem Hin und Her, nach mehreren schlaflosen Nächten mit Anika und allein tatsächlich annahm, war vernünftig, mehr aber auch nicht. Es handelte sich um eine reine Kopfentscheidung, innerlich sträubte ich mich sehr dagegen. Noch lange nachdem ich meinen Vertrag am Oldenburgischen Staatstheater unterschrieben hatte, war ich drauf und dran, dieses Westengagement doch nicht anzutreten, schlicht und einfach nicht hinzugehen.

Der Abschied von der Altmark fiel mir schwer, schwerer als bei allen anderen Stationen, die noch folgen sollten. Anika blieb in Stendal. Sie wollte nicht weg, und ich verstand sie sehr gut. Wir haben uns nie wieder gesehen.

HC hatte seinerzeit kaum einen Hehl daraus gemacht, daß er mich für diese Geschichte verachtete. Er sah in Anika meine Liebesfalle, eine Verlockung, der ich erlegen war. (Nach Stendal kam er nur noch selten, mit ihr verstand er sich nicht gut.) In seinen Augen war ich schwach geworden, ich hatte unsere Idee verraten und war den Weg des geringsten Widerstandes gegangen auf der Suche nach Bestätigung, wie so oft. Meine ganze »Ost-Assimilation«, wie er es nannte, war für ihn nur ein Symptom fehlender Willens- und Charakterstärke, mangelnder Festigkeit. Vermutlich war das der Grund, warum er die Doreen-Geschichte überhaupt erzählt hatte: Er konnte mir einfach nicht verzeihen, daß ich aufgegeben und alles hingeschmissen hatte, ein weiteres Mal.

Nach all den Jahren schien es, als wäre er noch immer tief von mir enttäuscht.

13
Obsklappt

Er war joggen an diesem ungewöhnlich milden Novembertag, der den Geruch von Frühling verströmte und die Tierwelt völlig durcheinanderbrachte, zwitschernde Vögel, tollende Hunde und Spaziergänger mit um die Hüften geschlungenen Jacken. Das welke, verschossene Laub in den Baumkronen des Bürgerparks leuchtete gelb in der Sonne, als würde es aufblühen, nicht verfallen. Die Luft über den Wiesen und Wegen befand sich in einer Schwingung, einer irgendwie aufrührenden Thermik, die ihn ermunterte, noch eine zweite Runde zu laufen, obwohl er am Abend Vorstellung hatte und wußte, wenn er sich zu sehr verausgabte, würde sich das rächen. Um auf der Bühne zu stehen und eine Figur zu spielen, brauchte er so etwas wie einen unerlösten Rest, eine Schlechtigkeit oder innere Spannung, einen Widerstand oder Riß, irgend etwas, das aus ihm herauswollte, herausdrängte. Allzu oft hatte er sich in letzter Zeit mitten im Spiel gefragt, was er hier eigentlich mache, so wenig verspürte er in sich den Wunsch, jemand anderes zu sein. Sein Leben verlief im Einklang mit den Dingen, dem Wachstum seines Kindes und dem sich rundenden Bauch seiner Frau. Die Abgründe und Extremzustände von einst vermißte er nicht im geringsten. Statt dessen joggte er am Rand dieser besseren Bremer Gegend entlang und grüßte die Nachbarn.

Als er mit gut einer halben Stunde Verspätung wieder zu Hause ankam, war seine Frau nicht mehr da.

Er bemerkte ihre Abwesenheit nicht gleich, da sie sich noch einmal hingelegt hatte (bzw. gar nicht erst richtig aufgestanden war) und er sie nicht stören wollte. Am Abend zuvor hatte Lisa zusammen mit ein paar Schauspielerkollegen ein Konzert besucht, den Auftritt irgendeiner Jazz-Pop-Größe aus Großbritannien, die er nicht kannte. Er fand nur, daß es viel zu spät und zu gefährlich war für sie in ihrem Zustand. Allein die Lautstärke, das Menschengedränge, der Rauch, er durfte gar nicht daran denken. Doch ihm war von vornherein klar gewesen, daß er ihr dieses Vergnügen nicht verleiden durfte, denn er hatte gut reden. Auch wenn der Unterschied zwischen Frau und Mann mit der Zeit zu verschwinden schien, der zwischen Mutterwerden und Vaterwerden war gewaltig. Also hatte er sich mit seinen Bedenken und Beschützer-Allüren zurückgehalten und zum Abschied nur gesagt: »Paß auf dich auf!«

Sie war erst um kurz vor eins nach Hause gekommen, müde zwar, aber merkwürdig aufgekratzt, es dauerte mindestens noch eine Stunde, bis sie das Licht ausknipste, wogegen nichts zu sagen war, da sie ihrem Schlaf- und Ruhebedürfnis in den nächsten Tagen ungehindert frönen konnte. Doch insgeheim hatte er einmal mehr gedacht, wie vernünftig es war, daß ihr die Ärzte davon abgeraten hatten, weiterhin auf der Bühne zu stehen. Er wußte zwar, wie sehr ihr die Theaterarbeit fehlte, aber es zeigte sich immer deutlicher, daß ihr Körper diesen Spielraum nicht mehr hergab. Ihr fehlte jener Überschuß an Energie, an innerer und äußerer Beweglichkeit, der einem für die Bühne zu Gebote stehen mußte. Wo bislang ihre Figuren, wo die Vorgänge und Gefühle eines fiktiven zweiten Lebens Platz gehabt hatten, war jetzt das Kind. Und dieser kleine Mensch in ihr forderte seinen Tribut mehr als jede Rolle. Er zehrte von ihr, an ihr, buchstäblicher und sinnbildlicher, als sich sagen ließ. Obsklappt besaß schon jetzt einen gesunden Egoismus und sorgte mit allen biologischen Mitteln dafür, daß seine Bedürfnisse nicht ignoriert wurden. Ob es ums Essen, Schlafen und Verdauen ging, ums Ausruhen oder Aktivsein, er zeigte ihr, was er wollte und was nicht, organisch und unmißverständlich. Mehr als alles andere war er jetzt ihr »Innenleben«.

Für einen Moment vor dem Badezimmerspiegel war er wie paralysiert von der Erkenntnis, daß er bisher immer nur fiktive Geschöpfe hervorgebracht hatte, Obsklappt dagegen war real. Es war das erste Mal, daß etwas, das von ihm kam, wirklich lebte.

Um Lisa nicht zu wecken, duschte er nur kurz. Ihm war nicht entgangen, daß das schnurlose Telefon neben dem Couchtisch auf dem Teppich lag, und dieser Anblick, dieses Bild ging ihm noch einmal durch den Kopf, während er sein Gesicht in den kühlen, prasselnden Wasserstrahl hielt. Doch Telefone und Fernbedienungen mußten in ihrem Haushalt nun mal einiges aushalten, ständig fielen sie von der Couch oder den Sessellehnen. Deswegen dachte er sich nichts weiter dabei, trocknete sich in aller Ruhe ab und schlüpfte in seinen Bademantel, bevor er ins Wohnzimmer zurückging, um das Telefon wieder auf die Station zu legen. Dann erst sah er die hastig dahingekritzelte Nachricht auf dem Notizblock: »Sind im Krankenhaus, bitte melden! Martina«. Darunter stand eine kaum lesbare Handynummer.

Es dauerte einen Moment, bis diese Information eine Schranke in seinem Gehirn überwunden hatte. Er rief ein paar Mal nach seiner Frau, rief laut ihren Namen und schaute in sämtliche Zimmer auf der Suche nach ihr. Sie war tatsächlich verschwunden. Wie und warum – was das betraf, konnte er keinen klaren Gedanken fassen. Statt dessen versuchte er geradezu verzweifelt, sich einen Reim darauf zu machen, wer diese »Martina« war und was sie in ihrer Wohnung zu suchen hatte. Möglicherweise handelte es sich um eine Hebamme oder Putzfrau, die sich seiner Frau vorgestellt hatte, aber mußte er sie kennen? Dieses Rätsel quälte ihn im Augenblick mehr als alles andere.

Mit zittrigen Fingern wählte er die Handynummer, vertippte sich, wählte aufs Neue. Erst als sich die Mailbox meldete, erkannte er die Stimme von Frau Kublitschek. Offenbar war sie gerade in der Nähe gewesen, als Lisa Hilfe brauchte. Seit wann nannten sie sich beim Vornamen?

Er hinterließ keine Nachricht, sondern versuchte es gleich noch einmal unter derselben Nummer, in der Hoffnung, sie direkt zu erreichen. Beim dritten Versuch nahm Frau Kublitschek ab.

»Was ist passiert«, fragte er atemlos, ohne ihr Zeit für eine Antwort zu lassen, »wo ist sie? Wie geht es ihr?« Ihm war, als könnte er im Hintergrund jemanden stöhnen hören, seine Frau oder eine Frau, es klang nicht nach Lisa. Doch vielleicht lag das auch an der schlechten Verbindung.

Was Frau Kublitschek ihm mitzuteilen hatte, erreichte ihn nicht. Ihre Worte rauschten an ihm vorbei, er registrierte nur ihren Tonfall, diese auf immer dieselbe Weise absinkende Satzmelodie, die vermutlich beruhigend auf ihn wirken sollte, aber genau den gegenteiligen Effekt hatte. Er konnte ihr kaum zuhören.

Zweimal mußte er sich von ihr erklären lassen, um welches Krankenhaus es sich handelte, um welche Station, im wievielten Stock. Auch nachdem er aufgelegt hatte, mußte er es sich immer wieder vorsagen wie eine mathematische Formel, die es zu bimsen galt ohne Sinn und Verstand. Hektisch zog er sich an, kämpfte mit einem widerspenstigen Strumpf, den er dann einfach in die Ecke warf, und rannte mit offenen Schuhen zum Wagen. »Nehmen Sie sich ein Taxi«, hatte ihm Frau Kublitschek geraten, »lassen Sie sich hinfahren, das ist sicherer. Auf die paar Minuten kommt es nicht an!« Doch er hätte es niemals fertiggebracht, jetzt auf ein Taxi zu warten und weiter nichts zu tun. Also setzte er sich hinters Steuer und fuhr los. Die roten

Ampeln nutzte er, um sich die Schuhe zuzubinden. Er brauchte mehrere Versuche. Seine Finger gehorchten ihm nicht. Als er das Lenkrad wieder umfaßte, traten seine Knöchel beinweiß hervor.

Die ganze Zeit hatte er sich bemüht, auf die Katastrophe gefaßt zu sein. In ihrem Alter mußten sie mit allem rechnen, das war der Preis der Erst-die-Karriere-dann-die-Kinder-Familienplanung. Vom ersten Tag ihrer Schwangerschaft an war er streng mit sich selbst gewesen in seinem Glück und hatte versucht, sich nicht zu früh, nicht zu sehr zu freuen, auch wenn das schwerfiel. Immer wieder zwang er sich zu dem Gedanken, daß dieses Wunder genauso plötzlich zu Ende sein konnte, wie es begonnen hatte.

Er wußte um die Gefahr, vom Moment der Empfängnis an, und hatte jedem embryonalen Entwicklungsschritt zugeschaut wie ein Gott mit gebundenen Händen. Alles – auch das Natürlichste, Organischste – geschah wie unter ärztlicher Aufsicht, begleitet von den Träumen und Ängsten zweier erwachsener Menschen, während dieser winzige Zellhaufen, der sich in der Gebärmutter einnistete, einfach nur da war und wurde. Schon in den ersten Wochen, in denen Paare, die sich auf natürlichem Wege fortpflanzten, meist noch nichts ahnten von ihrem Glück, hatten sie beide bereits gehofft und gebangt um den kleinen weißen Punkt in der Fruchtblase, der auf dem Ultraschallbild nur mit viel Phantasie zu erkennen war. Während andere, natürlich werdende Eltern noch völlig sorglos und unbekümmert ihr altes Leben weiterlebten, lief für sie längst die aufregende, aufreibende Zeit des größten Fehlgeburtsrisikos, in der ein heftiges Niesen genügte, in der eine falsche Bewegung beim Recken und Strecken auf dem Sofa oder das Anheben eines schweren Einkaufskorbs das Aus bedeuten konnte für ihren langgehegten Traum: das Ende einer mikroskopisch kleinen

Welt, deren Ab- und Untergang von Mutter Natur, die in diesen Dingen weniger zimperlich war, oft kaum bemerkt wurde.

Damals hatte er geglaubt, gut darauf vorbereitet zu sein. Bei jedem Handyklingeln, jedem Anruf seiner Frau rechnete er mit dem Schlimmsten. Er war dankbar für alles, was nicht passierte, für die Ruhe und Ereignislosigkeit, die dem keimenden, immer komplexer werdenden Leben im Bauch seiner Frau Gelegenheit gab, sich zu festigen. Wenn sie nachts das Licht löschten und einschliefen wie zu dritt, war das für ihn das größte Geschenk. In der siebten Woche endlich – er zählte die Tage, wenn nicht gar Stunden, wo andere nach Monaten fragten – hatten sie auf dem Ultraschall-Monitor zum ersten Mal den Herzschlag gesehen, diesen schnell puckernden Punkt in einem mondbleichen, durchscheinenden, daumennagelgroßen Wesen, das zu gleichen Teilen aus Kopf und Körper zu bestehen schien und in der Fruchtblase umherschwamm wie in völliger Schwerelosigkeit.

Er hatte lachen müssen über diesen fidelen kleinen Taucher mit dem rasenden Herzen, der nicht stillhielt, während der Frauenarzt einen geeigneten Moment für ein aussagekräftiges Ultraschallbild abzupassen versuchte. Er mußte lachen über so viel Lebendigkeit und seine Frau auf dem Gynäkologenstuhl lachte mit, leise, kaum hörbar, doch auf dem Monitor sah es aus wie ein Seebeben, das den kleinen Taucher herumwirbelte, ihn wild auf und ab hopsen ließ. Es war ihr erstes Familiengelächter.

Dennoch, auch nachdem er den Herzschlag des kleinen Mondmenschen gesehen hatte und sich als Erzeuger dieses fragilen, flackernden Lebens fühlen durfte, behielt er eine gewisse Reserve. Er biß vor Freude die Zähne zusammen und wappnete sich für den Schmerz, der – wie er wußte – nicht kleiner werden, sondern immer weiter zunehmen würde mit dem Jauchzen, das in ihm wuchs. Der überwältigenden Zuversicht, die er von Woche zu Woche verspürte, steuerte er mit einer selbstverordneten Skepsis entgegen. Kein Mensch, schon gar nicht seine Frau, durfte von seinen Zweifeln wissen, doch sie sollten ihn in die Lage versetzen, stark zu sein für sie beide, falls das Unaussprechliche geschah. Niemals, schwor er sich, sollte ihm das Schlagen dieses Herzens selbstverständlich werden.

Seine Frau hatte längst andere, passendere »Bauchnamen« für das Kind unter ihrem Herzen ausgesucht (schließlich, fand sie, hatte es ja geklappt), doch er war im Geiste bei »Obsklappt« geblieben, und zwar so konsequent, daß er jedesmal für den Bruchteil einer Sekunde zögerte, ehe er einen der Neck- und Kosenamen verwendete, die seine Frau bevorzugte. Er wollte einfach nicht die letzte innere Vorsicht aufgeben, wollte sich nicht zu sicher sein, wenngleich die verschiedenen vorgeburtlichen Tests allesamt gut verlaufen waren: die Nackenfaltenmessung mit den üblichen statistischen Ungewißheiten und auch die Fruchtwasseruntersuchung, die so etwas wie die finale Hürde zu sein schien.

Er hatte kaum hinsehen können, als der Arzt mit der Hohlnadel in die Fruchtblase stach, um seiner Frau Fruchtwasser zu entnehmen, mitsamt den darin enthaltenen Zellen des Ungeborenen, die anschließend auf Chromosomen-Schäden untersucht wurden. Voller Entsetzen hatte er auf den Überwachungsmonitor gestarrt, die Fingerkuppen auf die Lippen gepreßt, wie um zu verhindern, daß er auf- oder losschrie, während der kleine Schwimmer mit hastigen Bewegungen von der Nadelspitze wegruderte, instinktiv zurückwich vor der Gefahr, die ihn mit einem Mal heimsuchte in der Geborgenheit seiner Wasserwelt. Es war das erste Eindringen einer äußeren Realität in die Wärme und Weichheit, die ihn schützend umgab, und er schien dem Tod so nahe zu sein in diesem Moment, so in Aufruhr über diese Verletzung seiner ureigenen Sphäre, daß alles hätte passieren, alles hätte vorbei sein können. Ein bis zwei Frauen von zweihundert verloren bei dieser Art der Untersuchung ihr Kind. Er hatte Tränen der Erleichterung in den Augen, als der Eingriff abgeschlossen war, von dem er sich fragte, wie er ihn jemals hatte zulassen können. Der Befund war ihm längst völlig egal, darauf kam es nicht an, er war zutiefst erschüttert, aufgewühlt, überwältigt von dem Gefühl der Todesnähe und des Entronnenseins. Der kleine Taucher hatte überlebt. Sie hatten es überstanden, alle drei. Und das machte sie unzertrennlich.

Nach der Fruchtwasseruntersuchung war jeder Zweifel nur noch Theorie. Das Gefühl des Überlebens hatte ihm eine unbeirrbare Zuversicht eingeflößt, kein Urvertrauen, wohl aber eine späte Gewißheit, daß es das Schicksal gut mit ihnen meinte. Es schien, als sollte er nicht bestraft werden, obwohl er sein Glück nicht verdient und die Hälfte seines Lebens nur an sich gedacht hatte. Er konnte kaum glauben, daß man ihn belohnte, ihm ausgerechnet ein Kind schenkte, der er nicht halb so verantwortungsvoll war wie HC und nicht annähernd so rechtschaffen wie die Kublitscheks. Er wollte alles dafür tun, um sich als fortpflanzungswürdig zu erweisen, wenigstens im nachhinein, doch er hatte das Geschenk längst angenommen. Sie waren schon eine kleine Familie, Lisa, Obsklappt und er. Es war nicht nur schwer, sondern innerlich unmöglich, sich vorzustellen, daß ihnen dreien jetzt noch etwas zustoßen konnte. Er hatte es nicht geschafft, seine Skepsis länger künstlich aufrechtzuerhalten. Statt dessen hatte er sich – unmerklich zunächst und dann immer mehr – davontragen lassen von seinen Träumen und Gedanken, in deren Mittelpunkt nicht mehr er selbst stand. Noch nie hatte er so sehr das Gefühl gehabt, auf dem richtigen Weg zu sein, nie eine tiefere Zufriedenheit verspürt, als wenn er mit seinen Gedanken bei Frau und Kind war. Das kleine Herz, das er gesehen hatte, konnte noch immer aufhören zu schlagen, das wußte er, aber er glaubte nicht mehr daran.

Und doch war es so.

Obwohl Frau Kublitschek ihm davon abgeraten hatte, ging das Autofahren gut. Er wunderte sich nur über die Selbstverständlichkeit des Alltags um ihn herum, über die Unbeteiligtheit der Welt an dem Tag, zu der Stunde, in der er womöglich sein Kind verlor.

Es waren kaum Paare unterwegs, auch keine Mütter mit Kindern. Selbst in den Kombis und Familienkutschen vor und hinter ihm saß meist nur eine Person. Immer wieder mußte er den Kopf darüber schütteln, daß er noch vor Monaten insgeheim befürchtet hatte, ein Kind könnte ihn einschränken in seiner Bewegungsfreiheit, ihn beschweren und hemmen in der Leichtigkeit seines Spiels, in seinem Selbsterfindungsreichtum. Er hatte gar nichts gewußt. Der Tod war die einzige Einschränkung, das brutalste Ende der Fiktion, der Spielabbruch. Wie hatte er das nicht sehen können? Er war die Reduktion sämtlicher innerer Möglichkeiten auf Null, auf eine traurige, alles auslöschende Endgültigkeit.

Er stellte den Wagen auf dem Parkplatz ab und lief zum Eingang des Krankenhauses, obwohl seine Wut, sein Entsetzen einer unsäglichen Müdigkeit gewichen war. Er lief, als hätte er Blei in den Schuhen, jeder Schritt fiel ihm schwer, während er sich innerlich immerzu antrieb, anschrie, reiß dich zusammen, nicht schlapp machen jetzt! Er fühlte sich wie jemand, der um jeden Preis wach und hochkonzentriert bleiben wollte, aber aus Versehen eine Handvoll Valium geschluckt hatte.

Alles Auswendiglernen war umsonst gewesen, er hatte das Stockwerk vergessen. Doch er wußte noch den Namen der Station und sprach mit einer Krankenschwester am Empfang, die ihm den Weg beschrieb. Als er aus dem Fahrstuhl stieg, kniff er die Augen zusammen. Ihn traf die sterile, weiße Unausweichlichkeit des Korridors, als käme er aus tiefster Nacht in einen künstlichen Tag. Vom anderen Ende des Ganges eilte ihm Frau Kublitschek entgegen, offenbar hatte die Schwester vom Empfang schon angerufen und Bescheid gesagt. Es ärgerte ihn, daß alle so taten, als müßte man sich um ihn kümmern, er war nicht der Patient, nicht das Problem. Ihm ging es gut.

Frau Kublitschek ergriff zur Begrüßung seine Rechte fest mit beiden Händen und drückte sie lange. Die Geste ähnelte einem Glückwunsch – Gratulationen und Beileidsbekundungen unterschieden sich kaum, schoß es ihm durch den Kopf. Dann redete sie genauso weiter, wie sie am Telefon aufgehört hatte, in genau demselben Tonfall, auf dieselbe einlullende Art. Erst als sie seinen Blick bemerkte, verstummte sie und führte ihn wortlos in das Krankenzimmer. Martina, dachte er.

Seine Frau lag halb aufrecht im Bett und machte einen zerbrechlichen Eindruck, die Hände kraftlos über der Bettdecke, die Handinnenflächen nach außen gekehrt wie eine Christusfigur. Sie sah blaß aus, bleich, beinahe durchscheinend, das Haar hing ihr in Strähnen in das vom Schmerz erschöpfte Gesicht – wie nach einer Entbindung, durchzuckte es ihn, doch er schüttelte den Gedanken sofort wieder ab.

Sie versuchte zu lächeln, als sie ihn sah.

»Wie geht es dir?« flüsterte er. Und das war schon viel. Unter der Bettdecke sah sie noch immer schwanger aus.

»Ich bin einfach nur aufgestanden und ans Telefon gegangen, gar nicht mal schnell«, sagte sie fast entschuldigend, »ich habe ganz normal telefoniert und mich sogar noch verabschiedet. Da war nur dieses kleine Stechen, es hat ein bißchen gepiekst, wie schon oft, und dann ist auf einmal mein ganzer Bauch hart geworden, steinhart, und es hat gezogen, ein solches Ziehen ...«

Sie biß sich auf die Unterlippe und sprach nicht weiter, was Frau Kublitschek zum Anlaß nahm, um sich einzuschalten. Sie habe sofort gewußt, daß etwas nicht stimmte, als es bei ihr an der Tür klingelte, zum Glück seien die Zwillinge schon in der Krippe gewesen, sie habe keine Zeit verloren und sei gleich mit ihr in dieses Krankenhaus gefahren, der Chefarzt hier genieße den besten Ruf in der Stadt, er habe auch ihren Kaiserschnitt gemacht, tadellos und hundertprozentig sicher. Sie seien wirklich in besten Händen … Er setzte sich zu seiner Frau ans Bett, umfaßte ihre Hand und hörte weg. Er stand nicht einmal auf, als der Arzt kam, um ihn über die Lage der Dinge zu informieren.

Es war mehr oder weniger dasselbe, was Frau Kublitschek schon gesagt hatte, auch wenn es ihm bei der offiziellen Version leichter fiel, zwischen Trost und Tatsachen zu unterscheiden. Immer wieder benutzte auch der Mediziner den Ausdruck »harter Bauch«, und er wunderte sich, daß es dafür keinen lateinischen Fachbegriff gab oder wenigstens ein eigenes Wort, so wie man ja auch nicht von »laufender Nase« sprach, sondern von Schnupfen. »Harter Bauch« komme durchaus häufiger vor, auch in Verbindung mit vorzeitigen Wehen, das sei leider kein seltenes Phänomen, erklärte ihm der Arzt (wenn dem so war, warum hatte es dann keinen Namen?), und er verstand, daß jetzt alles davon abhing, ob die Frühwehen wieder einsetzten, möglicherweise sogar heftiger wurden und der Muttermund sich noch mehr weitete. In den meisten Fällen könne die Medizin das verhindern, seine Frau habe wehenhemmende Mittel bekommen, wenn sie jetzt viel liege und sich schone, dürfte sich die Situation bald entspannen, allerdings müsse sie ein paar Tage hierbleiben zur Sicherheit. Der Arzt registrierte die Skepsis in seinem Blick und holte noch einmal tief Luft: »Die Chancen stehen meiner Erfahrung nach recht gut. Aber Sie wissen auch«, fügte er hinzu, »wenn zu diesem Zeitpunkt tatsächlich die Geburt eintritt, können wir für Ihr Kind nicht viel tun.«

Er nickte. Ja, das wußte er, aber was sollte er dazu sagen. Er konnte nur abwarten. Und hoffen. Wie in all den Wochen und Monaten zuvor. Es hatte sich im Grunde nichts geändert. Nur die Zuversicht, das langsam gewachsene Vertrauen in die Natur, ihre Güte und Gunst war gebrochen. Das Herz seines Kindes hatte nur dank medizinischer Hilfe zu schlagen begonnen, und damit es nicht aufhörte, würden sie immer wieder darauf angewiesen sein.

Der Arzt verabschiedete sich von ihm und seiner Frau per Händedruck und eilte davon. Für jemanden in seiner Position hatte er sich erstaunlich viel Zeit genommen, das durften sie nicht vergessen, was auch immer geschah. Frau Kublitschek folgte der Koryphäe ihrer Wahl in einigem Abstand, auch ihr Alltag ging weiter, sie mußte die Zwillinge von der Krippe abholen. »Ich kann Sie doch alleine lassen?« fragte sie und drehte sich auf dem Absatz noch einmal nach ihnen um. Seine Frau bedankte sich bei ihr und nannte sie tatsächlich »Martina«. Beschämt senkte er den Blick, weil er sich ihr gegenüber so ablehnend verhalten hatte, obwohl oder vielleicht gerade weil sie im entscheidenden Moment zur Stelle war und seiner Frau mit so viel Übersicht geholfen hatte. Es wäre seine Aufgabe gewesen.

Eine Weile starrte er auf die geschlossene Tür, als würde er Frau Kublitschek nachsehen oder darauf warten, daß sie zurückkam. Er wußte nicht, was er sagen sollte – eine Verlegenheit, die er seiner Frau gegenüber nicht kannte. Doch die unzähligen Fragen nach ihrem Befinden, die ihm in jeder Sekunde durch den Kopf schossen, nach der Art ihrer Schmerzen, ihrer Dauer und Häufigkeit, hätten sie nur noch mehr beunruhigt, und wie es ihr ging, das hatte er schon gefragt.

Seine Frau starrte auf ihre Bettdecke, den Kopf gesenkt, die Augen halb geschlossen.

»Möchtest du dich ein bißchen ausruhen, ein bißchen schlafen?« Ihre Reaktion war kein eindeutiges Ja oder Nein.

Da es nichts gab, was er tun konnte, hielt er weiter ihre Hand und versuchte, das Schweigen zwischen ihnen nicht als Niederlage, als sein persönliches Versagen anzusehen.

Sie waren nicht allein, das hatte er beim Betreten des Zimmers durchaus registriert, doch erst jetzt wurde es ihm wieder bewußt. In dem mittleren Bett stöhnte eine Türkin mal mehr, mal weniger laut vor sich hin. Es fiel ihm schwer, sich auf etwas anderes zu konzentrieren. Sie schien Mitte Dreißig zu sein, vielleicht etwas älter. Unter ihrer Bettdecke wölbte sich ein beträchtlicher Schwangerschaftsbauch, der unmöglich nur von einem einzigen Kind herrühren konnte. Wahrscheinlich drückten die Zwillinge oder Drillinge, die sich darin tummelten, auf ihre Lunge. Sie hatte den Kopf zur Seite geworfen, die Gesichtszüge wie schmerzverzerrt, der Mund verzogen, eine tiefe Zornesfalte zwischen ihren Brauen. Doch diese Leidensmiene schien sich verfestigt zu haben, sie blieb die ganze Zeit über merkwürdig leblos und unbeweglich wie eine Maske. Verstohlen betrachtete er ihre geschlossenen Augen: schattierte, glänzende Lider über riesigen Augäpfeln, die unter der gespannten, blauschimmernden Haut als einzige sichtbare Regung hin und her huschten.

Am äußersten Bett direkt am Fenster lag eine blonde, friesisch aussehende Zwanzigjährige mit Bürstenschnittfrisur und mehreren Piercings in den Nasenflügeln und Mundwinkeln. Sie wirkte beängstigend mager und kantig, ihre Arme waren nur Haut und Knochen mit dunklen, fast violetten Adern. Aus dem Kopfhörer ihres iPods tönte der blecherne Widerhall einer bis zur Besinnungslosigkeit aggressiven Musik, irgendein Death-Metal-Geschepper mit kreischenden, sich überschlagenden Stimmen. Die Friesin, ein Mädchen fast noch, schaute aus dem Fenster auf die milde, zerfließende Sonne, deren Licht die Außenwand eines nahegelegenen Seitenflügels rötlich färbte. Niemand konnte ermessen, was sie vor oder hinter sich hatte.

Ihr Anblick machte ihn traurig. Im täglichen Leben, auf der Straße hätte er vermutlich über sie hinweggesehen, aber jetzt, in diesem Moment, glaubte er, ihre wütende, trotzige Melancholie zu verstehen, dieses Gefühl des Einzelfalls in einem Krankenhaus, wo Schicksale wie das ihre und weitaus schlimmere an der Tagesordnung waren. Nicht die einzige zu sein hatte nichts Tröstliches, wenn man trotzdem alleine war. Was sie durchstehen mußte, wurde durch den Vergleich nicht besser, sondern nur gleich gemacht. Und es gab nichts, womit sie ihren besonderen Schmerz verteidigen konnte. Blieb nur der vorgefertigte Protest einer Anti-Musik und die Illusion, ein Stück Lärm könnte für sie sprechen. Doch auch sein Verständnis war nur eine Einbildung und würde sie niemals erreichen.

Es herrschte eine merkwürdige Stille im Raum, kein Schweigen, sondern ein Ausgeschlossensein von der Sprache. Wie noch nie fühlte er sich im Stich gelassen von der Möglichkeit, das auszudrücken, was er empfand. Bisher hatte er an die Sag- und Darstellbarkeit der Gefühle geglaubt, doch nichts von dem, was in diesem Zimmer war, ließ sich mitteilen oder auch nur festhalten. Jedes Wort brachte die Einsamkeit des Einzelfalls zum Verschwinden.

»Woran denkst du?« fragte ihn seine Frau, sie hatte ihre Finger aus seiner Umklammerung gelöst und strich ihm über den Handrücken. Er schüttelte den Kopf. Früher hatte er es insgeheim verachtet, wenn jemand eine Erzählung oder Geschichte abbrach mit der Begründung, man könne das nicht beschreiben, sondern müsse es selbst erlebt haben. Das beleidigte seine schauspielerische Intelligenz. Er wollte nicht anerkennen, nicht akzeptieren, daß es Situationen, Erfahrungen gab, in die man sich nicht einfühlen, nicht hineinversetzen konnte, Grenzen der Phantasie.

Jetzt war er genau an diesem Punkt.

Er beugte sich über ihr Bett und drückte seine Stirn gegen ihre, als könnten sie auf diese Weise Gedanken austauschen, ohne Worte. Ihm wurde auf einmal klar, daß sie trauerten. Ihr Zustand war Trauer, keine Angst, keine Wut, das alles schien lange vorbei. Sie spürten nur den Verlust, diesen Bruch in ihrem Leben, obwohl sie sich immer wieder sagten – sagen konnten und mußten –, daß noch nichts verloren war. Diese vorauseilende Resignation schien ein Weg zu sein, um den ersten Schock, ihre Angst um das Kind zu verarbeiten und sich an den Gedanken des Endes zu gewöhnen, doch es hatte nichts gemeinsam mit seinen inneren Absicherungen und Vorbehalten von einst, es war Trauerarbeit.

Er schloß die Augen.

Wie bei jedem Trauerfall gab es plötzlich diese Kluft zwischen ihnen und dem Leben, der Normalität um sie herum. Sie waren gefangen in dieser Manie der Leere, eingekapselt und abgesondert, in unaussprechlicher Entfernung von den Dingen. Doch selbst wenn, dachte er, selbst wenn das Allerschlimmste geschah – sie waren einmal Eltern gewesen, das konnte ihnen keiner nehmen, sie hatten dieses Glück erlebt, wenn auch nur für eine sehr, sehr kurze Zeit. Und er wußte in diesem Moment, daß er es niemals missen wollte, aller Trauer zum Trotz, er würde es nie und nimmer bereuen, auch wenn er Obsklappt gerne etwas näher kennengelernt hätte.

Als er die Augen wieder öffnete, sah er, daß sie weinte. Lautlos und merkwürdig unverwandt liefen Tränen über ihre Wangen. Es dauerte eine Weile, bis er begriff, daß es seine eigenen waren.

»Soll ich dir ein paar Sachen von zu Hause holen, brauchst du irgendwas Bestimmtes?« versuchte er wieder zurückzufinden.

»Martina hat schon eine Liste gemacht. Liegt auf dem Nachttisch.«

Frau Kublitschek hatte wirklich an alles gedacht. Er nahm den Zettel, überflog ihn kurz und steckte ihn ein. »Noch was zu lesen oder zu essen, das hier nicht draufsteht?«

Sie schüttelte den Kopf.

»Ich habe noch einen alten Discman, den kann ich dir mitbringen, und vielleicht ein paar Hörbücher, Musik natürlich auch ...« Er merkte, daß er schon wieder anfing, in eine Rolle zu schlüpfen, und wußte auf einmal nicht mehr, für wen er dieses Gespräch eigentlich führte, für sich, für sie oder die anderen Frauen im Raum, die so demonstrativ weghörten. »Ich werde mich mal erkundigen, ob es für Angehörige die Möglichkeit gibt, hier irgendwo auf der Station zu übernachten ...«

»Nein, nein, laß gut sein«, sagte Lisa. Sie lächelte ihn an, lächelte über ihn und schaute dann an seiner Schulter vorbei aus dem Fenster. Für sie, das war deutlich, brauchte er den fürsorglichen, vorbildlichen Ehemann nicht zu spielen. Doch es gab nichts, was er lieber getan hätte.

Er murmelte etwas von Erreichbarkeit und in der Nähe bleiben, aber darauf ging sie nicht weiter ein. Statt dessen zupfte sie ihn am Ärmel und zog ihn näher zu sich heran. »He, Kopf hoch, wir sind hier nicht auf der Intensivstation ...«

Sie lächelte noch immer.

»Wie du meinst«, sagte er, »aber wenn ich irgend etwas tun kann, damit nicht – damit du ...«

»Du tust schon ganz viel«, legte sie ihm beschwichtigend die Hand auf den Arm, »jetzt spiel du erst mal deine Vorstellung.«

»Ich fahre doch nicht nach Hamburg, während du hier –«

Aber sie ließ ihn gar nicht erst ausreden: »Es wird in Zukunft noch viele kritische Momente geben, Kinderkrankheiten, Keuchhusten, Fahrradstürze – wenn du da jedesmal alles absagst, kann das Theater seinen Spielplan in den Wind schreiben.«

War sie wirklich so tapfer oder versuchte sie nur, ihm zuliebe stark zu sein? Für einen Moment fragte er sich, wer von ihnen hier eigentlich Theater spielte, er oder sie. Doch es schien ihr ernst zu sein.

»Das gehört dazu, verstehst du?« Sie sah ihm fest in die Augen, »das gehört alles dazu, die Angst, die Sorgen, das ist ein Teil davon, und so wird es immer sein.«

Er konnte nichts sagen, nickte nur und betrachtete sie, so wie sie dasaß, dalag, guter Hoffnung noch immer. Daß sie so stark war! Dann warf er einen Blick auf die Uhr. Wenn er ihr die Sachen bringen und anschließend noch nach Hamburg fahren wollte, mußte er sich beeilen. »Ich bin in einer Dreiviertelstunde wieder da, so lange ...«

»Mach dir keine Sorgen, ich bin hier wirklich in guten Händen«, gab sie sich zuversichtlich und lächelte noch einmal wie zum Beweis, »im übrigen wollte HC heute abend ins Theater gehen, und er würde es sicher persönlich nehmen, wenn die Vorstellung ausfiele.«

»HC?«, drehte er sich erstaunt um.

»Ja, ich soll dir ausrichten, daß er deinen alten Griechischlehrer endlich überredet hat und sich natürlich freuen würde, wenn ihr euch nach der Aufführung noch kurz sehen könntet.«

»HC hat angerufen?« Geradezu fieberhaft suchte er nach einem Zusammenhang zwischen diesem Anruf, dem Telefon auf dem Wohnzimmerteppich und ihrem »harten Bauch«. Für einen Moment überlegte er sogar, ob HC an allem schuld sein könnte. Aber das war natürlich absurd.

»Eigentlich wollte er sich schon lange wieder gemeldet haben, aber dein Griechischlehrer, dieser Herr ...«

»Herr Dr. Moosheimer?«

»Ja, genau. Er scheint eher ein Opernfan zu sein und hat sich offenbar sehr geziert.«

»Ich werde nach der Vorstellung nicht viel Zeit haben, wenn

ich noch den letzten Zug erwischen will. Ich hoffe, du hast ihn vorgewarnt.«

»Nur ein halbes Stündchen, meinte er, er müsse ja auch noch fahren, wie du.«

»Ich weiß wirklich nicht, ob ich einen Kopf dafür habe, ausgerechnet heute ...« sagte er kraftlos und setzte sich noch einmal auf die Bettkante. Was mischte sich HC immer wieder in ihr Leben?

»Na komm, das bringt dich auf andere Gedanken.« Fast klang es, als müßte sie ihn trösten und aufmuntern, nicht umgekehrt.

»Hat er sonst noch irgendwas gesagt?« Inzwischen traute er HC alles zu, auch daß er noch einmal von Doreen angefangen hatte. Wie konnte er seine schwangere Frau nur mit diesem Hirngespinst von einer Geschichte belasten!

»Nein, nicht, daß ich wüßte. Er hat sich nur sehr höflich nach meinem Zustand erkundigt. In dem Moment ging es mir allerdings noch gut ...«

Er hätte jetzt aufbrechen können, zögerte aber noch immer. Er wollte ganz sicher sein, daß HC ihr nicht auf irgendeine Weise zugesetzt und damit die Katastrophe ausgelöst hatte. »Keine weiteren Enthüllungen über meine Vergangenheit?« versuchte er es halb im Scherz.

Sie schien sofort zu wissen, was er meinte. »Leider nein.«

»Ich kann nur hoffen, daß du nicht alles glaubst, was er sagt.« Er stand auf.

»Keine Angst. Wenn dein Fall zur Verhandlung käme, müßte er als Staatsanwalt wohl wegen Befangenheit zurücktreten ...«

Er nickte, einigermaßen beruhigt, daß sie es auch so sah. »Manchmal könnte man wirklich meinen, er haßt mich.« Er küßte sie zum Abschied auf die Stirn. Sie umfaßte mit einer Hand seinen Nacken und zog seinen Kopf zu sich heran.

»Ich würde sagen«, flüsterte sie, »er ist wie ich in dich verliebt.«

»In mich?« rief er aus und zuckte zurück. Die Türkin riß zum ersten Mal die Augen auf und blinzelte ihn an.

»Ja, natürlich«, legte ihm seine Frau ihren Zeigefinger auf die Lippen, »wußtest du das nicht?«

14

Vorstellung

Zwischen den Auftritten und in der Pause rannte ich jedesmal zu meinem Handy und starrte auf das Display. Lisa und ich hatten abgemacht, daß sie mir spätestens nach Vorstellungsende ein kurzes ärztliches Bulletin per SMS schickte, aber natürlich war klar, daß sie im Notfall sofort schreiben oder anrufen würde, auch wenn es in diesem Notfall nichts gab, was ich tun konnte.

Es war geradezu körperlich schmerzhaft, so weit von ihr entfernt zu sein, und doch ein völlig anderes Gefühl als Sehnsucht, denn es ging nicht darum, daß sie mir fehlte, ich fehlte und war außerstande, ihr beizustehen, das war der Riß. In manchen Momenten fühlte ich mich dermaßen hilflos und unvermögend, daß ich keinen Schritt mehr gehen mochte. So also sah sie aus, die dunkle Seite des Vaterwerdens. Deutlicher konnte man seine post-koitale Überflüssigkeit kaum spüren.

Schon als ich Lisa den Koffer mit ihren Sachen brachte – »Kublitscheks Liste«, wie ich es nannte –, waren wir uns mehr oder weniger ausgewichen. Beide, wie mir schien, bemühten wir uns, jeden Anflug von Traurigkeit zu überspielen und nicht noch einmal in den Abgrund zu schauen. Wir verabschiedeten uns eher flüchtig und gingen auseinander wie zum Brötchenholen. Ich bereute es noch im selben Moment. Es war, als hätte ich etwas ganz Entscheidendes vergessen oder versäumt. Auch wenn ich versuchte, nicht daran zu denken: Es konnte das letzte Mal sein, daß ich sie als Mutter sah.

Ich drehte mich nicht um, als ich das Zimmer verließ, auch nicht beim Gang über den Hof, obwohl ich ziemlich sicher war, daß Lisa nicht am Fenster stand und mir hinterherschaute. Trotzdem hatte ich das Gefühl, als müßte ich beim Blick zurück zur Salzsäule erstarren. Erst vor der Autotür hielt ich inne, beklommen, atemlos und unfähig, mich in diesen Wagen zu setzen und wegzufahren, so stark war der Drang umzukehren, bei ihr zu bleiben, bei Frau und Kind. Ich war im Begriff, den Fehler meines Lebens zu begehen, das spürte ich ganz deutlich. Doch ich wußte auch, wenn ich diesem Gefühl auch nur für einen Moment nachgab, würde ich hier nie wegkommen und unsere Truman-Show, dieses ganze Konstrukt aus Normalität, Funktionieren und Geldverdienen würde in sich zusammenbrechen wie ein Kartenhaus.

Ich fuhr.

Als ich nach dem Schlußapplaus von der Bühne kam, war die SMS da. Es gehe ihr gut, schrieb Lisa, keine weiteren Beschwerden, keinerlei Krämpfe oder Wehen, sie werde jetzt die Augen zumachen und wünsche mir eine gute Nacht. Ich ging in meine Garderobe und weinte ein bißchen. Die Anspannung wich plötzlich von mir. Eine Weile saß ich nur auf meinem Garderobenstuhl und starrte vor mich hin. Als ich meinem Spiegelbild begegnete, konnte ich mir nicht vorstellen, wie ich eben noch vor neunhundert Leuten auf der Bühne hatte stehen können. Doch auch das war vorbei.

Ich duschte und zog mich an, langsam, bedächtig, obwohl ich wußte, daß HC und Herr Dr. Moosheimer unten an der Pforte auf mich warteten. Bislang hatte ich keinen weiteren Gedanken an dieses Treffen verschwendet. Ich fragte mich erst jetzt, wie ich HC gegenübertreten sollte nach der Bemerkung, die Lisa mir gewissermaßen mit auf den Weg gegeben hatte. Die Vorstellung, daß er in mich verliebt gewesen sein könnte, daß er es vielleicht sogar immer noch war und ich in all den Jahren unserer Freundschaft nichts davon bemerkt hatte, erschien mir vollkommen absurd. Ich beschloß, das Ganze als einen schlechten Scherz aufzufassen, als Lisas heimliche Rache dafür, daß HC sie mit der Doreen-Geschichte geärgert hatte. Alles andere war zu verrückt. Ich schminkte mich sorgfältig ab, gründlicher als gewöhnlich, und genoß es, dabei an nichts zu denken. Am liebsten wäre ich einfach in meiner Garderobe sitzengeblieben, bis es Zeit wurde, zum Bahnhof zu gehen und in den letzten Zug zu steigen. Doch nachdem ich weitere fünf Minuten vor mich hingestarrt hatte, raffte ich mich auf.

Im Fahrstuhl begegnete ich Katharina, die auf der Bühne gerade noch meine Frau gewesen war. Wir spielten seit Jahren in verschiedenen Stücken zusammen, und ich konnte mich darauf verlassen, daß sie mich mitzog, wenn ich wie heute nicht bei der Sache war. Wir hatten schon die verschiedensten Paare gegeben und waren so etwas wie ein eingespieltes Team, auch in extremen Situationen. Ich fragte mich auf einmal, wie HC wohl unsere Ehe-Szenen, speziell die intimeren, empfunden haben mußte, falls Lisas Vermutung stimmte. Gott sei Dank hatte ich mir diese Frage auf der Bühne nicht gestellt.

Katharina amüsierte sich über irgendeinen Versprecher, den ich gar nicht mitbekommen hatte. Ich hielt ihr die Tür auf und ließ ihr den Vortritt, als wir zum Ausgang kamen. Sie musterte die wartenden Herren halb belustigt, halb interessiert. Es kam durchaus vor, daß Schauspielerinnen nach der Vorstellung am Künstlereingang mit Blumensträußen empfangen wurden, allerdings sehr viel seltener, als man meinen sollte. Doch HC und Herr Dr. Moosheimer hatten für Katharina nur ein kurzes Höflichkeitsnicken übrig und wandten sich gleich an mich.

»Deine Verehrer?« fragte sie spöttisch, schon halb in der Tür.

»Alte Freunde«, rief ich ihr hinterher. Sicher hatte sie sich nichts dabei gedacht. Doch ich bekam trotzdem einen Schrekken. Sah sie etwas, was ich nicht sah? Erkannten Frauen wie

Lisa und sie auf den ersten Blick eine geschlechtliche Vorliebe, die ich bei HC in Jahrzehnten nicht entdeckt oder auch nur vermutet hatte?

Förmlich und ein bißchen verklemmt, wie ich fand, schüttelten HC und ich uns die Hände. Herr Dr. Moosheimer ergriff die Gelegenheit und klopfte mir sacht auf die Schulter, mehr ein Tätscheln als ein beherzter Schlag. Ich kannte seine kleinen, harmlos-warmherzigen Grenzüberschreitungen noch von früher, das war nichts Ungewöhnliches. Doch ich fragte mich plötzlich, was es mit HCs Beziehung zu Moosheimer auf sich hatte, welcher Natur dieses Verhältnis war. Was, wenn es sich nicht nur um reine Feuerzangenbowlen-Nostalgie handelte wie bei mir?

Uns blieb nicht mehr als eine Dreiviertelstunde bis zu meiner Abfahrt. Daher entschieden wir uns für eine eher schlichte Pizzeria in Bahnhofsnähe und bestellten nur etwas zu trinken: Herr Dr. Moosheimer einen Wein, ich eine Apfelsaftschorle und HC ein alkoholfreies Bier wie immer. Er müsse noch fahren, und für ihn als Staatsanwalt gelte die Null-Promille-Grenze, meinte er entschuldigend. Irgendwie schaffte er es immer, noch mehr Spielverderber zu sein als ich. Dann fügte er halblaut hinzu: »Ich bringe dich nachher noch zurück ins Hotel, das ist kein großer Umweg.« Für einen Moment entglitten mir sämtliche Gesichtszüge. HC meinte nicht mich, sondern Herrn Dr. Moosheimer. Die beiden duzten sich!

Es war unser alter Griechischlehrer, der feierlich das Wort ergriff, als wir die Gläser hoben, auch wenn deren Inhalt und die Umstände kaum einen Toast rechtfertigten. Er sei sehr froh und hoch gestimmt, die beiden – er zögerte einen Moment – »auffälligsten« Schüler dieses sehr guten Jahrgangs nach so langer Zeit um sich versammelt zu sehen. Ich rutschte peinlich berührt auf meinem Stuhl hin und her (natürlich war ich der Grund, warum er nicht unumwunden von den beiden »besten« Schülern sprechen konnte), während HC so wohlwollend und geduldig zuhörte, als sei ihm die Situation nicht im mindesten unangenehm. Er habe seinerzeit, fuhr Herr Dr. Moosheimer fort, unsere besondere Sensibilität und Feinfühligkeit gleich erkannt und mit seinen bescheidenen Möglichkeiten zu fördern versucht. Nie habe er daran gezweifelt, daß aus uns einmal etwas werden würde, und genauso sei es gekommen – woraufhin ich mich beeilte, mit ihm anzustoßen, um jedes weitere Wort zu verhindern. Es war klar, daß er glaubte, in unserer »Sensibilität« etwas von sich, von seiner eigenen »Feinfühligkeit« wiederzuerkennen, was zumindest in meinem Fall auf Selbsttäuschung beruhte. HC aber duzte ihn. Er nannte ihn beim Vornamen, während ich nicht einmal auf die Idee gekommen wäre, Herr Dr. Moosheimer könne überhaupt einen Vornamen besitzen. Für mich war er ein Begriff, so wie Cher einfach »Cher« hieß. Ich konnte mich beim besten Willen nicht erinnern, in meiner gesamten Schulzeit jemals eine andere Anrede für Herrn Dr. Moosheimer gehört zu haben als »Herr Dr. Moosheimer«, selbst unter Kollegen auf dem Gang oder im Lehrerzimmer. Niemand duzte diesen Menschen, außer HC.

Mir fiel die Geschichte von dem Jungen wieder ein, der so sterbenskrank gewesen war, daß Herr Dr. Moosheimer zum ersten Mal in seiner Laufbahn für mehrere Tage all seinen Unterrichtsverpflichtungen fernblieb, um ihm beizustehen. Doch auch wenn ich sehr großzügig rechnete, konnte es sich dabei nicht um HC handeln (obwohl er zwei Jahre länger Griechisch hatte als ich, noch dazu im Leistungskurs). Nur, wenn nicht diese Nahtod-Erfahrung der Grund war, warum Herr Dr. Moosheimer und HC sich duzten, was dann?

Die Gegenwart seiner beiden »auffälligsten« Schüler animierte ihn offenkundig, seine Lehrerrolle von einst wieder einzunehmen, als wäre keine Zeit vergangen. Kaum zu glauben, wie die alten Muster noch immer funktionierten. Obwohl Herr Dr. Moosheimer seit Jahren keinen Unterricht mehr abhielt und HC und ich die vierzig überschritten hatten – zwei erwachsene Männer mit ganz anderen Sorgen –, fühlten wir uns prompt auf die Schulbank zurückversetzt. Und wir spielten mit! Zwar schränkte Herr Dr. Moosheimer immer wieder ein, er habe lange kein »Sprechtheater« mehr besucht und würde sich insofern nicht als Autorität auf diesem Gebiet bezeichnen. Doch das hinderte ihn keineswegs daran, mir einen Vortrag über Form und Inhalt des Stückes zu halten samt einer abschließenden Beurteilung, in welchen Punkten die Aufführung den Absichten des Autors entsprochen habe und wo nicht. Alles in allem schien ihn der Abend tatsächlich sehr aufgeregt und in Wallung gebracht zu haben, auch wenn er sich bemühte, seinem einigermaßen vernichtenden Urteil über das zeitgenössische Theater ein paar ermunternde Worte beizugesellen. In manchen Momenten seien durchaus phantasievolle und überraschende Ansätze zu erkennen gewesen, mischte er ein wenig Lob in seinen Tadel, nur leider habe die Inszenierung insgesamt völlig das Thema verfehlt. – Es war in etwa dasselbe, was er vor fünfundzwanzig Jahren unter meine Griechisch-Übersetzungen geschrieben hatte.

Ich war zu müde und erschöpft, um mich zu streiten oder auch nur pro forma zu verteidigen. Statt dessen sprang HC für mich in die Bresche und ging auf Herrn Dr. Moosheimers schulmeisterliche Ansichten so ernsthaft, so liebevoll ein, daß ich vor lauter Befremden darüber ihrem Gespräch kaum folgen konnte. Es schien ihm sehr wichtig, von Herrn Dr. Moosheimer verstanden zu werden, HC leistete echte Überzeugungsarbeit. Niemand, der nur höflich sein wollte, gab sich solche Mühe.

Wahrscheinlich hätte ich mich auch ohne Lisas Fingerzeig gewundert, weshalb HC solchen Wert auf Herrn Dr. Moosheimers Meinung legte. Zensuren waren schließlich nicht mehr zu vergeben. Irgend etwas verband die beiden über die alten Zeiten hinaus, und ich sah nicht viele andere mögliche Gemeinsamkeiten zwischen meinem homophilen Griechischlehrer a.D. und meinem besten Freund als eine ähnlich ausgerichtete »Sensibilität«.

Wenn ich so zurückdachte, hatte HC in der gesamten Zeit, in der wir zusammen waren, keine richtige Freundin gehabt. In der Schule galt er als Sonderling und mischte bei den Pausenhof- und Partykeller-Techtelmechteln nicht mit. Als wir uns beim Studium in Freiburg wieder begegneten, war er offiziell mit einer beängstigend prüden Kunstgeschichtsstudentin und Tochter aus gutem Hause liiert, von der bekannt war, daß sie Sex vor der Ehe strikt ablehnte. Mit ihr absolvierte HC das gehobene Kulturprogramm, ein Museumsbesuch hier, ein Sinfoniekonzert dort. Doch als unsere Freundschaft enger wurde und der philosophische Furor uns mitriß, war von ihr nicht mehr die Rede. Anders als ich hatte HC keine Affären und Flirts nebenbei, dafür war er einfach nicht der Typ. Es spielte auch keine Rolle, denn wir genügten uns vollkommen in unserer Freundschaft und fragilen intellektuellen Selbstüberschätzung, ohne daß mir auch nur eine Sekunde in den Sinn gekommen wäre, es könnte für ihn mehr sein als das. In Stendal schließlich hatte er den Einweg-Abenteuern der Wiedervereinigung leichten Herzens widerstanden. Der Doreen-Roman schien die einzige Liebesgeschichte zu sein, die ihn nicht mit moralisch-hygienischer Mißbilligung erfüllte. Und ich glaubte auf einmal zu verstehen, warum sie ihn so faszinierte: nicht der »Romantik« wegen, sondern weil diese Liebe dazu verurteilt war, ein für allemal Phantasie zu bleiben. In der Vergeblichkeit dieses Gefühls, der Illusion einer Nähe, die es in Wirklichkeit niemals geben würde, in dieser ganzen Recherche am Rande der Unerreichbarkeit sah er vor allem seine Geschichte – eine Leidenschaft, die er nie, niemals und unter keinen Umständen leben würde. Gerade ihre Unmöglichkeit zog ihn an. Sie schien der Punkt im Unendlichen zu sein, in dem sich die Parallelen unseres Lebens trafen und er sich eins mit mir fühlen konnte. Für ihn hätte alles so bleiben können, so offen und unerfüllt, während ich mich mit der reinen Sehnsucht nicht lange aufhielt, sondern lieber zu Anika Evernich und den eher bodenständigen Stendaler Vergnügungen überging.

In seinen Augen hatte ich damit nicht nur Doreen verraten, sondern vor allem ihn und seine Idee von uns.

HC zwinkerte mir unauffällig zu, während er Herrn Dr. Moosheimer mit einigen geschickten Rück- und Gegenfragen in Widersprüche verwickelte. Für einen Moment schien er wieder ganz der Überflieger von früher zu sein, der jedem Lehrer die Lufthoheit im Klassenzimmer streitig machen konnte, aber trotzdem keine Freunde hatte, nur Neider und Bewunderer. Moosheimer geriet ins Schwimmen und suchte nach Worten, eine Gelegenheit, die HC nutzte, um sich ein zweites alkoholfreies Bier zu bestellen. So kannte ich ihn aus unzähligen Gesprächen, souverän, unanfechtbar, gewitzt und gewandt. Nein, es war nicht möglich, Lisa täuschte sich. HC wirkte vielleicht ein bißchen altmodisch und hanseatisch steif. Doch nichts an seiner Erscheinung, seinem Habitus deutete darauf hin, daß in ihm verborgene, verbotene Leidenschaften wüteten. Er schien eher asexuell zu sein, eher zu anständig als abgründig. Wenn das für seine Homosexualität sprach, mußte man sich fragen, wie sich das Hamburger Bürgertum überhaupt fortpflanzte. Ich kannte niemanden, der so sehr der Norm seiner Väter, so allen Erwartungen entsprach. Oder war es gerade das? Hatte er sich nur perfekt getarnt? War sein ganzes zielstrebiges, ehrgeiziges, vorzeigbares Leben nur ein einziger erbitterter Kampf gegen diese eine Neigung, die er nicht wahrhaben wollte?

HC plädierte verhältnismäßig engagiert für mehr Interpretationsspielräume und die künstlerische Freiheit im Theater. Ganz selbstverständlich hatte er meinen Part übernommen, und ich fragte mich gerade, ob nicht auch das eine spezielle Neigung verriet, als er sich plötzlich direkt an mich wandte. Ich fühlte mich ertappt wie seit der achten Klasse nicht mehr.

»Entschuldigung, ich habe gerade nicht zugehört«, stammelte ich wie der hinterletzte Pennäler und suchte meine Absolution bei Herrn Dr. Moosheimer, um HC nicht in die Augen sehen zu müssen. »Tut mir leid, wenn ich mit meinen Gedanken heute ein bißchen woanders bin, aber meine Frau ist schwanger, im fünften Monat, wissen Sie, und es geht ihr im Moment nicht gut.«

Wie schon zu Schulzeiten war mir für eine Ausrede nichts heilig.

Herr Dr. Moosheimer gratulierte mir zu meiner Vaterschaft, schien aber nicht sonderlich überrascht, offenbar hatte ihm HC schon davon erzählt. Ich wußte wirklich nicht mehr, was ich denken sollte.

»Ist es was Ernstes?« erkundigte sich HC.

»Krämpfe«, sagte ich und versuchte, wieder herunterzuspielen, was ich gerade hochgespielt hatte. Meine eigene Indiskretion war mir unangenehm. »Sie ist vorübergehend im Krankenhaus, eine Vorsichtsmaßnahme. Alles scheint sich wieder zu normalisieren. Aber wenn sie mir nicht gesagt hätte, daß unser ›Sprechtheater‹ heute abend so hohen Besuch bekommt, hätte ich die Vorstellung wahrscheinlich abgesagt.«

Ich konnte sehen, wie HC innerlich rechnete, schließlich hatte er heute vormittag noch mit Lisa telefoniert. Doch er fragte nicht weiter, vielleicht weil er ahnte, daß zwischen seinem Anruf und ihren Schwangerschaftskomplikationen nicht viel Zeit vergangen sein konnte.

»Sag ihr die allerbesten Genesungswünsche von mir.« Mitfühlend legte er seine Hand auf meinen Unterarm. Es war das Äußerste an Körperkontakt zwischen uns.

»Wird schon schiefgehen«, gab ich mich zuversichtlich. »Wie meine Frau vorhin noch zu mir sagte: Das ist die Art von Sorge, an die ich mich langsam gewöhnen muß.«

Herr Dr. Moosheimer nickte verständnisvoll, als wüßte er das aus eigener Erfahrung. HC sah mich irgendwie zweifelnd an. »Willst du dich lieber sofort auf den Weg machen?«

»In fünfzehn Minuten«, wiegelte ich ab, als wäre das alle Zeit der Welt, »ich würde gerne länger bleiben, aber gegen meine Beschützerinstinkte bin ich machtlos, tut mir leid …«

Deutlicher konnte ich ihnen nicht zu verstehen geben, daß ich nicht zu ihrem Club gehörte.

»Wenn ich das gewußt hätte«, hob Herr Dr. Moosheimer an und bemühte sich auf einmal, sämtliche Frei- und Frechheiten der Inszenierung, die er gerade noch kritisiert hatte, schönzureden. Offenbar bereute er es von Herzen, unter den gegebenen Umständen mit mir und dem Theater so streng gewesen zu sein.

HC lehnte sich unterdessen zurück und spielte mit einem Bierdeckel. Er sah enttäuscht aus, und ich verstand auf einmal, warum. Die ganze Zeit mußte er geglaubt haben, ich würde seine geheime Neigung teilen, ich sei wie er! Deshalb also war er im Hinblick auf meine Frau ermittlerisch tätig gewesen und hatte unsere Beziehung mit der Doreen-Geschichte auf die Probe gestellt: Er wollte herausfinden, wie wir wirklich zueinander standen, ob Lisa und ich tatsächlich das glückliche Paar waren, das zu sein wir vorgaben, oder ob die Truman-Show unseres Alltags nichts anderes war als bloße Fassade. Vermutlich war das auch der Grund, warum er nie von seiner Frau erzählte, falls es sie überhaupt gab. In diesem Moment hielt ich alles für möglich, sogar daß der breite Ehering an seinem Finger nur eine gutbürgerliche Attrappe war.

»Erlauben Sie, daß ich die Rechnung übernehme? Sie sind herzlich eingeladen«, erhob sich Herr Dr. Moosheimer, noch immer reuevoll. Widerspruch war zwecklos, er würde es sich nicht nehmen lassen. Wie ein Kater strich er in kurzem Bogen um mich herum und steuerte dann geradewegs auf den Kellner am Tresen zu, der in langwierige Abrechnungen vertieft zu sein schien. HC und ich sahen unserem Lehrer nach und konnten uns ein Schmunzeln nicht verkneifen, als er den jungen, pomadigen Neapolitaner mit einer Mischung aus Restaurant-Italienisch und klassischem Latein in ein Gespräch zu verwickeln versuchte. Dann trafen sich unsere Blicke und wir schauten beide zur Seite.

HC kämpfte einen völlig anderen Kampf als ich, das war jetzt klar. Nie hätte ich für möglich gehalten, daß der Mensch, mit dem ich mich seit meiner Schulzeit verglichen hatte, der wie ich zu sein schien, nur so viel willensstärker, ehrgeiziger und ernsthafter, das Leben eines Fremden lebte.

»Dann hast du im Moment ja wirklich andere Probleme«, sagte HC wie nach reiflicher Überlegung und warf den auf Streichholzschachtelformat zusammengefalteten Bierdeckel vor sich in den Aschenbecher.

Ich zuckte mit den Achseln. »Ich wünsche mir nur, daß Lisa ein gesundes Kind zur Welt bringt. Alles andere ist nebensächlich.«

»Auch das Theater?«

»Gerade das Theater.« Ich überlegte, ob ich noch einmal betonen sollte, daß ich heute nicht aus Liebe zur Schauspielerei aufgetreten war, sondern weil Lisa mich darum gebeten hatte, doch nicht einmal das schien mir wichtig genug.

»Wer hätte gedacht, daß ausgerechnet du einmal so reden würdest ...«

»Auch ich werde älter.« Mir war, als hätte ich genau das schon einmal zu ihm gesagt, als würden wir uns immer über dieselben Dinge streiten, nur daß er mich damit nicht reizen konnte, nicht mehr.

HC sah mich unverwandt an, fast verächtlich. »Du spielst noch immer. Du lebst in deinen Rollen und Geschichten ...«

»Tun wir das nicht alle?« hielt ich seinem Blick stand.

»Die einen mehr, die anderen weniger«, erwiderte er trocken. HC kannte mich wirklich gut, doch er schien nicht einmal in Erwägung zu ziehen, daß ich hinter sein Geheimnis gekommen war.

»Vielleicht geht es im Leben gar nicht so sehr darum, wer oder was man wirklich ist«, sagte ich ruhig, »sondern darum, für welche Rolle oder Geschichte man sich entscheidet.«

»Und, hast du dich entschieden?«

»Ich will ein guter Vater sein. Und du?«

HC schien etwas entgegnen zu wollen, überlegte es sich aber offenbar anders. Es mußte ein bitterer Moment für ihn sein, genauso bitter wie seinerzeit der Abbruch unseres Studiums. Damals hatte ich unsere Freundschaft dem Theater, der Schauspielerei geopfert, jetzt rückten Frau und Kind an erste Stelle.

»Jedenfalls wünsche ich dir von Herzen«, sagte er leise, »daß du diese Geschichte durchhältst.«

Ich nickte, als wäre das Gespräch damit beendet. Es war mir zum ersten Mal unangenehm, mit ihm allein zu sein. Aus den Augenwinkeln schaute ich hinüber zu Herrn Dr. Moosheimer, der sich noch immer in einer sehr einseitigen Konversation mit dem Kellner befand. Auch das kam mir auf einmal verdächtig vor. Fast sah es so aus, als würde er diese Unterhaltung nur vortäuschen und künstlich in die Länge ziehen, bis mir auf einmal der Gedanke kam, daß er HC vielleicht absichtlich Gelegenheit gab, mit mir unter vier Augen zu sprechen. Das Ganze war ein abgekartetes Spiel.

HC führte die Kuppen seiner langen, manikürt wirkenden Finger sorgfältig zusammen und ließ geradezu seelenruhig die Zeit verstreichen, die ihm Herr Dr. Moosheimer so aufopferungsvoll verschaffte.

»Wie auch immer«, holte er schließlich tief Luft, »ich muß dir leider mitteilen, daß wir uns so bald nicht mehr wiedersehen.«

Ich hatte mit etwas in der Art gerechnet, aber es traf mich doch. Er will Schluß machen, dachte ich, er macht tatsächlich mit mir Schluß! Und obwohl ich mir im selben Moment sagte, daß sich unsere scheinbar verwandten Geschichten ohnehin voneinander entfernt und im Unendlichen verloren hätten, tat es mir irgendwie leid.

»Willst du das wirklich jetzt und hier besprechen?« sah ich mich fast schon hilfesuchend nach Herrn Dr. Moosheimer um.

»Ich werde mich nächste Woche für längere Zeit in Behandlung begeben«, erklärte er mit der festen, unerschütterlichen Stimme seines Vaters, »ich habe Krebs. Prostatakrebs.«

»Was?« fragte ich. Ich wußte nicht, was ich sagen sollte.

»Ich habe lange überlegt, ob und wie ich dich davon in Kenntnis setzen soll«, fuhr er fort, als ginge es darum, mich zu schonen, »schließlich hast du momentan genug mit dir und deiner Vaterschaft zu tun. Doch ich hatte trotz allem das Gefühl, es dir schuldig zu sein. Ich wollte nicht einfach so verschwinden.«

Ich schluckte. »Und seit wann … ich meine, seit wann denn?«

»Ironischerweise hat es sich in der Fruchtbarkeitsklinik herausgestellt. Der Befund war eher ein Nebenprodukt.«

»Und wie lange weißt du es schon?« Aus irgendeinem Grund war es mir wichtig herauszufinden, ob er es bereits gewußt oder geahnt hatte, als er bei uns zum Abendessen war. Doch dafür benötigte ich keine höhere Mathematik. Ich war zutiefst davon überzeugt.

»Es scheint so, als hätte ich noch einmal Glück im Unglück gehabt. Durch die Fruchtbarkeitstests wurde der Tumor in einem sehr frühen Stadium entdeckt. Die Ärzte waren sich zunächst selbst nicht ganz sicher. Er ist zwar bösartig, aber gut eingrenzbar, hat nicht metastasiert, nicht gestreut. Ich werde also zu neunundneunzig Prozent zurückkommen.«

Er sprach sehr langsam, fast bedächtig, trotzdem hatte ich Mühe zu folgen. Wieder war alles anders, wieder mußte ich alles um- und überdenken. Wie von fernher hörte ich den Kellner unsere Getränke in die Kasse tippen.

»Was für ein Tag«, gab ich es auf und ließ mich in meinen Stuhl zurückfallen. Für einen Moment saß ich einfach nur da, nicht einmal traurig, nur leer.

HC legte seine Hände flach nebeneinander auf den Tisch, wie um zu verhindern, daß sie zitterten. Doch er schien äußerlich viel ruhiger, viel gefaßter als ich, einmal mehr. »Wie du dir vorstellen kannst, ist mir die Angelegenheit äußerst unangenehm. Ich möchte dich daher bitten, Stillschweigen zu bewahren. Es weiß wirklich nur der engste Kreis.«

»Und Herr Dr. Moosheimer«, sagte, fragte ich.

»Er spielt mit meiner Mutter vierhändig Klavier, die beiden machen schon seit Ewigkeiten zusammen Kammermusik – wußtest du das nicht? In ihrer Verzweiflung hat sie ihm von der Diagnose erzählt, und Moosheimer war gleich als erster zur Stelle. Er ist vielleicht der einzige, der im Moment auflebt, weil er wieder gebraucht wird. Aber bitte, wie gesagt …« Er legte einen Zeigefinger auf die Lippen.

Natürlich würde ich schweigen, wem sollte ich auch davon erzählen außer vielleicht Lisa, die allerdings gestaunt hätte, wie sehr sie mit ihrer Mutmaßung falsch lag. Doch nicht einmal sie ging das etwas an.

»Wenn es irgend etwas gibt …« sagte ich und schaute dabei reflexartig auf die Uhr. Mein Zug fuhr in sieben Minuten.

»Laß gut sein«, HC war mein Seitenblick nicht entgangen, doch er sah mit einem Lächeln darüber hinweg. »Das Wichtigste ist, wie du schon sagtest, daß ihr euer Kind gesund zur Welt bringt.«

Es wurde wirklich höchste Zeit. Selbst wenn ich Herrn Dr. Moosheimer und ihm nur schnell auf Wiedersehen winkte, würde ich mich sehr beeilen müssen. »Ganz im Ernst, ich würde gerne etwas für dich tun.«

HC schaute auf seine Hände, irgendwo in der Nackengegend spürte ich die Sekunden verrinnen. Doch ich konnte jetzt nicht einfach gehen, ich wollte HC nicht noch einmal im Stich lassen wie damals mit dem Scherbenhaufen unseres Studiums. Es war vielleicht meine letzte Chance, mich ihm gegenüber als Freund zu erweisen.

»Vielleicht können wir morgen telefonieren«, setzte ich so sanft wie möglich hinzu, doch es klang nach einer billigen Ausflucht.

HC sah mich kurz an und senkte dann wieder den Blick. »Es gäbe da wirklich etwas«, sagte er leise, fast stimmlos, »allerdings …«

Ich bemerkte erst jetzt, daß ich mich von meinem Stuhl halb erhoben hatte, und sank langsam zurück auf die Sitzfläche. Auch bei einem rekordverdächtigen Sprint mußte der Zug nun schon einige Minuten Verspätung haben, damit ich ihn noch erwischte.

»Wenn ich helfen kann …« sagte ich.

»Also gut.« Er klang nicht entschlossen, sondern eher zögerlich, doch er beugte sich über den Tisch zu mir vor, »ich werde dich nur ein einziges Mal fragen, und wenn du nein sagst – nichts für ungut. Dann vergessen wir das Ganze und erwähnen es nie wieder. Versprochen?«

Ich nickte. Mir war, als könnte ich hören, wie in diesem Moment die Lautsprecherdurchsagen auf dem Bahnsteig verhallten, die Waggontüren zuschlugen und der Zug sich langsam in Bewegung setzte.

»Meine Frau wünscht sich noch immer ein Kind«, tastete HC sich Wort für Wort voran, sorgfältig darauf bedacht, nicht mehr zu sagen als unbedingt nötig, damit es in meinem Kopf endlich klick machte.

Ich verstand nicht.

»Die Frage ist«, wurde er deutlicher, »ob du eventuell bereit wärst, an meiner Stelle …«

15

Ich?

Im ersten Moment dachtest du, daß du es für ihn tun würdest, tun mußtest. Wenn es nach dir gegangen wäre, hättest du keine Sekunde gezögert. Aber es ging eben nicht nur nach dir, nicht nur um dich, um HC und eure Freundschaft, es ging auch um Lisa und das Kind, das für dich längst nicht mehr nur Obsklappt, nicht nur eine Möglichkeit war, sondern ein Teil deines Lebens. Deshalb mußtest du dir die Sache immer wieder durch den Kopf gehen lassen, immer wieder aufs Neue überlegen, obwohl du von einer Lösung weiter entfernt warst denn je. Es gab keine Möglichkeit, das wurde dir immer klarer, das eine ließ sich mit dem andern nicht vereinbaren. Wie du es auch anfingst, welche Worte du auch dafür fandst, du konntest Lisa nicht ernsthaft fragen, ob es ihr etwas ausmachte, wenn du HCs Frau an seiner Stelle schwängern würdest. Doch genau darauf lief es hinaus.

Ich hatte HC um Bedenkzeit gebeten, wollte wenigstens einmal darüber schlafen, obwohl an Schlaf nicht zu denken war angesichts der Entscheidung, die ich treffen mußte. Ich war gleichermaßen erschüttert und geschmeichelt von dieser Bitte, diesem Überfall, diesem ungeheuren Freundschaftsdienst, der von mir verlangt wurde. Ich wußte nicht, was ich denken sollte.

Bis fünf Uhr morgens hatte ich Zeit, dann fuhr der erste Zug zurück. Anfangs war ich wie gelähmt von soviel Leerlauf, von der Aussicht auf diese unbehauste Hälfte der Nacht. Auf einmal saßen mir die Sekunden nicht mehr im Nacken, sondern taten sich wie Abgründe vor mir auf. Nie hätte ich gedacht, daß ich noch einmal so in Konflikt mit mir geraten könnte. Doch das

Drama war wieder da, und ausgerechnet HC, der undramatischste Mensch, den ich kannte, hatte es in mein Leben zurückgebracht.

Aus Mangel an Alternativen kam ich mit, als HC aufbrach, um Herrn Dr. Moosheimer ins Hotel zu bringen. Der gute Mann war müde nach all den Aufregungen des Abends, doch ich überredete ihn zu einem letzten Schlummertrunk in der Hotelbar, um noch etwas Zeit zu gewinnen. Herr Dr. Moosheimer sah mit Wohlgefallen, daß ich HC offenbar beistehen wollte, daß seine beiden Schützlinge einander nicht im Stich ließen, und er konnte sich nicht ganz zu Unrecht einbilden, mit seinem Beispiel dazu beigetragen zu haben. Doch er hatte ja keine Ahnung, was HC tatsächlich von mir erwartete! In seiner Welt gab es Freunde, die füreinander da waren, wenn man sie brauchte, die sich väterlich oder brüderlich umeinander kümmerten und eine verschworene Gemeinschaft bildeten, zusammengehalten nicht durch die Bande des Blutes, sondern des Geistes. Es war die Illusion oder Idee der Freundschaft, für die Herr Dr. Moosheimer sich entschieden hatte, die er lebte und uns vorlebte. In gewisser Weise konnte ich ihn dafür nur bewundern – und beneiden. Er würde gut schlafen heute nacht.

Nachdem er sich warmherzig und sichtlich ergriffen von uns verabschiedet hatte, trank ich mit HC noch ein alkoholfreies Bier. Dann ging ich über zu Kaffee-Cognac, ich mußte schließlich wach bleiben und einen halbwegs klaren Kopf behalten, es gab noch so vieles zu besprechen, zu bedenken. HC hatte seine Bitte nur einmal angedeutet und sich dann vornehm zurückgehalten. Korrekt wie immer schien er mich nicht unter Druck setzen zu wollen. Dabei wäre es mir fast lieber gewesen, wenn er mich mit vorgehaltener Pistole zum Geschlechtsverkehr mit seiner Frau gezwungen hätte. Das hätte mir die Entscheidung leichter gemacht.

Der entscheidende Punkt war, daß seine Frau die Hormontherapie nach seinem Krebsbefund nicht abgebrochen hatte. Sie spritzte weiterhin Gonadotropin zur Steuerung und Stimulation von Eizellenreifung und Eisprung. Damit ließ sich der ideale Zeitpunkt für die Fertilisation genau bestimmen. Medizinisch hatte ich inzwischen genügend Erfahrung, um eine Fruchtbarkeitsklinik auf eigene Faust zu betreiben. Auch HC schien auf seinem Parcours durch die Kinderwunsch-Therapien ausreichend Fachwissen gesammelt zu haben. Wir mußten uns förmlich zusammenreißen, um uns an dieser leidvoll erworbenen Expertise nicht zu sehr zu berauschen. Möglich war alles: Ich konnte als Samenspender für Inseminationen und In-vitro-Befruchtungen fungieren, ich brauchte nicht einmal Seite an Seite mit seiner Frau in die Klinik zu gehen, sondern konnte mein Ejakulat einfrieren lassen und über eine Samenbank zur Verfügung stellen. Doch das Einfachste, Schnellste und Effektivste war immer noch der natürliche Weg. Es war das, was jeder Kinderwunsch-Therapeut als allererste Maßnahme vorschlug: zu dem hormonell gesteuerten Ovulationstermin schlicht und ergreifend miteinander zu schlafen.

Seine Frau sei damit einverstanden, hatte HC mir versichert. Sie hätten sich in langen Gesprächen ausgiebig Gedanken über mögliche Spender gemacht, bekannte wie anonyme. Doch sie hatten keinen geeigneten Kandidaten finden können. Noch dazu führte der offizielle Weg über ein juristisch kompliziertes und langwieriges Verfahren der Einverständnis- und Verzichtserklärungen. So viel Zeit hatten sie nicht. Auch HCs Frau hatte die vierzig überschritten und war nach mehreren vergeblichen Versuchen in Serie zu verzweifelt, um auf die langsam mahlenden Mühlen der Bürokratie zu warten. Jeder Zyklus, der ohne Empfängnis vorbeiging, stellte eine unwiederbringlich verpaßte Chance dar.

Das Problem kam mir bekannt vor, und ich konnte nur hoffen, daß auch Lisa es in der Zwischenzeit nicht vergessen hatte, selbst wenn es mittlerweile nicht mehr das unsere war. Wer, wenn nicht sie, hätte Verständnis haben müssen für diese Frau, für ihre letzten Verzweiflungstaten vor dem Fatum der Kinderlosigkeit?

Natürlich würde Lisa dann immer noch fragen: Warum ausgerechnet du? Warum konnte nicht jemand ohne Familie, ohne Verpflichtungen und tiefere Bindungen für HC in die Bresche springen? Ihr würde vermutlich die Erklärung nicht reichen, daß er und seine Frau einen Spender benötigten, dem sie vertrauen konnten, der sein eigenes Glück schon gemacht hatte und aus möglichst uneigennützigen Motiven zu einem solchen »Fertilisations-Seitensprung« bereit war. Dieses Wort – mit Betonung auf »Seitensprung« – hatte ich nach meinem zweiten oder dritten Kaffee-Cognac erfunden, um auf den Begriff zu bringen, daß ich mich nicht mit ethischen oder moralischen Skrupeln herumschlug, sondern einzig und allein an meine Frau dachte. Denn bei allem Verständnis blieb es ein Verrat an der Ausschließlichkeit zwischen Lisa und mir, eine Art genetische Untreue ihr gegenüber.

Aber war es das wirklich? Je länger ich mit HC darüber redete, desto mehr traten meine Bedenken in den Hintergrund. Es waren ja keine Gefühle im Spiel. Noch nie in der langen Geschichte der Untreue hatte ein Mann mit größerer Berechtigung behaupten können, die andere Frau bedeute ihm nicht das geringste. Ich kannte sie ja nicht einmal! Insofern konnte auch von einem Seitensprung oder Betrug nicht die Rede sein. Ich stellte nur mein Sperma zur Verfügung, eine rein biologische Transaktion, und der damit verbundene Geschlechtsverkehr war nicht mehr als eine unvermeidliche Begleiterscheinung – der direkteste Weg.

Aus HCs unaussprechlicher Bitte war längst eine Idee geworden, ein ausführbarer, fest umrissener Plan, einschließlich einer Gesprächsstrategie, die Lisa überzeugen sollte. Unmöglich zu sagen, ob sie im einzelnen von ihm stammte oder von mir. Jeder Schritt ergab sich zwingend aus dem vorigen, es konnte gar nicht anders sein. Für einen Moment schien zwischen HC und mir alles wie früher. Wir waren auf einmal wieder die Freunde, die es seit unserem Studium, seit Stendal nicht mehr gab.

HC mußte dasselbe empfunden haben. Als die Hotelbar schloß und er sich auf den Nachhauseweg machte, als wir schon Hände geschüttelt hatten – förmlich wie immer –, drehte er sich ein letztes Mal zu mir um und bat mich, Lisa wissen zu lassen, wie wichtig ihm gerade diese Wahl sei. Er habe gewollt, daß es sich bei dem biologischen Vater seines Kindes um jemanden handelte, der ihm näher, ähnlicher war als sonst jemand auf der Welt.

Dieser Satz ging mir ein wie selten ein Wort. Zwanzig Jahre lang hatte HC nicht die Gemeinsamkeiten, sondern nur die Unterschiede zwischen uns beiden betont. Eine größere Liebeserklärung hätte er mir nicht machen können, nur daß der Fall völlig anders lag als von Lisa vermutet. Ich hätte an seiner Stelle sein können, und umgekehrt. Uns trennte ein biologischer Zufall. Was er von mir verlangte, hätte er auch für mich getan.

»Ich rede mit ihr«, hatte ich HC noch in der Tür versichert und es von ganzem Herzen gemeint, doch im selben Moment wurde mir klar, daß das unmöglich war.

Als ich am nächsten Morgen völlig übermüdet mit einem Strauß Blumen an Lisas Krankenhausbett stand, hatte die Realität meine nächtlichen Vorsätze längst überholt. Schon auf meinem Streifzug durch Hamburg zwischen halb drei und fünf war unser Plan in immer weitere Ferne gerückt. Ich hatte die Alster einmal umrundet, mir den Wind um die Nase wehen lassen und auf St. Pauli Unmengen von Kaffee getrunken, doch die Müdigkeit hatte mich trotz allem eingeholt und mit ihr die Ernüchterung. Im Frühzug nach Bremen erschien mir meine Unterhaltung mit HC so unwirklich wie ein Fiebertraum und das bevorstehende Gespräch mit Lisa, das ich durchdacht hatte wie eine Schachpartie, völlig aussichtslos.

Die Türkin im Nachbarbett hatte Besuch, zunächst nur von ihrem schweigsamen Gatten, der mit den Ellbogen auf die Knie gestützt auf einem Hocker neben dem Nachttisch saß, die Hände gefaltet wie zum Gebet. Dann trafen in rascher Folge die restlichen Familienmitglieder ein, Eltern und Schwestern der Schwangeren mitsamt ihrer vielköpfigen Kinderschar. Das maskenhafte Gesicht der Patientin, das eben noch zur Leidensmiene erstarrt zu sein schien, offenbarte auf einmal matronenhafte Züge. Von zahlreichen Kissen gestützt, saß sie aufrecht im Bett und stieß barsche, schimpfende Befehle aus, die auf die Kinder ringsum größeren Eindruck machten als die Zurechtweisungen der anderen Frauen. Anscheinend wurde sie nicht zum ersten Mal Mutter.

Es war Samstagvormittag und offenbar so etwas wie der Welttag des Krankenhausbesuchs. An ein Vier-Augen-Gespräch mit Lisa, wie es mir vorgeschwebt und geschwant hatte, war nicht zu denken. Unsere Unterhaltung beschränkte sich auf das Notwendigste und den Austausch vielsagender Blicke. Das traurig-zornige Mädchen, das am Fenster gelegen hatte, war verschwunden. Ihr Bett sah frisch bezogen aus. Ich fragte mich, ob das ein gutes oder schlechtes Zeichen war.

Die Ärzte hatten sich über Lisas Zustand »zufrieden« geäußert. Es waren keine Wehen oder Krämpfe mehr aufgetreten, der Muttermund hatte sich nicht weiter geöffnet, normalerweise half in solchen Fällen bereits viel Bettruhe und möglichst wenig Belastung. Übers Wochenende würde sie noch zur Beobachtung auf der Station bleiben, Montag könne sie dann voraussichtlich nach Hause. Ich war so erleichtert und erschöpft, daß ich mich am liebsten neben sie gelegt hätte. Es war sehr warm in diesem Zimmer, viel wärmer als gestern, so kam es mir vor. Noch dazu hatte das Tuscheln und Feixen der Kinder ringsum in meinen Ohren etwas Einlullendes, Beruhigendes. Es zeugte lärmend und lachend davon, daß das Leben weiterging.

»Und wie war's mit HC und deinem Lehrer?« erkundigte sich Lisa und riß mich aus einem Dämmerzustand zwischen Träumen und Wachen. Ich hatte ihr noch nicht einmal gebeichtet, daß ich die Nacht über in Hamburg war und nur kurz zum Duschen und Frühstücken zu Hause vorbeigeschaut hatte.

»Herr Dr. Moosheimer fand, daß uns der Dichter mit seinem Stück etwas völlig anderes sagen wollte als die Inszenierung«, winkte ich ab. Doch Lisa sah mir an, daß das nicht alles war, was ich auf dem Herzen hatte. Ich war ein schlechter Schauspieler, wenn es darum ging, ihr etwas vorzumachen. Sie kannte mich einfach zu gut.

»Vielleicht könntest du mir in den Rollstuhl helfen und mich zur Toilette fahren?« schlug sie vor. Ich verstand, daß es keinen anderen Weg gab, um ungestört zu sein, faßte sie unter den Armen und half ihr in das Gefährt. Doch mir war keineswegs wohl bei diesem Ausflug. Allein mit ihr auf dem Gang oder in einer stillen Ecke würde ich noch weniger vor ihr verbergen können, was mich beschäftigte. Wie sollte das erst werden, wenn ich mit HCs Frau geschlafen hatte?

Ich schob Lisa den Gang hinab an einem breiten, lastenzugartigen Fahrstuhl vorbei, der sich im selben Moment öffnete und den Blick auf zwei Dreierreihen von Babybetten freigab, allesamt leer und unbenutzt, mit identischen Deckchen und Kissen. Sie glichen einander vollkommen, bis auf die Nummern an den Fußenden. Die Vorstellung, daß unser Kind schon bald in einem dieser Bettchen auf mich zugerollt kommen würde, fuhr mir tief in die Eingeweide. Der Kreißsaal mußte hier ganz in der Nähe sein. Ich schlug Lisa vor, umzukehren und woanders ein ruhiges Plätzchen zu suchen. Sie lächelte.

Am anderen Ende des Ganges gelangten wir in den erkerähnlichen Vorraum eines Treppenhauses. Ich fand es hier ein bißchen zugig, doch Lisa machte das nichts aus. Damit war eine Aussprache unvermeidlich. Meine Strategie hatte ich längst über den Haufen geworfen. Es gab nur eine Art, aus diesem Dilemma herauszukommen, ich mußte Lisa von vornherein sagen, daß ich mich dagegen entschieden hätte, ihr aber HCs Ansinnen auch nicht verheimlichen wollte. Nur für den Fall, daß sie überhaupt kein Problem darin sah, würde ich meine ablehnende Haltung noch einmal überdenken. Das war zwar nicht die Fürbitte, die ich HC versprochen hatte, doch auf diese Weise lag die Entscheidung bei ihr.

»Nimm es dir nicht so zu Herzen«, begann Lisa mit sanfter Stimme, bevor ich irgend etwas sagen konnte, »es gibt keinen Grund, warum du schlechter schlafen solltest als wir.«

Ich nickte, sie konnte unmöglich Bescheid wissen. Oder hatte HC etwa auch darüber schon mit ihr telefoniert?

»Du siehst müde aus, deine Augen –«

»Halb so wild, ich bin nur ein bißchen …« unterbrach ich sie, ohne zu wissen, wie ich diesen Satz zu Ende bringen sollte. Ratlos schaute ich zu Boden.

»Alles wird gut«, sagte sie und strich mir durchs Haar, »glaub mir, ich weiß das.« Dann nahm sie mit einem verschmitzten Lächeln meine Hand, führte sie unter ihren Bademantel und legte sie sich auf den Bauch. »Spürst du das, diese Bewegungen? Das ist er, das sind seine Füßchen! Da, schon wieder! Hast du gemerkt, wie er mich tritt?«

Unter meiner Handfläche, meinen Fingerspitzen spürte ich

tatsächlich etwas, undeutlich zunächst, ein leichtes Puckern und Pulsieren, das mit der Berührung aber schnell zur Ruhe kam. Für einen Moment regte sich nichts, nur meine Finger zitterten leicht, bis es plötzlich unter ihrer gespannten Haut einen heftigen Tritt gab, der mich wie ein Stromstoß durchfuhr. Vor Überraschung zuckte ich zurück, um dann sofort wieder Tuchfühlung mit diesem strampelnden Wesen auf der anderen Seite zu suchen.

»Er ist so munter, so aufgeweckt! Die halbe Nacht hat er herumgeturnt und gespielt, ich habe von ihm geträumt, ihn vor mir gesehen, die ganze Zeit. Am liebsten hätte ich dich gestern nacht noch angerufen, damit du vorbeikommst und es miterlebst, jede Sekunde.«

Zum Glück hatte sie das nicht getan.

»Schön«, sagte ich, »so etwas Schönes ...« Mir gingen schon wieder die Worte aus.

»Also, bitte, mach dir keine Sorgen, uns beiden geht es bestens ...« Sie begrub meinen Kopf in den Kragenfalten ihres Bademantels. Meine Hand lag noch immer auf ihrem Bauch. Der kleine Turner auf der anderen Seite hatte sich beruhigt und seine Zirkusnummer eingestellt. Nur ab und zu boxte beinahe unmerklich eine kleine Faust gegen meine Fingerspitzen. Für mich hätte die Zeit jetzt stehenbleiben können.

Dann hüllte sich Lisa wieder tiefer in ihren Bademantel, auf die Dauer schien ihr doch ein bißchen kalt zu werden. »Warum gehst du nicht einfach nach Hause, schläfst dich einmal richtig aus, träumst ein bißchen von uns und kommst dann heute Abend zur großen Turnstunde wieder?«

Ich hätte nicht glücklicher sein können und war bereit, alles zu tun, was sie sagte. Nur ganz entfernt streifte mich der Gedanke, daß ich wenigstens andeutungsweise auf HCs Unfruchtbarkeit zu sprechen kommen sollte, um eine Brücke für später zu bauen, doch alles, was ich herausbrachte, war die Entschuldigung, daß ich wirklich ziemlich durch den Wind sei. »Brauchst du noch etwas von zu Hause, kann ich sonst irgendwas für dich tun?« zog ich meine Hand zurück.

Lisa sah mich kopfschüttelnd an. »Nein, aber du könntest mich langsam wirklich zur Toilette fahren. Der Kleine bringt meine Eingeweide ganz schön in Schwung ...«

Ich hatte mit HC verabredet, daß ich ihn gleich nach meinem Krankenhausbesuch anrufen würde, um ihm zu berichten, wie Lisa reagiert hatte. Doch als ich nach Hause kam, sah ich mich außerstande, zum Telefon zu greifen. HC wartete inständig auf meine Zusage, kein Zweifel, er hätte sicher auch ein Nein von Lisa anstandslos akzeptiert. Nur daß ich in seiner Sache entgegen meinen Beteuerungen rein gar nichts unternommen hatte und ohne auch nur gefragt zu haben aus dem Krankenhaus zurückgekommen war, das konnte ich ihm wohl kaum verständlich machen.

Ich hatte noch nicht einmal Zeit gehabt zu überlegen, was ich sagen würde, als bereits das Telefon klingelte. Wie verzweifelt mußte HC sein, um auch das letzte bißchen Zurückhaltung fahren zu lassen und von sich aus bei mir anzurufen? Daß er so vorpreschte, daß er es so wenig erwarten konnte, strafte seine ganze Selbstbeherrschung Lügen.

Ich nahm ab und meldete mich etwas unwirsch, doch am anderen Ende war nicht HC, sondern Frau Kublitschek, die sich nach Lisas Zustand erkundigte. Ich konnte guten Gewissens Entwarnung geben und dämmerte im Laufe des Gesprächs mehrmals hinüber in nebulöse Traumgefilde, während Frau Kublitschek von ihren eigenen Schwangerschaftserfahrungen erzählte, die sich natürlich noch spektakulärer ausnahmen, da sie nicht bloß ein Einzelkind, sondern hyperaktive Zwillinge ausgetragen hatte. Als sie sich endlich mit einer Reihe guter Ratschläge verabschiedet hatte, faßte ich mir ein Herz und rief HC an, um möglichst alles Unangenehme in einem Rutsch zu erledigen. Schon nach dem zweiten Klingeln nahm er ab.

»Es ist leider nicht so einfach, wie wir gedacht hatten«, hielt ich mich nicht lange mit Höflichkeiten auf. Selbst über die Entfernung hinweg konnte ich spüren, wie sein Schweigen gefror. »Ehrlich gesagt, es war ziemlich naiv von uns zu glauben, ich könnte einfach so in Lisas Krankenzimmer hineinmarschieren und mir von ihr ein klares Ja oder Nein abholen ...«

Eigentlich wäre HC jetzt mit einer Zwischenfrage oder Bemerkung dran gewesen, doch er wartete einfach nur ab. Es war klar, daß er es mir nicht leichtmachen würde.

»Ich rede nicht nur von ihrem Zustand, ihren Ängsten vor einer Fehlgeburt und den zu erwartenden Komplikationen durch eine Muttermundschwäche, es ist dieser ganze Krankenhausbetrieb. Du mußt dir das einmal vorstellen, an einem Samstag zur besten Besuchszeit, weißt du, wie schwierig es da ist, überhaupt ein persönliches Wort miteinander zu wechseln?«

»Was hat sie gesagt?« fragte HC unbeeindruckt.

Für einen Moment hielt ich die Luft an, doch was blieb mir anderes übrig? »Ihre Antwort ist: Sie muß es sich noch überlegen. Wie nicht anders zu erwarten. Sie will darüber nachdenken, ernsthaft nachdenken, aber sie braucht etwas Zeit.«

HC schien wieder in eisiges Schweigen zu verfallen, sprach dann aber doch: »Wenn sie es nicht will, schön und gut, aber dann lieber gleich die ganze Wahrheit, keine Scheibchen, sondern ein klarer Schnitt.«

»Nein, ich ...« Ich konnte ihm nicht in ihrem Namen absagen, ohne sie überhaupt gefragt zu haben, obwohl es das einfachste gewesen wäre, »ich sagte doch, so einfach ist das nicht. Ich kann ihr unter diesen Umständen nicht die Pistole auf die Brust setzen, das mußt du verstehen ...«

Ich war drauf und dran, ihm zu erzählen, daß wir heute zum ersten Mal die Kindsbewegungen in ihrem Bauch gespürt und ertastet hatten, nur um ihm klarzumachen, daß Lisa im Moment wirklich mit anderen Dingen beschäftigt war. Doch HC, in seiner Situation, hätte das wohl nicht als Erklärung aufgefaßt, sondern als Gemeinheit.

»Soll ich mit ihr reden?«

»Das hat keinen Sinn. Was sie jetzt braucht, ist Ruhe. Ruhe und Zeit, wie gesagt.« Es fiel mir schwer, ihn anzulügen, ich war aus der Übung. »Tut mir leid«, setzte ich hinzu.

Vermutlich hatte HC mich längst durchschaut, ich konnte ihn genausowenig täuschen wie Lisa.

»Hat sie in dem Zusammenhang erwähnt, bis wann sie sich entscheiden will?« Die Ironie in seiner Stimme war unüberhörbar. Er wußte, daß ich nicht die Wahrheit sagte.

»Pardon, aber ich habe dummerweise keinen exakten Termin zur Wiedervorlage mit ihr vereinbart«, gab ich so ironisch wie möglich zurück. »HC, im Ernst, sie hat nicht kategorisch Nein gesagt, sie ist weder wütend geworden noch in Tränen ausgebrochen, sondern setzt sich damit auseinander. Das sind unterm Strich gute Nachrichten. Mehr ist im Moment nicht drin.«

»Sie hat es also gefaßt aufgenommen«, hakte er nach, auf einmal wieder ganz Staatsanwalt.

»Sie hat es sich angehört und will darüber nachdenken, ja.« Allmählich kam ich ins Schwitzen.

»Wohlwollend?«

»Was heißt ›wohlwollend‹? Ich hatte mit einem Schock, mit einer heftigen Reaktion gerechnet, insofern schien sie mir ›wohlwollend‹ im Sinne von ›nicht-ablehnend‹ – mein Gott, HC, wir sind hier doch nicht im Kreuzverhör!«

»Entschuldige, ich möchte nicht indiskret sein, es ist nur so«, sagte er langsam, »der Eisprung ist morgen.«

»Morgen?«

»Mit höchster medizinischer Sicherheit.«

Diesmal war das Schweigen gegenseitig.

»Ja, aber ...« sagte ich nach einer Zeit, dann brach ich wieder ab. Mein Kopfschütteln konnte er sich denken.

HC atmete zwei, drei Mal in den Hörer, bevor er Worte fand. »Wir hatten einfach beide sehr gehofft ...«

»Ja, aber ... morgen schon?«

»Ich wollte dich nicht in Verlegenheit bringen«, sagte er, wieder halbwegs gefaßt, mit der gewohnten Bitterkeit.

»Ich besuche Lisa heute abend noch einmal im Krankenhaus und versuche es gerne, aber ich fürchte, wenn ich ihr jetzt damit komme, daß es sich schon um morgen handelt ...« Ich mußte nur noch fünf, sechs Sätze überstehen, nur noch ein paar Minuten hart bleiben, dann war der ganze Spuk vorbei, und ich würde HC nie wiedersehen. »Ich hätte es sofort für dich getan, glaub mir, aber ich kann Lisa damit nicht so überfallen ...« Das war die Wahrheit.

»Es ist deine Entscheidung«, sagte HC.

»Nein, es ist nicht meine Entscheidung, es ... es geht einfach nicht, nicht in dieser Situation.«

»Wie du meinst.«

»Außerdem«, wenn ich es genau überlegte, sprach eigentlich alles dagegen, »muß ich morgen vormittag auf der Preisverleihung eines Kollegen die Laudatio halten und habe am Abend Vorstellung bis elf.«

»Und dazwischen?«

»Wie, dazwischen?«

»Na, am Nachmittag.«

»Nun ja ...« Dazwischen war Zeit, mehrere Stunden Muße, in denen ich mich normalerweise in irgendein Café gesetzt hätte, um Leute zu beobachten und ein bißchen Text zu repetieren.

Aus irgendeinem Grund hatte ich bei unserem Plan ganz selbstverständlich an einen Abend gedacht. Aber da dieses Rendezvous mit Lust oder Liebe nicht das Geringste zu tun hatte …

»Ich hole dich ab«, sagte HC.

16
Verleihung

Ich hatte Mühe, der Preisverleihung wenigstens halbwegs zu folgen. Obwohl ich den Ablauf schriftlich vor mir hatte, vergaß ich ständig, was wann kommen sollte. Meine Nervosität war völlig fehl am Platz und durch den harmlosen, anderthalbseitigen Strasberg-Text, den ich zu verlesen hatte, in keiner Weise gerechtfertigt. Doch vor jedem neuen Programmpunkt zuckte ich zusammen, als hätte ich mein Stichwort verpaßt.

Außerdem war mein Schlafdefizit seit gestern nicht gerade kleiner geworden. Die ganze Nacht hatte ich mir alle möglichen Schreckensszenarien ausgemalt, was wäre, wenn Lisa von meiner heimlichen Samenspende erfuhr … Ausgeschlossen, daß sie mir jemals verzeihen würde, daß es zwischen uns wieder so werden könnte wie vorher. Doch es war mehr als das übliche schlechte Gewissen. Zum ersten Mal hatte ich das dumme Gefühl, nicht nur mich oder meine Partnerin unglücklich zu machen, sondern meine Familie.

Insofern stand eines von vornherein fest: Wenn ich zu HC in den Wagen stieg, dann nur unter der Bedingung, daß es das erste und letzte Mal war. Dieser »Fertilisations-Seitensprung«, der nun doch einem Betrug gleichkam, weil ich Lisa nicht die Wahrheit sagen konnte, würde die absolute Ausnahme bleiben. Für den nächsten Zyklus mußten HC und seine Frau sich jemand anderen suchen. Und ich beruhigte mich immer wieder mit dem Gedanken, daß bei diesem einen Mal schon nichts passieren würde. Die Wahrscheinlichkeit, daß es nach so vielen vergeblichen Versuchen ausgerechnet jetzt klappte, ging gegen Null.

Nur unter dieser Maßgabe war es mir möglich gewesen, Lisa bei meinem Krankenhausbesuch gestern abend in die Augen zu schauen. Nicht, daß sie Verdacht geschöpft hätte. Der Plan, den HC und ich ausgeheckt hatten, war in gewisser Weise so ungeheuerlich, daß sie paranoid hätte sein müssen, um darauf zu kommen, ganz abgesehen davon, daß sie HC noch immer für einen homophilen, unglücklich verliebten Studienfreund von mir hielt. Doch ihre Ahnungslosigkeit schmerzte mich fast noch mehr als ihr Scharfblick für meine Erschöpfung und die kleinen Lügen nebenbei. Ich hatte das Gefühl, ihr Vertrauen in einer Weise, in einem Bereich zu mißbrauchen, der für sie vollkommen fraglos, ganz und gar unantastbar war.

Stundenlang hatte ich mich im Bett hin und her gewälzt. Der Krankenhausbesuch bei Lisa hatte mir noch einmal vor Augen geführt, wieviel auf dem Spiel stand: Ich war im Begriff, meiner Frau weh zu tun, der Person, die ich liebte, in einem Zustand, der unser größtes Glück und unsere größte Sorge bedeutete. Mehrmals war ich kurz davor gewesen, HC anzurufen mitten in der Nacht und die ganze Sache abzusagen, egal, wie enttäuscht oder verbittert er sein würde, egal, ob es das unrühmliche Ende meiner Geschichte mit Hans-Christian Meyerdierks war. Er an meiner Stelle hätte vielleicht einen Schlußstrich gezogen. Daß ich hingegen nicht zum Telefon griff, lag nicht an unserer Freundschaft oder meinem Mitgefühl, sondern daran, daß ich zu schwach war.

Gegen vier Uhr morgens kam mir dann die rettende Idee – der einzige Weg, mich halbwegs unbeschadet aus dem Dilemma herauszulavieren! Ich brauchte es nicht dem Schicksal zu überlassen, ob aus meiner Samenspende möglicherweise das Kind meines besten Freundes wurde mit all den unabsehbaren Konsequenzen, die daraus erwuchsen. Ich konnte den Gang der Dinge beeinflussen, indem ich es so machte wie bei meiner verratzten Spermaprobe seinerzeit. Dieser vielleicht schmachvollste Moment meines Männerlebens erschien mir auf einmal wie ein Fingerzeig Gottes – warum war ich darauf nicht schon um halb zwölf gekommen? –, denn offenbar gehörte ich zu den wenigen Herren der Schöpfung, bei denen der Koitus Interruptus todsicher funktionierte. Wenn ich den Orgasmus nur vortäuschte oder zumindest nicht mehr als teilejakulierte, bestand keine Gefahr, daß HCs Frau empfing, schließlich war es medizinisch erwiesen, daß die ersten traurigen Tröpfchen bei mir nur leblose oder unbewegliche Schwimmer enthielten. Über diesem Gedanken schlief ich ein.

Am nächsten Morgen auf dem Weg nach Hamburg schien mir die Idee schon etwas weniger glorreich, doch es war immer noch das kleinste Übel, mich mit einem möglichst trockenen Orgasmus aus der Affäre zu ziehen. Auf diese Weise würde ich Lisa gegenüber keinen genetischen Treuebruch begehen und mit HC wäre ich quitt. Ich mußte nur so tun, als würde ich alles geben, aber das Beste zurückhalten. Es war bestimmt nicht das, was er an meiner Stelle getan hätte, aber er wollte ja auch nicht von allen geliebt werden.

Die Preisverleihung ging unendlich zäh und schleppend voran. Sie sollte nicht länger als neunzig Minuten dauern, einschließlich Händeschütteln, Umarmung und Gruppenfoto des Preisträgers mit seinen Gratulanten. Doch es drohten die längsten neunzig Minuten meines Lebens zu werden, wohl auch deshalb, weil ich wie auf mich selbst zurückgeworfen dasaß und hinter meinem Preisverleihungslächeln zuviel Zeit zum Nachdenken hatte. Dabei hätte ich diesen ganzen verfluchten Tag am liebsten wie im Rausch hinter mich gebracht, ohne jedes Innehalten, ohne auch nur eine Sekunde zur Besinnung zu kommen.

Allerdings waren die Zweit- und Drittgedanken, die ich so

gerne ausgeschaltet hätte, inzwischen ganz anderer Art. Ich beschäftigte mich nicht mehr mit meinen Schuldgefühlen und Gewissensnöten, sondern einzig und allein mit der »Tat«, die in meinen nächtlichen Phantasie-Auseinandersetzungen und imaginären Beichtszenen mit Lisa immer schon eine vollendete »Tat-Sache« gewesen war. Bisher hatte ich hauptsächlich Angst vor dem Danach gehabt, jetzt hatte ich auf einmal Angst davor. Denn die Rolle, die ich dabei zu spielen hatte, erschien mir auf einmal wahnsinnig kompliziert. Ich versuchte mich zu erinnern, wie ich jenen fruchtlosen, halben Orgasmus damals im Bühnenturm des Theaters zustande gebracht hatte, wie gequält und hektisch ich dabei zu Werke gegangen war. Schon allein diesen Akt so oder so ähnlich zu reproduzieren, hätte mein schauspielerisches Können auf eine harte Probe gestellt. Doch noch dazu war ich nicht allein! Das Ganze mußte auf HC bzw. seine Frau überzeugend wirken, und zwar so, als würde ich wahrhaftig Samen spenden wollen, während ich in Wirklichkeit nichts eifriger versuchte, als ihn zurückzuhalten.

Erschwerend kam hinzu, daß ich über die näheren Umstände rein gar nichts wußte. Ich hatte keine Ahnung, wie die Szene aussehen würde, kannte weder meine Partnerin noch den Raum, geschweige denn all die Verabredungen, die HC mit seiner Frau im Vorfeld getroffen hatte. Die Kleiderordnung zum Beispiel: Wie weit sollten wir uns ausziehen, »freimachen«, gegenseitig oder jeder für sich? Die Wahl des Ortes: Wo würden wir es tun (von »treiben« konnte ja wohl kaum die Rede sein), in ihrem Ehebett, auf ihrer Fernsehcouch oder im Gästezimmer (dem späteren Kinderzimmer womöglich)? Und wie würde die Beleuchtung aussehen, hell, dunkel, schummerig rot oder ernüchternd neutral? Würden wir in völliger Verdunkelung nach den einschlägigen Körperteilen tasten oder mit zusammengekniffenen Augen den Blick des anderen meiden? War zum Brechen des Eises ein Glas Sekt vorgesehen oder glich das zu sehr dem Vergnügen, um das es schließlich nicht ging, also doch lieber Karottensaft oder ein kreislaufanregender Kräutertee? Und schließlich der Text: Was sollten wir miteinander reden? »Guten Tag, ich bin HCs Schul- und Studienfreund, freut mich, Sie kennenzulernen«? Und mußte ihr das alles in diesem Moment nicht genauso absurd erscheinen wie mir? In was für eine Situation brachten wir uns da eigentlich? Und warum schaffte es diese idiotische Preisverleihung nicht, mich von all diesen Fragen abzulenken?

Ich hatte weiche Knie, als mich der Moderator für meinen Kurzauftritt auf die Bühne bat. Dabei folgte jetzt eigentlich der Teil des Tages, in dem ich mich am sichersten fühlte, weil alles nach einem klaren, festgelegten Muster ablief. Ich wußte genau, was ich zu sagen und zu tun hatte in der Rolle des von Herzen gratulierenden Kollegen, und normalerweise bewegte ich mich in diesen Konventionen mit der gebotenen Lässigkeit. Doch es war wie verhext. Mir zitterten die Hände, ich konnte das Blatt Papier kaum halten, die Wörter und Zeilen verschwammen vor meinen Augen. Ich stand da wie ein blutiger Anfänger, schwitzend, kurzatmig und textunsicher. Wie sollte ich dem Preisträger, den Ehrengästen und Gratulanten aus Politik und Wirtschaft, den sehr verehrten Zuschauern erklären, daß ich nicht ihretwegen nervös war, sondern weil ich schon an meine nächste Rolle dachte, die ich so ganz und gar nicht beherrschte und bei der die Blamage vorprogrammiert war.

Nach all den Jahren auf der Bühne, nach so vielen Komödien und Klamotten hätte ich wissen müssen, daß auch das Tabu seine Tücken besaß. Ehebruch, Seitensprung, das alles war leichter gesagt als getan. Und während ich auf wackligen Beinen vor dem gutgefüllten Zuschauerraum stand, schien es mir mehr als fraglich, ob ich mit HCs Frau schlafen konnte, nicht moralisch oder emotional, sondern rein körperlich! Mit einer Frau, die mir vermutlich weder attraktiv erscheinen würde noch erscheinen durfte, und obendrein zu einem Zweck, von dem ich inständig hoffte, daß ich ihn in letzter Sekunde würde vereiteln können. In meiner gesamten schauspielerischen Laufbahn hatte ich nicht vor einer solchen Herausforderung gestanden.

Nach den ersten Sätzen fing ich mich einigermaßen. Ich trank einen Schluck Wasser, legte das Manuskript auf dem Rednerpult ab und zwinkerte meinem preistragenden Kollegen zu, als wäre es die Freude für ihn, die mich im Moment übermannte. Dann fuhr ich fort und fand schnell den richtigen Ton für den Text. Die Atmung ging tiefer, der Fokus war da, meine Routine kam zum Tragen.

Was nicht hieß, daß diese ebenso lächerliche wie quälende Frage aufhörte, mich zu beschäftigen. Der gesamte Wie-schlafe-ich-mit-der-Frau-meines-besten-Freundes-ohne-wirklich-mit-ihr-zu-schlafen-Komplex ließ mir keine Ruhe, sosehr ich auch versuchte, meine ungeteilte Aufmerksamkeit dem Vortrag zu widmen. Doch während ich öffentlich aus Strasbergs »Traum der Leidenschaft« rezitierte, drängte sich immer wieder mein privates Besamungsdilemma in den Vordergrund, diese Reagenzglasmasturbation am lebenden Objekt, dieser Versuch einer künstlichen Befruchtung unter natürlichen Umständen!

Im Prinzip war es genau das, wovon Lee Strasberg in seinem viel beachteten Hauptwerk schrieb. Es schien mir sogar der tiefere Sinn von Strasbergs Schauspielertheorie zu sein. Schließlich ging es bei meiner Samenspende um nichts anderes als um die – laut Strasberg – elementare schauspielerische Fähigkeit, eben nicht so zu tun »als ob«, sondern es in gewisser Weise »wirklich« zu tun, indem man die eigene Psyche und Physis gleichsam von der Fiktion der Szene überzeugte. Strasberg riet, die vorhandene Realität (die Kulissen und Kollegen oder auch Frau Meyerdierks) zu transzendieren und durch den »Glauben« an die fiktive Handlung eine eigene emotionale wie körperliche Realität zu erschaffen mit durchaus »echten« Reflexen und Reaktionen. Worauf er hinauswollte, war in letzter Instanz das Wunder von Onan, jenes vielfach unterschätzten biblischen Helden, der kraft seiner Phantasie die »sinnliche Wirklichkeit« einer Frau aus seiner rechten Hand erschuf und sich dabei so vollkommen glaubte, daß es ihm ging nach der Art des Mannes. Und genau in diesem Sinne war auch das Zitat aus Shakespeares »Hamlet« zu verstehen, mit dem Strasberg seine Ausführungen krönte, diese ewig gültigen Verse aus der zweiten Szene des zweiten Aktes, wo Hamlet Besuch von einer Schauspielertruppe erhält und sich über die Kunst insbesondere eines Mimen ausläßt, der bei einem Monolog über den Untergang Trojas und das Ende der greisen Königin Hekuba kostprobenhalber in echte, sinnlich wirkliche Tränen ausbricht:

»Ist's nicht erstaunlich, daß der Spieler hier
Bei einer bloßen Dichtung, einem Traum
Der Leidenschaft, vermochte seine Seele
Nach eigenen Vorstellungen so zu zwingen,
Daß sein Gesicht von ihrer Regung blaßte,
Sein Auge naß, Bestürzung in den Mienen,
Gebrochne Stimm und seine ganze Haltung
Gefügt nach seinem Sinn. Und alles das um nichts!
Um Hekuba!
Was ist ihm Hekuba, was ist er ihr,
Daß er um sie soll weinen?«

So fragte sich Hamlet und mit ihm Strasberg und ich mich auch, denn wer war mir HCs Frau, was ging mich ihr Kinderwunsch an, was sollte ich Tränen oder dergleichen glaubhaft über sie vergießen? Und doch war es an mir, meine Seele nach eigenen Vorstellungen so zu zwingen, daß bei einer bloßen Einbildung, einem Traum der Leidenschaft, die Schwellkörper mit Blut sich füllten, mein Glied sich hob und meine ganze Haltung sich bog nach meinem Sinn. Und alles das um nichts! Um Meyerdierks!

Ich beendete den kurzen Vortrag, bedankte mich beim Publikum für die Aufmerksamkeit und verbeugte mich von der Bühne herab vor dem in Rede stehenden Kollegen, der sich von seinem Sitz in der ersten Reihe erhoben hatte, um mich zu umarmen. Während ich nahe seiner Ohrmuschel meine Glückwünsche loswurde, klopften wir uns ein paarmal flügellahm auf die Schultern. So weit der einfache Teil des Tages.

Als ich das Theater verließ, stand HC nicht an der Pforte wie unlängst bei seinem Besuch mit Herrn Dr. Moosheimer. Doch ich wagte kaum zu hoffen, daß er es sich in letzter Minute anders überlegt hatte und dieser Kelch an mir vorübergehen würde. Vermutlich wartete er diskret und unauffällig im weiteren Umkreis des Künstlereingangs, um nicht mit mir zusammen gesehen werden. Die Geheimhaltung dieser Mission mußte ihm mindestens ebensosehr am Herzen liegen wie mir.

Ich entdeckte ihn in einem jagdgrünen Mercedes-Kombi, der mit laufendem Motor in zweiter Reihe hielt. Vorgestern nacht war ich schon einmal damit gefahren, ich erinnerte mich sogar an das ländliche Kennzeichen, doch die Lackierung war mir in der Dunkelheit nicht aufgefallen. Bei Tageslicht besehen paßte der Wagen überhaupt nicht zu ihm.

»Es wird nur diesen einen Ausflug geben, das muß klar sein«, sagte ich nach einer knappen Begrüßung zu HC, der mir, über den Beifahrersitz gebeugt, die Tür aufgestoßen hatte. Ich rechnete mit Widerspruch oder zumindest einem Anzeichen von Enttäuschung seinerseits. Doch HC nickte nur: »Steig ein!«

»Ich meine es ernst: einmal und nie wieder! Das ist Bedingung«, blieb ich herausfordernd in der Tür stehen. Möglicherweise hatte er mich nicht richtig verstanden. »Natürlich«, sagte er.

Ich warf meinen Mantel auf die Rückbank und hängte mein Preisverleihungs-Jackett an einen Haken neben dem Seitenfenster. Auf der Heckablage thronte ein stattlicher Jägerhut mit Wappen und Borstenpinsel. Ich hätte mich nicht gewundert, wenn auch der Kühlergrill mit einem Hufeisen verziert gewesen wäre, und nahm mir vor, beim Aussteigen darauf zu achten.

»Seit wann bist du denn unter die Waidmänner gegangen?« fragte ich mit nur zum Teil gespielter Verständnislosigkeit.

HC schaute in den Seitenspiegel und gab Gas. »Ich habe den Wagen vor Jahren von meinem Vater geerbt. Eigentlich wollte ich mir schon lange einen neuen kaufen, aber es gibt leider keinen Grund zur Beanstandung.«

Nach dem Tod meines Vaters war ich ganz selbstverständlich davon ausgegangen, daß auch der gestrenge Herr Richter längst nicht mehr unter uns weilte. Aber wir hatten nie darüber gesprochen.

»Beileid, übrigens.«

»Die Jagd war seine große Leidenschaft«, sagte HC mit der sonoren Stimme, die er ebenfalls von ihm geerbt hatte. Ich erinnerte mich vage an einige Geweihe und Wandgemälde mit Jagdszenen in HCs Elternhaus. Ich war nie gerne dort gewesen. Meine Besuche bei den Meyerdierks ließen sich an einer Hand abzählen.

»Sag bloß, du hast ihm zuliebe auch noch die Jäger-Laufbahn eingeschlagen?« Plötzlich erschien mir HC wieder so fremd und unverwandt. Ich wäre nicht überrascht gewesen, wenn er mir rundheraus erklärt hätte, er sei Mitglied im örtlichen Jägerverband und amtierender Schützenkönig.

Unterdessen schien der Verkehr seine gesamte Aufmerksamkeit zu beanspruchen. HC bog ab, nahm eine Autobahnauffahrt und fädelte sich lehrbuchmäßig ein. Mit seiner Antwort ließ er sich Zeit. »Früher«, sagte er schließlich, »so mit zwölf, dreizehn Jahren, bin ich manchmal mitgegangen, als Treiber. Es hat mir Spaß gemacht, in aller Herrgottsfrühe durch das Unterholz zu brechen, abseits der ausgetretenen Pfade, immer in der Spannung, wo bewegt sich etwas, wessen Nerven sind stärker, wessen Sinne schärfer. Heute beschränke ich mich auf meinen täglichen Waldspaziergang und die eine oder andere Dämmerstunde auf dem Hochsitz. Aber ich schieße nicht, ich schaue nur.«

Mir war das nicht weniger fremd, aber so kannte ich ihn. HC war der Naturbursche von uns beiden, immer schon. Auf unseren Radtouren durchs Elsaß, beim Blick auf seine unermüdlich strampelnden Waden, hatte ich das zur Genüge zu spüren bekommen. Er war seit jeher der Stärkere, Härtere, Zähere gewesen, groß gewachsen und von einer geradezu übermenschlichen Ausdauer. Es kam mir auf einmal so ungerecht vor, daß sich der Krebs ausgerechnet ihn ausgesucht hatte.

Während wir die Stadt zusehends hinter uns ließen, sprachen wir wenig. Die unzähligen Fragen, die sich im Laufe der Preisverleihung aufgestaut hatten, waren auf einmal verstummt, nicht nur, weil ich damit bei HC an der falschen Adresse gewesen wäre, ich akzeptierte vielmehr wie früher seine naturgegebene Anführerschaft. Er war mir immer einen Schritt voraus gewesen, hatte immer die Richtung bestimmt und gewußt, wo es langgeht, so daß mir nichts anderes übrigblieb, als ihm auf meine verspielt saumselige Weise zu folgen. Bis auf zwei Ausnahmen: Beim ersten Mal hatte ich mein Studium abgebrochen, beim zweiten Mal die falsche Frau genommen. Jetzt saß ich wieder neben ihm und mußte seinen überlegenen Willen anerkennen. In gewisser Weise beherrschte er nicht nur sich, sondern auch mich. Es imponierte mir, wie er die Form wahrte, auch jetzt noch, obwohl er krank war, unfruchtbar und gerade im Begriff, seine Frau mit seinem besten Freund ins Bett zu schicken. HC ging seinem Schicksal aufrecht entgegen, als hätte er sich dafür entschieden, während ich in meinem Sitz immer tiefer sank und im Seitenfenster die flachen, verblichenen Marschen betrachtete, die in einen wäßrigen Horizont übergingen.

»Das ist also deine Gegend«, stellte ich einigermaßen ungläubig fest.

»Was meinst du?« Offenbar war auch er in Gedanken gewesen.

»Fühlst du dich hier wirklich zu Hause, in dieser ausgerollten Ereignislosigkeit?«

»Es ist doch nicht ereignislos.«

»Was dann?« Vor einem windschiefen Futterhäuschen standen drei ponyartige Pferde im Matsch, Schleswig-Holsteiner vermutlich. Ich sah ihnen nach.

»Allein der Himmel ...« sagte HC. Ich hob den Kopf. Es war ein grauer, verregneter Novembertag, doch über einer fernen deichartigen Linie lockerte die Wolkendecke auf, weiße Nebel gingen nieder.

»Na ja«, sagte ich.

Wir schwiegen ein paar Kilometer. Dann meldete sich das Autoradio mit einer Verkehrsdurchsage, HC schaltete es ab.

Ich war zu müde, um weiterzufragen, zu müde, um den Kampf mit ihm aufzunehmen. Willenlos gab ich mich in seine Hände und ließ die Dinge geschehen, im Vertrauen darauf, daß HC schon wissen würde, was er tat.

Im Grunde stand mir nichts anderes bevor als seinerzeit in der Fruchtbarkeitsklinik, dieselbe Verlegenheit, dieselben Hemmschwellen, dieselbe Freudlosigkeit. Ich mußte daran denken, wie ich dort nach meinen ambulanten Onanie-Erlebnissen beim Urologen zum ersten Mal von einer geschäftigen MTA in einen Raum mit abwaschbarer Ledercouch, einer Box mit Kosmetiktüchern und einem Stapel abgegriffener Herrenmagazine geführt wurde: ein echtes Masturbationszimmer, so etwas gab es also doch! Nur daß es keineswegs so luxuriös ausgestattet war wie in den Filmen, die ich gesehen hatte. Vielmehr handelte es sich um den Vorraum zur Herrentoilette, fensterlos und abschließbar. Doch man gewöhnte sich von Mal zu Mal daran, genauso wie an den Gedanken, daß während des einsamen Geschäfts, das man zu verrichten hatte, draußen vor der Tür gestreßte Assistentinnen und teure Apparate sozusagen auf den Startschuß warteten. Irgendwie war auch das gegangen. Es mußte ja.

Wir fuhren von der Autobahn ab, vorbei an mehreren Kiefernschonungen. Das Dorf, zu dem auch HCs Bauernhof zählte, war eher eine Siedlung mit ein paar Geschäften entlang der Hauptverkehrsstraße. Ich war ganz überrascht, ein Schild mit der Aufschrift ›Zum Bahnhof‹ zu sehen. Offenbar war HC nicht der einzige Pendler, den es hierher verschlagen hatte. Es lag mir schon auf der Zunge zu sagen, daß ich ja auch mit dem Zug hätte kommen können, doch ich verkniff mir die Bemerkung. Es war klar, daß diese Möglichkeit in seinem Plan bewußt nicht vorgesehen war. Aus einem Zug hätte ich jederzeit aussteigen können.

Kurz nach dem Ortsausgangsschild bog HC in einen schmalen, asphaltierten Forstweg ein, der sich durch älteren Mischwald mit ausgewachsenen Buchen, Birken, Eichen und dicht zusammenstehende Tannen schlängelte. HC fuhr mit unvermindertem Tempo weiter, obwohl ein entgegenkommender Wagen auf der engen Fahrbahn kaum eine Möglichkeit gehabt hätte auszuweichen – vermutlich benutzte diese Strecke niemand außer ihm. Es hatte aufgehört zu regnen, doch von den Ästen, die über die Straße ragten, fielen dicke, schwere Tropfen und zerbarsten auf der Windschutzscheibe. Mit erstaunlicher Wucht traf uns die plötzliche Helligkeit einer größeren Lichtung. Wenig später gaben ein paar jüngere Bäume und entlaubte Sträucher den Blick frei auf eine Staffel von Windrädern und ein von brachliegenden Feldern umgebenes Gehöft. Es war das einzige weit und breit. Die Frage, ob er dort wohnte, erübrigte sich. Fraglich war eher, ob die Straße danach noch weiterging.

Wir fuhren auf den Hof, der dafür, daß der Betrieb angeblich stillgelegt war, nach allerhand Arbeit aussah. Das Stalltor stand offen, der Misthaufen dampfte vor sich hin, um einen Traktor herum lagen Maschinenteile. Irgendwo schlug ein Hund an. Anscheinend hielt der Altbauer im Ruhestand noch Kleinvieh und das eine oder andere Nutztier für den Eigenbedarf.

Vor dem frisch gestrichenen Gesindehaus stand ein dunkelblauer Audi mit getönten Scheiben, neben dem wir parkten, offenbar der Wagen seiner Frau. Ich hatte HC nicht einmal gefragt, wie sie hieß, was sie beruflich machte und wieviel er ihr von mir erzählt hatte. Doch dafür schien es jetzt zu spät. Vielleicht war es auch besser so.

Ich hatte mir vorgenommen, nichts zu erwarten und auf alles gefaßt zu sein, fand es dann aber doch eigenartig, daß sie nicht einmal zur Tür kam, um uns zu begrüßen. Bei der Stille ringsum durfte ihr unsere Ankunft kaum entgangen sein. HC schloß die Haustür auf. Wir betraten einen größeren Flur, von dem aus es in die Stube ging und eine schmale Holztreppe abzweigte.

»Sie ist oben«, sagte er und deutete mit dem Kinn treppauf, verschwand aber, ohne seine Wanderschuhe oder den Mantel auszuziehen, in einer niedrigen Seitentür, die in einen gefliesten Wirtschaftstrakt führte. Ich hörte, wie sich die schweren Gummisohlen auf den Fliesen immer weiter entfernten. Unschlüssig blieb ich stehen, drauf und dran, ihm nachzurufen, ob er mich hier jetzt alleine lassen wolle und was denn das für ein Empfang sei. Doch die Vorstellung, daß er uns zum Vorspiel Häppchen und Getränke servierte, um dann wie eine Puffmutter draußen vor der Schlafzimmertür auf den Vollzug zu warten, war genauso absurd. Ich mußte zugeben, daß ich mir bisher keinerlei Gedanken darüber gemacht hatte, was HC in der Zwischenzeit mit sich anfangen würde und wie es ihm eigentlich dabei ging.

Ich wartete eine Weile, ob er noch einmal zurückkommen würde oder ob ich jetzt seinem Hinweis folgen und zu seiner Frau hinaufgehen sollte. Dann fiel mein Blick auf die kleine Fotogalerie, die entlang der Treppe aufgehängt war. Irgendwie kam mir das gesamte Arrangement bekannt vor, ich hatte diese Bilder schon mal irgendwo gesehen. Als ich etwas näher trat und genauer hinsah, wußte ich plötzlich, wo: Es waren die Jugendfotos von Doreen.

17
Wald

Im ersten Moment stand ich wie unter Schock. Ich konnte nichts sagen, nichts tun, sondern dachte nur: Er hat dich reingelegt, dich in die Falle gelockt! Niemals hättest du dich darauf eingelassen, nie wärst du mitgekommen, wenn du gewußt hättest, daß es sich bei seiner Frau um Doreen handelte, schon gar nicht, nachdem er Lisa lang und breit von eurer vermeintlichen Romanze erzählt hatte. Was mußte sie denken, wenn sie von deinem Besuch bei HC erfuhr, von dem Grund, warum er dich hierhergelotst hatte? Kein Mensch würde dir glauben, daß du es nicht wußtest, nicht wolltest, daß du mit der »Frau deiner Träume« zu schlafen bereit warst, nur um deinem Freund einen Gefallen zu tun. Niemand würde dir abkaufen, es sei um eine reine Samenspende gegangen, bei der Gefühle keine Rolle spielten. Statt dessen würde es so aussehen, als sei dieses Hirngespinst einer Beziehung zwischen Doreen und dir die eigentliche Liebesgeschichte deines Lebens, als ginge damit eine langgehegte Sehnsucht in Erfüllung!

Aber so war es nicht, so war ich nicht, ich war glücklich verheiratet, ein werdender Familienvater, ich hatte nichts mehr gemein mit dem Jungschauspieler von einst, der sich in immer neue Herzensabenteuer stürzte, auf der Suche nach sich, der nicht in Doreen, sondern in die Idee von ihr verliebt gewesen war, und auch das nur für kurze Zeit. Es gab nichts zwischen uns, es hatte nie etwas gegeben. Sie besaß keine Macht mehr über mich und hatte sie schon damals nicht besessen. Unsere vermeintlich große Liebesgeschichte war an genau der Stelle, wo ich sie abgebrochen hatte, zu Ende. Sie war kein Anfang, auch kein übriggebliebener, jeglicher Anfang war frei erfunden und stimmte mit der Wirklichkeit nicht überein.

»HC?« rief ich, einmal, zweimal, wie um ihn zur Rede zu stellen. Was hatte er sich dabei gedacht, wofür hielt er mich? Ich rief seinen Namen ein weiteres Mal, lauter und weniger kläglich – keine Antwort. Er ließ sich nicht blicken, ich hätte es mir denken können, auch das gehörte zu dem Spiel, das er mit mir spielte. Er tat, als würde er es ganz allein mir überlassen, als sei es meine Entscheidung, was weiter geschah. Dabei hatte ich nur die Wahl zwischen zwei Unmöglichkeiten. Wenn ich blieb, sah es aus, als hätte er mir das Rendezvous meiner Träume beschert. Wenn ich ging, war es der Beweis, daß mir Doreen etwas bedeutete. Warum sollte ich sonst Reißaus nehmen und die Flucht ergreifen, wenn nicht aus Angst vor der eigenen Verführbarkeit, wenn nicht aus dem innersten Grund, daß ich noch immer etwas für sie empfand. HC hatte mich da, wo er mich haben wollte, in der Zwickmühle.

Flur und Treppenaufgang waren nur schwach beleuchtet. Durch ein schmales Fenster neben der Eingangstür fiel ein blasser Streifen Tageslicht, über der Garderobe brannte eine kleine Lampe, deren Strahlkraft kaum bis zur Treppe reichte. Nach ein paar Stufen blieb ich stehen und sah mir die Jugendfotos von Doreen noch einmal an. Mein Besuch im Hause Däscher mußte siebzehn, achtzehn Jahre her sein. Ich hatte das wenigste im Gedächtnis behalten, aber vieles in der Phantasie. An das Bild mit dem Pionier-Halstuch, der niedlich-faschistoiden Grußgeste und den Reihen blauer FDJ-Hemden erinnerte ich mich, als sei ich dabei gewesen. Dann schaute ich einen Augenblick zu, wie Doreen am Ufer des Stendaler Stadtsees mit ihrer Schwester spielte. Der Herbstgeruch des Wassers und die einsamen Rufe der Pfauen vom Kleintierzoo am Uferbogen kamen zurück, doch all das wie im Traum, es war die Einbildung einer

Erinnerung einer Einbildung und schon wieder vorbei. Das gerahmte Hochzeitsfoto daneben, HC und Doreen vor dem Standesamt, die Schnappschüsse von ihren Flitterwochen, Urlaubsreisen, Städtetouren ließen mich kalt.

Es war mir gleichgültig, daß er Doreen im Nachgang meiner Bemühungen den Hof gemacht hatte. Es kümmerte mich auch nicht, daß er im Gegensatz zu mir bei ihr Erfolg gehabt hatte. Vermutlich war sie von seiner Beharrlichkeit fasziniert gewesen, von seinem unbedingten Willen, auch dieses Ziel zu erreichen. Nachdem ich ihn bei dem Doreen-Projekt so bitter enttäuscht hatte, war die Eroberung dieser Frau offenbar zur größten Herausforderung seines Lebens geworden. Und er hatte mir wieder einmal bewiesen, daß alles möglich war, wenn man es nur wollte. Schon wieder war ich in dem lebenslangen Vergleich, in dem ewigen Wettlauf mit HC der Unterlegene. Doch auch das hätte mir nicht gleichgültiger sein können. Mich ärgerte nur die Unterstellung, daß es mich ärgerte, die Definitionsmacht, die HC über mich und meine Handlungen besaß, die Infamie, mit der er sein Wissen ausspielte und mich lenkte, nahezu unsichtbar. HC hatte alles so eingefädelt, daß mir die Wahrheit niemand glauben würde. Er hatte mich hineingezogen in seine Geschichte, seine Version unserer Vergangenheit, aus der es kein Entrinnen gab. Es war unwichtig, ob er sich in mir täuschte, ob ich tatsächlich nicht mehr der Alte war, er konnte es so aussehen lassen, als wäre ich es. Und selbst wenn ich mich jetzt dagegen wehrte, paßte das bestens ins Bild des ruhelosen, unsteten Schauspielers, der sich jeder Festlegung widersetzte, der immer alles sein wollte und nichts wirklich war.

Ich hatte nicht bemerkt, daß Doreen am oberen Ende der Treppe stand. Irgendwann spürte ich ihren Blick und schaute wie ertappt zu ihr auf. Sie hatte noch immer dieselben warmen, dunklen Augen, dasselbe glatte, kastanienbraune Haar.

»So sieht man sich wieder«, sagte sie schließlich und lächelte dabei auf eine Weise, die mir unendlich traurig vorkam.

»Wenn ich das vorher gewußt hätte, hätte ich mich sehr gefreut.« Wenigstens vor Doreen wollte ich klarstellen, daß ich nicht ihretwegen gekommen war.

»Ich hoffe, du freust dich trotzdem ein bißchen.« Langsam kam sie die Stufen zu mir herunter, eine Hand am Treppengeländer. Sie war noch immer eine sehr schöne Frau, reifer, weiblicher, soweit ich das beurteilen konnte bei dem bequemen Hausanzug und dicken Wollpullover, den sie trug. Die Zeit war nicht spurlos an ihr vorübergegangen, doch mehr als das eine oder andere Fältchen schien sie ihr vor allem einen melancholischen Zug verliehen zu haben, eine gewisse Schwermut und Tiefe, die mir damals an ihr nicht aufgefallen waren.

Zwei Stufen vor mir blieb sie stehen und gab mir die Hand, eine Geste, die sie vermutlich von HC übernommen hatte, doch selbst ihre Höflichkeit wirkte wie von Trauer umflort. »Danke, daß du gekommen bist«, sagte sie.

»Dank nicht mir, sondern HC«, erwiderte ich ohne Schärfe. Sie suchte in meinem Gesicht nach einem Zeichen von Wohlwollen. Ich brachte ein Lächeln zustande.

Unsere Berührung dauerte nicht länger als nötig. Jede Sekunde war voller Schweigen.

»Tja, lange ist's her.« Ihr Blick schweifte über die Fotos an der Wand. Ernst und unverwandt betrachtete sie das Mädchenlächeln in dem Gesicht, das ihr von dem Pioniertreffen am Arendsee entgegenstrahlte. Für einen Moment war sie woanders. Dann ließ sie mit einem leichten Schulterzucken die Vergangenheit vergangen sein. »Du hast ein paar sehr schöne Dinge über mich geschrieben, die meisten davon unwahr, aber schön.«

Sie registrierte die Verwunderung, mit der ich sie ansah, und fügte fast entschuldigend hinzu, »HC hat mir deinen Roman gegeben – den Romananfang, besser gesagt –, aber da waren wir schon verheiratet.«

»Es war nur so eine Idee.« Ich machte eine vage, wegwerfende Handbewegung.

»Ich weiß«, sagte sie.

Anders als in meiner Erinnerung, meiner Einbildung überwältigte mich nicht ihr Blick, sondern ihre Traurigkeit. Wenn ich schwieg, war das Gefühl am stärksten. »Ich war damals auf Vermutungen angewiesen. Im Grunde habe ich nur Schriftsteller gespielt.«

»Dafür war es ziemlich überzeugend.« Wir sahen uns kurz in die Augen.

»Es waren nur ein paar Wochen.« Ich schaute weg.

Doreen zuckte erneut mit den Schultern und machte einen runden Rücken. Im Gegensatz zu HC, der sich immer aufrecht hielt, wirkte sie beinahe nachlässig und unentschlossen.

»Wollen wir hochgehen?« Im ersten Moment sah es so aus, als wollte sie mich bei der Hand nehmen, aber sie deutete nur ungefähr auf eine Tür am Ende der Treppe.

Ich folgte ihrem Wink, zögerlich, schwerfällig, aber ich folgte ihr. Das Zimmer, in das sie mich führte, war offensichtlich ihr Reich, eine Mischung zwischen Arbeitszimmer und Rückzugsraum. An der Wand neben dem Schreibtisch stand ein diwanartiges, ausklappbares Sofa, frisch bezogen, das Fenster war mit gazeartigen Tüchern verhängt, milchig graues Tageslicht schimmerte herein. Ich blieb automatisch vor einem der Regale stehen und überflog die Reihen der Bücherrücken wie auf der Suche nach etwas, bis mir auf einmal klar wurde, daß ich nach den alten Schul- und Jugendbüchern aus ihrem Stendaler Mädchenzimmer Ausschau hielt.

Als ich mich umdrehte, hatte sich Doreen schon auf die Bettkante gesetzt und ihre Hausschuhe abgestreift. Es schien ihr tatsächlich ernst zu sein. Dabei wirkte sie keineswegs fordernd oder gar verlangend, sondern zutiefst resigniert.

»Bist du eigentlich noch bei der Bank, bei der – war es die Haspa?« fragte ich, um sie nicht fragen zu müssen, willst du das wirklich?

»Laß uns nicht reden, das macht es nur schwerer«, sagte sie, ohne mich anzusehen.

Ich stand stumm da.

»Das heißt, du mußt natürlich nicht, wenn du es dir anders überlegt hast«, senkte sie ihre Stimme bis an die Grenze zur Unhörbarkeit, »ich kann das verstehen. Du wirst Vater, deine Frau ist bald so weit, du hast sicher andere Dinge im Kopf ...«

»Ich hätte nicht gedacht, daß wir uns wiedersehen«, sagtest du wie zu deiner Entschuldigung. Sie hatte recht. Es war besser, nicht zu reden.

In gewisser Weise tat sie dir leid, doch das Gefühl war nicht Bedauern, ihre Traurigkeit berührte dich auf andere Art. Sie wirkte merkwürdig vertraut, vielleicht, weil es Lisa und dir ähnlich gegangen war, als ihr nach dem Scheitern der ersten Versuche dachtet, ihr würdet für immer kinderlos blieben. Nur daß eure Enttäuschung eine geteilte war, Doreen dagegen schien in ihrer Verzweiflung viel stiller, tiefer, einsamer zu sein. Sie war auf andere Art unerreichbar.

»Machst du dir Sorgen ihretwegen?« fragte sie, doch es klang eher wie eine Feststellung. Einen Moment lang warst du unschlüssig, ob du erwähnen solltest, daß alles viel einfacher gewesen wäre, wenn HC deiner Frau nicht diese Jugendromanze erzählt hätte. Doch du wußtest nicht, inwiefern Doreen überhaupt eingeweiht war.

»Was heißt ›Sorgen‹?« sagtest du langsam, »ich bin nur im Gegensatz zu früher nicht mehr allein auf der Welt.«

»Ist das ein schönes Gefühl?«

»Ja«, sahst du sie an.

»Und du hast keine Angst?«

»Nicht um mich.«

»Wirklich?«

Du wußtest, worauf sie hinauswollte, auf das Gefühl des Festgelegtseins, der Endgültigkeit, der Verantwortung, die auch bedeutete, für den Rest seines Lebens ein und derselbe sein zu müssen.

»Ja«, nicktest du, »wirklich.«

»Deine Frau muß sehr glücklich sein«, flüsterte sie fast.

»Ich hoffe es.«

»Weiß sie von uns?« Für einen Moment kam dir der Verdacht, daß Doreen nicht wirklich so ahnungslos war, wie sie sich gab. Doch sie schien zu traurig, zu verzweifelt zu sein, um dir etwas vorzumachen.

»Sie vertraut mir.« Das hofftest du wenigstens. Auf einmal schien es dir sogar möglich, daß Lisa zu guter Letzt dir glaubte und nicht HC, daß sie deine Geschichte für wahr nahm, obwohl alles gegen dich sprach. Es sah aus wie eine Liebesszene, wie Betrug, zweifellos, aber das war es nicht. Wenn du für Doreen etwas empfunden hättest, was deine Liebe zu Lisa berührte, wärst du längst gegangen.

»Sie muß eine sehr besondere Frau sein«, sagte Doreen.

»Ja, das ist sie«, sagtest du.

Diese schlichte Erkenntnis traf dich mit ernüchternder Klarheit. Einen Augenblick lang hieltest du inne. Du konntest nicht weiter. Der Wunsch, bei deiner Frau zu sein, mit ihr allein, war zu groß.

»Vielleicht sollten wir einfach so tun, als würden wir uns nicht kennen?« Doreen lächelte noch einmal ihr schmerzliches Lächeln. Dann zog sie sich mit wenigen Handgriffen bis auf die Unterwäsche aus und schlüpfte unter die Bettdecke. Du warst verblüfft, wie schnell das ging.

»Was heißt ›so tun‹?« hörtest du dich sagen, deine Stimme klang heiser, »was wissen wir denn schon voneinander …«

Du warfst deine Sachen auf den Schreibtischstuhl und legtest dich zu ihr. Ihr Körper war trotz des warmen Pullis, den sie angehabt hatte, eiskalt, vermutlich aus Angst. Erst in diesem Moment hattest du echtes Mitleid mit ihr. Noch nie in deinem an Enttäuschungen keineswegs armen Liebesleben warst du weiter von einer Erektion entfernt.

Was jetzt, dachtest du, woran denken?

Ich tat so, als würde ich die Eiseskälte und das leichte Zittern ihres Körpers nicht bemerken. Umständlich zog ich einen Arm unter der Bettdecke hervor und stützte meinen Kopf auf. Noch immer konnte genausogut nichts passieren. Als ich zu Doreen hinüberschaute, hatte sie die Augen fest geschlossen. Wahrscheinlich wollte sie mir Gelegenheit geben, mich ungeniert an ihr oder mir selbst zu schaffen zu machen. Wie verzweifelt konnte man sein …

Meine einsamen Bemühungen im Masturbationszimmer der Fruchtbarkeitsklinik kamen mir in den Sinn, die Routine der Handgriffe und Onaniephantasien, die ich im Laufe der Zeit wie auf Kommando vor meinem geistigen Auge abspulen konnte. Es waren innere Filme, Erinnerungen an Lisa, an unsere verrücktesten Nächte, ausgeschmückt und weitergesponnen. Irgendwann hatte ich angefangen, ihnen Namen zu geben, um die eine Samenspende von der anderen zu unterscheiden, »Helden zeugen« oder »Königsmasturbation« waren zwei davon. Aus einem dieser Ergüsse war Obsklappt entstanden.

»Soll ich dir helfen?« flüsterte Doreen, ohne die Augen zu öffnen. Ihre Frage versetzte mir einen Stich. Einigermaßen verloren tastete sie an meiner Hüfte entlang nach meinem Glied.

Unter der Decke war es etwas behaglicher geworden, wobei die sich ausbreitende Wärme hauptsächlich von meinem Körper zu stammen schien.

»Geht schon«, sagte ich und schob behutsam ihre Hand weg. Mein Optimismus entbehrte jeglicher Grundlage. Doch bevor sie sich an mir versuchte, half ich mir lieber selbst.

Im selben Augenblick hörte ich eine Tür gehen und Schritte auf dem Hof, die sich rasch entfernten. Ich glaubte das Geräusch von HCs schweren Schuhen wiederzuerkennen, das Knirschen seiner Gummisohlen. Die ganze Zeit hatte ich nicht mehr an ihn gedacht, mich nicht gefragt, wo er war, was er jetzt wohl machte. Doch der Zeitpunkt seines plötzlichen Aufbruchs, seines Verschwindens ließ nur einen einzigen Schluß zu: Er hatte uns belauscht oder zumindest abgewartet, ob wir wirklich nach oben gehen und uns zusammen ins Bett legen würden. Auf einmal war ich mir keineswegs mehr so sicher, ob HC unseren Beischlaf tatsächlich als seinen größten Triumph empfand.

Als ich Doreen wieder ansah, hatte sie die Augen weit geöffnet. Sie starrte an die Decke, aufhorchend, angespannt, fast erschrocken, bis das Geräusch seiner Schritte verklungen war und nichts mehr an die Stille um uns rührte. Offenbar dachte sie dasselbe wie ich.

Ich wollte etwas sagen, fragen, das Karussell meiner Gedanken irgendwie anhalten. HC, obwohl ich ihn so lange kannte, war für mich schwer einzuschätzen, weil er sich immer versteckte hinter seiner Contenance, seiner zur zweiten Natur gewordenen »Affektunterdrückung«. Es schien sein größter Ehrgeiz zu sein, alles zu erdulden, zu ertragen, als würde es ihn nicht betreffen. Doch offenbar stieß er an seine Grenzen.

»Bist du sicher«, fragte ich und schaute auf denselben Punkt an der Zimmerdecke wie sie, »bist du sicher, daß es ihm wirklich nichts ausmacht? Ich meine, diesen Roman, den er Lisa über uns erzählt hat … er glaubt das doch hoffentlich nicht selbst?«

Statt einer Antwort fuhr Doreen mir mit ihren Fingerspitzen über die Lippen, wie um mich zum Schweigen zu bringen. »Zerbrich dir seinetwegen nicht den Kopf.«

Zum ersten Mal, seitdem ich in diese Geschichte geraten war, hielt ich es für möglich, daß es zwar HCs Strategie war, aber nicht sein Wunsch und Wille, sondern der ihre. Sie, dachte ich plötzlich, hat dich ausgewählt.

Im nächsten Moment umfaßte Doreen dein Glied mit der Hand. Du spürtest, wie das Blut anfing zu pulsieren, und fühltest dich stärker auf einmal, bestimmter. Mehr und mehr wurde dir klar, daß du das alles nicht für HC tatest, sondern gegen ihn, daß du es ihm geradezu antun wolltest – zum ersten Mal hattest du eine Schwäche an ihm bemerkt. Es war kein Freundschaftsdienst, kein Akt der Barmherzigkeit, sondern eine Attacke, ein Angriff auf ihn und seine ewige Überlegenheit. Entschlossen, ihn nicht davonkommen zu lassen, beugtest du dich über Doreen und drangst in sie ein. Nichts konnte dich aufhalten, denn es ging nicht um sie, sondern darum, ihm weh zu tun. Die einsetzenden Bewegungen deines Beckens, deine immer heftiger werdenden Stöße waren wie eine unendlich verlangsamte Aggression, ein als Zärtlichkeit maskierter Anschlag auf seine Beherrschung, seine Souveränität. Du begehrtest Doreen nicht, nicht im geringsten, du begehrtest gegen ihn auf, getrieben von einer kaum zu bremsenden Wut, einem tiefsitzenden, lange verleugneten Haß auf den Klügeren, Besseren, Vorbildlichen, der glaubte, dich manipulieren zu können, indem er dich zwang, in seiner Geschichte mitzuspielen, der dich bewegt und behandelt hatte wie eine Spielfigur.

Doch endlich kanntest du seinen Schwachpunkt, endlich wußtest du, wo er verwundbar war. HC hatte die Flucht ergriffen, nicht du, diesmal lief er weg, nicht du, er hielt es nicht mehr aus! Damit hatte er dir die Stelle verraten, wo er Mensch war, und nichts von dem, was er dir voraushatte, was ihn so vor dir auszeichnete, würde ihm jetzt etwas nutzen. Du konntest ihn treffen! Auch wenn dir in einem Winkel deines Bewußtseins klar war, daß vielleicht sogar dein Haß, deine billige, schäbige Rache Teil seines Plans war, ein Kapitel in seinem Doreen-Roman, zu dem du ihm den Anfang und das Ende liefertest, ein Ende, das er nicht ertrug.

Ich veränderte meine Position, streckte die Arme durch und versuchte, mit einer Reihe von wuchtigen, tiefen Stößen dem Ziel so nahe wie möglich zu kommen, ohne ganz die Kontrolle zu verlieren, ohne die letzte Vorsicht fahren zu lassen. Selbst wenn ihn sein eigener Plan mehr schmerzte als mich, selbst wenn er ihn zerstörte, durfte ich HC nicht alles geben, was er wollte. Affektunterdrückung, dachte ich, Selbstbeherrschung. Ich mußte ihn mit seinen eigenen Waffen schlagen. Doch je mehr ich mich auf meinen Körper, auf die Mechanik unserer Bewegungen konzentrierte, desto weiter entfernte ich mich von dem schon greifbar nahen Punkt seines Aufschreis. Schweiß lief mir über den Rücken, kalter Schweiß, es war nicht allein die Anstrengung, sondern die Angst, am Ende doch noch zu scheitern, es nicht zu schaffen und ihm diese Wunde nicht beizubringen. Denn eine Wunde mußte es sein.

Es ging nicht, ich war drauf und dran, mich zu verlieren in einem Wirrwarr von Reizen, Reibung, Körpersäften. Ich mußte vergessen, daß sie vor mir lag für diese Königsmasturbation zu zweit. Der innere Film, der mich antrieb, hieß nicht »Doreen«, sondern »HCs Ende«, es war die Geschichte seiner Zerstörung.

Du konntest ihn hören, du machtest die Augen zu und konntest ihn sehen, wie er durch den Wald lief, keuchend, seine Atemfahne ein schnell schwindender Dunst in der feuchten

Novemberluft. Er ging nicht spazieren, er rannte, immer schneller, der schwere Mantel hinderte ihn nicht daran. Manchmal glaubte er, den Krebs in seinem Körper zu spüren, eine Schwächung, ein gefräßiger, entkräftender Parasit, doch er wußte, daß er sich das bloß einbildete, es war die Vorstellung seiner Krankheit, die er durchbrechen mußte, diese Illusion von Schmerz, die nicht von ihm Besitz ergreifen durfte, er war entschlossen, auch dem Krebs seinen Willen aufzuzwingen.

Plötzlich stand er auf der Lichtung, taumelte weiter hinaus in die Helligkeit, die er zu meiden versuchte. Oft genug war er hier gewesen, oft genug durch den Wald gepirscht, um zu wissen, wer den Bäumen auf immer dieselbe Weise auswich, lief am Ende im Kreis, er durfte sich nicht im Kreis drehen, er mußte tiefer hinein in den Wald, ins Dunkle, weiter und immer weiter weg von dem Ort des Geschehens. Deswegen konzentrierte er sich darauf, den Bäumen einmal links, einmal rechts auszuweichen, links, rechts, während sein Blick den mit Laub und Tannennadeln bedeckten Boden nach Hindernissen absuchte, Baumwurzeln, Kratern, Gestrüpp. Das Unterholz wurde dichter, der Windbruch der Herbststürme zwang ihn zu Umwegen, doch er durfte jetzt nicht stehenbleiben, er mußte außer Hörweite des Hauses sein, absolut außer Hörweite. Doch er kam nicht davon los. Mit jedem Busch, durch den er sich schlug, jedem Baumgerippe, das er übersprang, konnte er immer weniger vor sich verbergen, daß er nicht der Jäger war, sondern der Gejagte, gehetzt und getrieben von dir, deinem Atem, der ihm wie im Nacken saß, der ihn verfolgte, überallhin. Wieder wich er einem Baum aus, einer kräftigen, sich gabelnden Buche, stolperte und streifte mit der Schulter ihren glatten, unnachgiebigen Stamm, um ein Haar hätte sie ihm die Jagdpistole seines Vaters aus der Hand geschlagen, die er fester umklammerte, jetzt, den von Handschweiß zerfließenden Hartgummigriff, dessen Profil sich in seine Haut prägte, naß, aber griffig. Er strauchelte noch einige Schritte weiter, wie weit mochte er jetzt von dem Hof entfernt sein, achthundert, neunhundert Meter, vielleicht sogar mehr, er war hier noch nie gewesen, er hörte nichts mehr, nicht die Straße, nicht die Windräder von den Feldern, kein Hundebellen, er fiel auf die Knie und nutzte diesen kleinen Kollaps, den Schwung der Schwäche, um die Mündung der Pistole an seine Lippen zu führen, sie zu öffnen und sich den Lauf in den Rachen zu schieben, während er mit zittrigen Fingern den Abzug entsicherte, und das, endlich, war der Moment, in dem du kamst, mit der Erleichterung, mit dem Ingrimm einer sich lösenden Verbissenheit, eines jahrzehntelangen Kampfs.

Ich rollte mich ab, lag atemlos neben Doreen, eine Zeitlang, bis ich wieder bei mir war, mich wieder spürte, die Grenzen meines Körpers und sie, die neben mir noch immer verzweifelt still hielt, aber nicht so vollkommen, daß mir das leichte Zukken entgangen wäre, sie weinte vermutlich.

Es war so nicht geplant. Ich hatte jede Vorsicht vergessen, jede Zurückhaltung, ich hatte HC nicht geschont, und wie von fernher streifte mich der Gedanke, daß ich es irgendwann einmal bereuen könnte, doch die Genugtuung überwog.

Ich zog mich an und ging aus dem Zimmer. Eine Hand am Geländer stieg ich die Treppe hinunter und verließ das Haus. Zielstrebig überquerte ich den Hof und schlug den Weg Richtung Dorf ein, zum Bahnhof, zu dem Schild, das ich unterwegs gesehen hatte. Der Fußmarsch würde mir guttun.

18

P.S.

Am 7. Februar hatte Hans-Christian Meyerdierks seine vorerst letzte Nachuntersuchung in der onkologischen Abteilung des Hamburger Universitätsklinikums: ohne Befund. Genau einen Monat später stellten seine Frau und er bei der Adoptionsvermittlungsstelle Hamburg einen Adoptionsantrag.

Am 16. März brachte Lisa einen gesunden Jungen zur Welt, Julian, 51 cm, 3430 Gramm. Alle sagen, er sehe mir ähnlich, doch mich erinnert er an einen Japaner.

Danksagung

Für zahlreiche Anregungen, für Beistand und Verständnis danke ich Ulrich Khuon und dem Ensemble des Thalia Theaters.

Lesen Sie vom selben Autor

JOHN VON DÜFFEL

HOUWELANDT

Roman. 316 Seiten, gebunden, 2004

John von Düffel erzählt mit dramatischer Raffinesse von den de Houwelandts – von vier bewegenden Gestalten aus drei Generationen. Großvater Jorge sieht nach einem mit unerbittlichem Stolz gelebten Leben seinem achtzigsten Geburtstag entgegen. Den Familiensitz im Norden Deutschlands hat er mit der spanischen Küste vertauscht – denn »was Jorge brauchte, war das Meer«, es gibt diesem strengen Mann die Rituale seiner Tage vor. Das Elternhaus aus der Gründerzeit verwaltet der ›Erstgeborene‹, sein Sohn Thomas, der am väterlichen Starrsinn zu zerbrechen droht. Dessen einziger Sohn Christian, ›Erstgeborener des Erstgeborenen‹, hat den Großvater kaum je kennen gelernt und möchte allen familiären Verlegenheiten, Verlogenheiten und Verstrickungen aus dem Wege gehen.

Jorges Frau Esther plant, den großen Geburtstag des Patriarchen in Deutschland zu feiern, um die versprengte Familie noch einmal zusammenzubringen.

John von Düffels *Houwelandt* erzählt von der Suche einer Familie nach Klarheit und Wahrheit in ratlosen Zeiten. In Zeiten, in denen der Einzelne erst wieder lernt, was ein Generationen übergreifendes Leben bedeuten kann.

»Ebenso klug wie packend … mit einer präzisen, rhythmischen und anschaulichen Sprache.«

Der Spiegel

Literatur bei DuMont

ALEXA HENNIG VON LANGE
RISIKO
Roman. 252 Seiten, gebunden, 2007

Kurz vor den großen Sommerferien – die vermeintliche Familienidylle, in der Lilly mit Erik und den Kindern lebt, gerät aus dem Gleichgewicht. Nicht nur ihr eigener Ehemann erscheint Lilly zunehmend rätselhaft, auch die befreundeten Nachbarn auf der anderen Straßenseite bedrohen sie mit ihren Liebesfantasien. An einem Sommervormittag passiert es: Aus einem Moment der Hingabe entwickelt sich ein riskantes Versteckspiel, bei dem niemand weiß, auf welcher Seite er steht.

Alexa Hennig von Lange liefert ihre Helden einem Alptraum aus: Hinter der Freundes- und Familienkulisse tun sich die Abgründe einer unmoralisch verstrickten Wahlverwandtschaft auf. Die Sehnsucht nach Nähe und Geborgenheit führen zur Zerstörung zweier Familien, bis sich am Ende die Kinder gegen die haltlosen Eltern zur Wehr setzen müssen. Was als harmlose Familiengeschichte beginnt, mündet in einen spannenden Showdown, in dem es um das nackte Überleben geht.

Risiko ist Alexa Hennig von Langes meisterhaft und reich erzählter Gesellschaftsroman, der zeigt, wie ein Moment der Hingabe zur Katastrophe führen kann.

HELMUT KRAUSSER

EROS

Roman. 320 Seiten, gebunden, 2006

Alexander von Brücken lernt Sofie in den Bombennächten des Zweiten Weltkriegs kennen. Er ist Spross einer Dynastie von Fabrikbesitzern, sein Vater verkehrt mit den Größen des Nazi-Regimes. Sofies Eltern arbeiten in seiner Fabrik, erst die Enge der Luftschutzkeller führt die Kinder zusammen. Doch einen Kuss von Sofie gibt es nur gegen Geld. Denn Alexander von Brücken ist reich, er bleibt es sein Leben lang. Und ein Leben lang bleibt er besessen von Sofie.

Eros erzählt die Geschichte einer unerfüllten Leidenschaft: Wo endet Allmacht, die in Ohnmacht umschlägt? Alexander von Brücken kann sich jeden Wunsch erfüllen, nur den einen nicht. Er nutzt sein Vermögen, um ein anderes Leben zu erkunden, zu begleiten – und zu beeinflussen. *Eros* verfolgt zwei Menschen in einem Versteckspiel durchs Deutschland der Nachkriegszeit – und erzählt die Jahrzehnte umspannende Geschichte eines Jägers und seiner liebenswerten Beute: Ein Roman auf Liebe und Tod.

»Helmut Krausser gelingt mit *Eros* eine buchstäblich unglaubliche Liebesgeschichte, die zugleich immer das Große Ganze im Blick behält. Dass er einen derart vielschichtigen Roman mit jener poetischen Originalität und Präzision zu erzählen versteht, die man bei ihm schon gewohnt ist, zeigt ihn einmal mehr als einen der besten Autoren, die wir hierzulande haben.«

NDR Kultur

ANNETTE MINGELS

ROMANTIKER

Geschichten von der Liebe. 197 Seiten, gebunden, 2007

Simon und Simone sind Zwillinge, doch sie haben einander nie kennen gelernt. Als Simon die verlorene Schwester ausfindig macht, treffen sie sich in London und werden vom Gefühl überwältigt, zueinander zu gehören. Es fühlt sich an wie Liebe – oder wie Begehren. Simone reist ab, doch bald darauf steht ihr Bruder vor der Tür und verlangt, hereingelassen zu werden. Soll sie öffnen?

Ihre Romane haben Annette Mingels als Meisterin der psychologischen Beobachtung eingeführt, die mit »vibrierender Spannung« (Deutschlandfunk) die Mechanismen der Liebe aufdeckt. Sie beherrscht die Kunst, ihre Figuren schonungslos einander auszuliefern. In ihren Geschichten spitzt Annette Mingels diese Gabe eindrucksvoll zu: Mit großer Intensität erzählt sie von der Liebe und ihrer Unmöglichkeit. Sie erzählt vom Chaos der Geschlechter, von Lüge und Geheimnis, vom Verlangen und von dem, was Liebe anrichtet – illusionslos, atemberaubend, verführerisch.

»Annette Mingels vermag die altvertrauten Geschichten wie neu zu erzählen. Stück für Stück entlockt sie ihren Figuren immer neue Geheimnisse.«

Der Spiegel